中公文庫

埋　葬

横田　創

中央公論新社

目次

埋葬

I

埋葬

1

1999年4月某日（木曜日）午前9時20分ごろ、山梨県河口湖町の廃墟となったホテルの庭にあるプールの底に張られたキャンプ用テントの中で30歳前後と見られる女性の遺体と生後1年ほどの幼児の遺体が発見された。着衣などの乱れはなく、現場で争った形跡がないことなどから母子による無理心中の可能性があるとみて山梨県警が調べていたところ埼玉県大宮市（現・さいたま市）の大宮警察署参道交番に少年が出頭し、事件への関与をほのめかす供述をしたのはふたりの遺体が発見されてから3日たった日の未明のことだった。

少年（フリーアルバイター・当時18歳と1日）の身柄を埼玉県警大宮警察署（現・さいたま市北区土手町）に移送し取り調べたところ大宮市中川（現・さいたま市見沼区中川）のマンション「シトワイアン中川」の本田高史（たかし）さん（通商産業省［現・経済産業省］産業技術環境局職員）宅の二階の寝室で本田さんの妻である悦子（えつこ）さんと

娘の詩織（しおり）ちゃんを殺害し、ふたりの遺体を河口湖畔まで運び遺棄したと少年は自供した。その後の調べで詩織は少年がつけた名前で、正式にはまだ市役所に届けられていなかったことが判明した。

同年5月、埼玉地方検察庁（現・さいたま地方検察庁）は少年を埼玉家庭裁判所（現・さいたま家庭裁判所）に送致したが、刑事処分相当として逆送致された。

同年6月、埼玉地方検察庁は事件当時18歳（と1日）だった少年を殺人の罪で起訴した。同年12月、埼玉地方裁判所（現・さいたま地方裁判所）で行われた論告求刑公判で検察は「無理心中を装うなど犯行は冷酷かつ残虐で過去類例を見ない。死刑以外を求刑しても国民の理解は到底得られない」として少年に死刑を求刑した。

2000年3月、埼玉地方裁判所は判決公判で少年に無期懲役の判決を下した。検察は即日控訴した。

同年5月、本田高史氏は保守系論壇誌『再生!』（5月7日発売・6月号）に、被告の少年の死刑に反対する声明とともに妻と娘の遺体を河口湖畔まで運んだのは少年ではなく自分であると告白する手記を発表した。同氏は同年同月、通商産業省（現・経済産業省）を退職した。

（わたしは今年、２０１０年の春から夏にかけて断続的にこの事件の取材を重ねてきたのだが、実際のところ重ねたというよりただ闇雲に取材を申し込み、録り散らかした膨大な音声データだけがわたしの手もとに残った。

どの声も、取材を終えたいまとなっては懐かしい声である。29年という短いときの中で、みずからの手でみずからの人生を描こうとした彼女について語ろうとする誰もが口を揃えたように、本当の彼女なんてわたしは知らない、わたしはただわたしが知っている彼女について語っただけであると、或る者は顔を赤らめながら、そして或る者は叫びながら、ときにはわたしを恫喝しながら告白した。それはそのままこの本を書き終えたいまのわたしの実感でもある。わたしはわたしが彼女について知りえたことをここに記しただけである。わたしは彼女についてなにも知らない。

だからこそ少年に殺された女性と女児の家族であるにもかかわらず「わたしは少年の、いや、いかなる者の死刑にも反対する」との声明を発表し、ふたりの遺体を河口湖畔のホテルの中庭まで運んだのは少年ではなく自分であると告白した本田高史氏の手記（「埋葬」）の全文をここに引用する。）

＊

助手席に座らせた妻の首に、去年の春、まだ娘を産む前の妻にプレゼントした薄い生成りのリネンのストールを、いつも妻がそうしていたように見よう見まねで巻いた。娘を厚手のしっかりとしたチャイルドシートの中に寝かせて後部座席に固定し、わたしは車を走らせた。

先週の土曜日の深夜に河口湖まで釣りをしに出掛けたときと同じだった。なにも変わらなかった。０３０９。同じ並びの同じ数字が、車のラジオのチューナーに付属したデジタル時計のやんわりとしたオレンジ色のバックライトの中に浮かんでいた。

道はどこもすいていた。大栄橋を渡って片側1車線になり、その先のY字路で別の県道と合流して新大宮バイパスに流れ込んでも渋滞するどころか前方を走る車の影さえ見えなかった。

わたしは妻と娘を抱いて、とんでもなくおおきなバナナの房のようにいっぺんに抱いてマンションから８００メートル離れたところに月極で借りていた露天の駐車場まで走った。一刻も早くわたしはあの場所に戻らなければならなかった。先週の土曜日の夜からやり直さなければならなかった。ふたりだけをこのまま死なせておくわけにはいかなかった。革靴の片方が脱げた。すぐにもう片方も脱げてもそのまま走った。コットン90％、ナイロン9％、ポリウレタン1％の薄い生地を通じてアスファルトの凹凸を感じながら里芋畑の中の住宅街をわたしは走った。

あの場所に戻るまでは余計なことは考えないとあれほど誓ったのに、誓ったからこそ曲がりなりにもこうして行動し始めることができたはずなのに、わたしはいつもよりさらに、いや、いつもとはくらべものにならないほど余計なことばかり考えていた。

だがそれも走り出してから最初の角を曲がるまでのことだった。わたしは乱れた自分の呼吸と自分の足音以外なにも聞こえなくなった。つまりはなにも考えられなくなった。なにも考えられなくなったとも考えられなくなり、やがて妻と娘の重ささえも感じられなくなった。

目をかたく閉じ、夢も見ないで眠るようにわたしは走った。内臓から徐々に首や膝といった関節へと進み、やがて全身に及ぶとなにかの本で読んだことがある死後硬直との競争だった。ふたりが固くなる前に、目を完全に閉じてしまう前にふたりの亡骸とともにわたしも眠りにつかなければならなかった。

わたしは助手席に座らせた妻の安全ベルトを確認した。娘を厚手のしっかりとしたチャイルドシートの中にポリエチレン製の白い発泡ネットに包んで箱詰めにする桃のようにやんわりと寝かしつけてがっちりと後部座席に固定してから車のまわりを点検した。ただひろいだけが取り柄の駐車場なのに、なぜかいつもわたしの車の近くに置きっぱなしにされている、誰のものだか、どこの家族のものだか知らない三輪車を草むらの中に片手でよけた。ぽん、と暗闇の中で跳ねたタンポポの首がわたしの脛に頭をぶつけた。

オートマチックのギアをドライブに入れたのにブレーキペダルからアクセルに踏み換えても、踏み込んでもエンジンの回転がいつもより鈍く、タイヤが地面にめり込むようにしか進まなかった。車を駐車場の外まで出してからサイドブレーキを降ろし忘れていることにわたしは気づいた。

駐車場の向かいは黒いビニールを張った里芋畑の畝の暗闇で、その向こうに白い鉄塔の火の見櫓が立っていた。以前はおそらく農道で、大八車やリヤカーが行き交っていた土の上にアスファルトのパンケーキを載せただけの道の上を四つのタイヤの腹で這いつくばるようにして車を少しずつ前へ進めた。

白っぽい石の塊がハイビームにしたヘッドライトの光の中に浮かび上がった。目も鼻も口もごっそりとえぐり取られた道祖神の、ほとんどひとつになったふたつの顔だった。胴体しかない顔だった。

わたしはハンドルを右に切り、またすぐ左に切った。軽く握った手のひらの中でするするとハンドルを滑らせニュートラルの位置まで戻している途中で、ばちん、と感電したような衝撃で首を後ろにのけぞらせた。

かなづちかハンマーで、それも思いきり殴られたような痛みが、痛みと感じられる前にわたしの脳天に突き抜け、肩から指の先まで痺れた手でハンドルを思いきり強く握ってもしばらくなにも感じなかった。右手の親指の爪が割れて指の腹で受け損ねたコンタクトレンズみたいに親指の端にぶらさがっていた。

わたしはハンドルを握りながら右手の親指の爪を左手の親指の腹で、もともと爪があったところに押さえつけた。ダッシュボードの中に入っていた黒いビニールテープでぐるぐる巻きにした。アクリル樹脂系の粘着テープに使用されているアクリル酸エステルモノマーは粘着性に優れている分あとで剝がすときに皮膚にストレスを与え毛細血管が拡張し充血することで紅斑や浮腫が生じることはわかっていたが、ほかに選択肢はなかった。絆創膏の代替品になるようなものが車内にあるとは思えなかった。

どこでいつ爪が割れたのだとも、なんで割れたのだともわたしは思わなかった。たとえ腕が肩からなくなっていたとしてもわたしはさしたる感慨を抱かなかったのではないかと思う。腕の筋肉を、特に左腕の上腕二頭筋が裂けたみたいに痛めていたのは妻と娘を抱えて800メートルを全力疾走したからだろうか。それとも、妻と娘を左手一本で抱えたまま右手だけで車のカバーを引き裂くようにして剝ぎ取り駐車場の砂利の上に投げ捨てたからか。いずれにしてもわたしはなにもおぼえてなかった。

もしかしたらわたしは眠いのかもしれなかった。あくびをして流れ落ちた涙がまだ乾ききらぬうちからまたあくびが、それも出たか出ないかわからぬくらいのちいさなあくびが、出てもすぐにまた出そうな気配が、火照りがわたしのまぶたを熱くした。まっすぐ前を向いて走り始めてから5分もしないうちにわたしの目には焼けて縮んだアクリル板のように車のフロントガラスが遠くに見えた。古いちいさな写真のようでもあった。手を伸ばして確かめてみると、やはりそれは目の前にあった。

わたしはほんの数秒ほど右の中指と薬指の先がフロントガラスに触れたままにしていた。特に指先だけを見ているわけではなかったのに、そのうちだんだんと車線を区切る白いラインがぼやけて見え始めた。目の焦点距離が定まらなくなり、運転するには危険極まりない程度のものしか目に映らなくなった。手を離すと指のあぶらが指紋となってそこに残った。それが対向車線を走る車のヘッドライトでときおり白く光った。

わたしはあごを引き、姿勢を正した。なるべく遠くからフロントガラスを見るようにした。いや、フロントガラスそのものをなるべく見ないように心がけたと言うべきだろうか。少しだけズレて並んだふたつの指紋も水垢もワイパーの拭き残しも見ないようにした。そうやって、できる限りフロントガラスの存在を忘れてその向こうの景色だけを見るようにした。

すると舗道のケヤキ並木や電信柱の後ろに身をひそめていたガソリンスタンドの虚ろなひろがりや灯りを落としたファミレスの中に沈殿した暗闇とともに夜が車の中に流れ込み、わたしの中を通過した。わたしはわたしの見ているものとしていることの境界線がわからなくなり、危うく赤信号を無視して直進しそうになった。

ぐっと踏み換えた右足で思いきりブレーキを踏んだ。歩道橋に四隅を囲われた交差点のまん中で停止した車が、跳ね上がった視界がわたしの目の前にすとんと落ちた。シートベルトに縛られたまま助手席のヘッドレストから転がり落ちた妻の頭を思わずわたしは右手で受け止め抱きかかえた。またもや脳天を突き抜ける、まるで自分のものではないかのような激痛でなかば目を閉じ震える視界の中をトラックが1台、わたしの車のフロントぎりぎりのところをわざとかすめるように通り過ぎて行った。

馬鹿野郎、と言っているのである。そのくせ馬鹿野郎に興味津々で、通り過ぎながら馬鹿野郎の車の中を覗き込まずにはいられなかったのである。トラックの助手席に座った金髪の若い男と目と目が合った。わたしは左手で自分のシートベルトを外して妻の背中に腕をまわした。

歩道橋の端に設置された外灯が妻の白いロングスカートを照らしていた。それはサンダルと一緒に大宮のそごうで買ったものだった。

妻は「あたしもついにこんなものを履くようになったかー」とスカートの裾を摘んで、

試着室の鏡越しに店員の女性の陰に隠れるように見ていたわたしの目を見て笑った。水色と、それより少し色の濃い青の小花がちりばめられた白のロングスカートだった。「そのうち白のストッキングとかも平気で履けちゃったりするのかなー。まさかね」

わたしは妻がなにを言っているのかわからなかった。なにを嘆いているのかわからない嘆きは嘆きとは聞こえないもので、わたしは妻は冗談を言っているものだと思っていた。そのロングスカートは手足の長い妻にとてもよく似合っていた。

閉店間際のせいなのか、三階のファッションフロアーの人影はまばらだった。商品の服を着せられたマネキン人形の前を、あるいはハンガーに掛けられたブラウスやスカートのあいだを歩きながら妻は服ではなくわたしの目ばかり見ていた。

ガラスのショーケースの中の、あれはなんと呼べばいいのだろうか、女性がスーツを着たときその下に着る、その多くは白くて胸元にレースがあしらわれた、見ようによっては下着のようにも見えるが下着ではない服を、床に片膝をついて畳み直していた女性の店員に目がとまった。

どことなく妻に似ていたからだった。もしかしたら妻は以前こういう店で、こういう店というのはつまり洋服を売るような店で働いていたことがあるのではないかとわたしは思った。なぜいま自分がそう思ったのかわからないまままわたしはそう思った。

だがその可能性はないとは言い切れなかった。妻のむかしを知らないわたしには、そうであるかもしれないにしろ、そうでないかもしれないにしろ可能性を探ることしかできなかった。わたしはずっと妻の視線を感じていた。

妻は畳んでいた商品のいくつかを手にして背を向けたその女性を呼びとめ、つかつかと駆け寄った。まるでひさしぶりに会った同級生のように親しげに話してから振り向き、わたしを手招きした。

買ったのはその女性が身につけていたサンダルとスカートだった。土曜日に河口湖まで釣りをしに出掛けたときも妻はこのスカートとサンダルを身につけていた。そこまで思い出してからようやくわたしは気づいた。妻は裸足のままだった。わたしは妻の亡骸にサンダルを履かせるのを忘れていた。

帰宅したとき、妻がめずらしくつけっぱなしにしていたテレビの天気予報が夜半にかけて降ると言っていた雨はまだ一粒もフロントガラスに落ちてなかった。帰宅する前に必ずするようにしていた職場からの電話に妻が出ないときは娘と添い寝してうたた寝をしているのが常なのだが、リビングの1段高くなった和室にもソファの上にも妻と娘の姿はなかった。

ただテレビだけがついていた。就寝するために灯りを消したのではなく、灯りをつけないまま夜を迎えたリビングは昼のカーテンのままだった。

午前零時を過ぎたのだからあしたではなくきょうなのだと、きょうの天気をお伝えしますと、どこか得意気にきょうを強調しながらあしたの天気の解説をする天気予報士の青年は、明け方に雨が降るかもしれないが、昼前には晴れてひさしぶりに春らしい1日になるでしょうと笑顔で告げた。右手に持った指示棒を左の手のひらで受けとめ頭を下げた。

眠れなくて、ひとりでテレビの深夜放送を観るときだけ妻が座る4人掛けのテーブルの席に、わたしは鞄を抱えたまま腰を降ろした。わたしが今朝飲み残したカフェオレボウルがそのままになっていた。

左足の靴下のかかとが濡れていた。テーブルの下を覗き込むと、ペアで買ったもうひとつの、妻のカフェオレボウルが中身を撒き散らしながら転がっていた。

わたしは膝の裏でイスの座面をゆっくりと後ろに押してから立ち上がった。手近なところにあった雑巾を手にして拭き取り、裏返して半分に折ってもう一度拭いた。その手を床につき、這ってイスの脚を摑んだ。さらに遠くまで飛び散った細かなしぶきを拭きながら、あとは寝室しか妻と娘がいる可能性がある場所は残されていないのに、いっこうに寝室に足を向けようとしないわたしの背中をわたしは眺めていた。

妻がいままでに何度観たかわからないほど観たことがあるにちがいない、どこか知らない国の、おそらくヨーロッパの街並みやいかにも活気がありそうな市場の映像を垂れ流しにしているテレビの前に突っ立ち、テーブルの下を拭いているわたしを、わたしはいつまでも眺めていた。

信号が青になるのを待たずに走り出してすぐに眠気覚ましのために窓を開けると、まだ1センチも開けてないのに勢いよく吹き込んできた風が窓の隙間でもがり始めた。そのなんとも言えない上擦ったような、すすり泣くような風の音に耳を奪われたままハンドルを握った。

助手席で眠る妻の髪の毛が風で舞い上がるのを視界の端ぎりぎりのところでわたしは見ていた。先週の土曜日に河口湖まで釣りをしに出掛けたときも、走り出すとすぐに眠ってしまった妻の髪の毛がばらばらと風に舞うのをわたしはこうして、いまと同じようにして眺めていた。

なにも変わらなかった。あのときも起きていたのはわたしだけだった。妻の首に巻かれたスカーフが裏返り、紐に干した洗濯物のように顎のラインでなびいて妻の顔を覆い隠した。いつまでもそれはぴたりと張りつき離れなかった。

スカーフの下から妻の顔のかたちが、やたらと彫りの深い、ヤスリで磨いたローマの石膏像のように浮かび上がった。不思議なもので、直接目にするよりもそれが妻の顔であるのがよくわかった。

目を閉じて、他人の目鼻立ちを手で触って確かめるのと同じで、目で見て確かめることができない代わりに惑わされることもなかった。運転席の窓から吹き込む風は妻の首に巻かれたスカーフを手の代わりにして、どことなくわたしの目にはそう見えたのだが、慈しむように、憐れむように布の肌で触れて、妻の目鼻立ちをしつこく何度も確かめつづけた。

それでも妻は目を覚まさなかった。さすがにわたしは心配になって、運転しながら左手を伸ばした。妻の顔からスカーフをよけてもすぐにまたそれは妻の顔を撫で始めた。風でばたばたとはためき、息ができないように妻の口と鼻を塞ごうとした。

それでも目を覚まさないのはあまりに不自然だった。妻は眠っているのではなく、眠っている振りをしているだけだと気づいたわたしは心配するのをやめることにした。いや、やめた振りをすることにした。そんな騙し合いをして無言で当て合うゲームをすることくらいしか、わたしは妻と遊んでやることができなかった。振りをしているだけではないかと疑う癖が自然と身についていた。

妻の振りは振りでも本気だった。そんじょそこらの本気よりも本気であるのをわたしは知っていたから、ただただ根気強く妻の振りに騙された振りをしつづけるしかなかった。

とはいえものには限度というものがある。妻の悪ふざけはいつもあまりに度が過ぎた。わたしが我慢できずに手を伸ばすと、妻は待ってましたとばかりに目を開けた。そしてなにごともなかったように体を起こした。フロントガラスとダッシュボードの隙間に横倒しにした顔をねじ込み、夜になってもちっとも暗くならない首都圏特有の、暗いのに明るい夜空を見つめた。

きょうみたいに低く雲が立ちこめた夜は薄紫色に塗られているのだと妻は言った。運転しているわたしにも確認させようとした。「ねー、ほらー。誰かが色を塗ったみたいでしょう?」

なにもかも同じだった。先週の土曜日の深夜に河口湖まで釣りをしに出掛けたときもわたしは雨が降るのを心配していた。

妻は口では言わなかったものの何ヶ月も前からこの旅行を楽しみにしていた。まだ旅行に出掛ける前なのにすでに河口湖に到着してひと息ついたような柔らかな笑顔でテントを張ったらなにはさておきすぐにボートに乗って湖のまん中にある「うの島」に行くのだと妻は言った。

駐車場やトイレが不足して遊漁税なるものを自治体が徴収しなければならなくなるほど河口湖にブラックバスを釣りに行くのが近ごろ流行しているのは知っていた。湖畔のホテルや旅館も不景気だったころにくらべれば収益もだいぶ持ち直したという話はどこからともなく、おそらく同期の誰かから聞いて知っていた。日曜日の早朝と言うより土曜日の深夜に出掛けて湖畔にテントを張って、のんびり釣りをすることにした。

わたしが家族サービスらしいことをするのは結婚して以来これがはじめてだった。河口湖で釣れるのはブラックバスだけなのか、それともほかにも釣れるのかと聞くと妻の答えは「ブラックバス? なにそれ。知らない」だった。「別にフナでもコイでもなんでもいいの。ホテルの桟橋からボートに乗って、うの島に行くことさえできればあたしはそれで。鳥たちの声を聞くことさえできればあたしはそれで」

　妻はリビングのイスの後ろ脚で器用にバランスをとり、天井を仰ぎ見ながら言葉をつづけた。わたしもつられて仰ぎ見た天井を撫でるように揺れるレースのカーテンの幾何学模様の影の向こうをスズメかなにかの影が音もなく一直線に通り過ぎた。まるでもう湖の上にいるかのように落ちついていた妻の視線はその影を予期した流れ星のように見つめた。

「湖の北側は、こほく、て言うんだけどね。御に坂に峠と書いてみさかとうげと読む。山というか峠のほうから春になると目には見えない桜の花びらみたいに風に乗って湖の上に、ちちちち、ちちちち雨のように落ちてくる鳥たちの声が、湖のどこにいても、うの島の森の中にいても、ちゃんとあたしのところまで聞こえてくる。その声は、声の声は、思い出はいつ思い出してもいま聞いてるみたいに聞こえてくるから、いま聞いているはずなのにずっとむかしに聞いたみたいな、そうでなければあたしなんかが生きているはずがないくらいずっと遠い先の、先の先で誰かがあたしの代わりに聞いてくれているか、あたしがその知らない誰かになって聞いてるみたいに聞こえてきて、聞いているいまがいまなのか、聞こえてくる声が抱えているいまがいまなのか、どっちがいまなのか、いまのいまなのかわからないまま逃げてゆく鳥たちの声を追うみたいにしてずっと聞いていたら代わりにあたしを呼ぶ声が、あたしの名前が鳥たちの声のように聞こえてきたのに、たくさんの声があたしの名前を呼んでいるのに、あたしはここにいるよ、生きているよ、だから心配しないで、さがさないでと呼び返すことができなかった。

　いまここにいるのがあたしなのは、いまがいまだからなのか、それともあたしがあたしだからなのか。そうでなければあたしがいまここにいると思い込んでいるだけなのか。わからないというか区別がつかなくて。あ、そういえば、て思い出したのは、まだあたしが小学校の一年生だったときに迷子になったときだった。渋谷の駅前のバス・ロータリーの、バスとバスのあいだの、そこは渡っていいのかいけないのか、むかしもいまもわからないところがあって、もし渡ってはいけないなら、すぐに戻らなければならないのはわかるんだけど、わかってるんだけど、もしそうだとするともう一度渡ってはいけないところを渡らなければならないことになるわけで。もうどうしていいかわからなくなって、たぶんいちばんいてはならないところに、いちばん危険なところにあたしはひとりで突っ立っていたんだと思う。どうすることもできなくて、馬鹿みたいにただただ泣いていたんだと思う。知らないひとが声をかけてくれた。お嬢ちゃん、どうしたの？　そんなところでなにをしているの？　こっちへ来なさい、早く来なさい、てびっくりするくらい体のおおきなおばあさんが声をかけてくれたんだけど、いま思えばそれは外国のひとで髪がまっ白だったから、怒らしてはいけない、歯向かってはいけない、シチューにされて食べられてしまうと思って、親には一度も見せたことがないほど素直な気持ちで『泣いているの』と答えたのに、それはわかったから、見りゃわかるから、おかあさんは？　おとうさんは？　どこにいるの？　なんて、いまいちばんあたしが聞きたいことを聞いてくるからこりゃだめだと早々にあきらめて、走り出したらすぐ目の前にタイヤがあった。あの黒い、ちょっと毛が生えたみたいな油臭いゴムのかたまりがあった。あたしはどうやらバスに轢かれたみたいだった。

あ、死んだんだ、あたしはいまもう死んだんだ、て思っていたら、あたしの名前を呼ぶ声が今度ははっきりと聞こえてきたの。だけどそれは、あたしの名前はあたしの名前でも、あたしと同じ名前の知らない誰かの名前じゃないかと思って、いや、絶対そうだと思って返事をしないでいたら、顔から火が出たんじゃないかと思うくらい思いっきり引っぱたかれたの。殺される、木に縛られて火あぶりにされる、魔女に死刑にされると思って、走り出そうとしたら足を摑まれて、膝をごりごりアスファルトに擦りつけられて、いまごろきっとそこは大変なことに、そこというのはあたしの膝のことなんだけど、血がだーだー流れて見るも無惨なことになってるだろうと思いながらも走るのをやめることができなくて、ずーっと足だけを、腰から下だけを水平にまわる水車みたいにぐるんぐるん動かしていたら目が覚めた。病院のベッドの上にあたしは寝てた。むかしね」

妻はそこで、ぷつりと言葉を切った。慌てたように、もしかしたら慌てた振りではなくて本気で慌てているのではないかとわたしに思わせるような、見たことがないような慌てっぷりで「むかしね」と同じ言葉をもう一度口にした。あきらかにいましようとしていた話とは別の話をし始めた。

「ほら、こんなふうに、なんとなく語尾に出てくるこのしねがね。わかる？　むかしね。ね？　ほら？　いまのはわざと言ったんだけど、いつだったか忘れたけど、書いたメールを送る前に読み返しているときになんとなく失礼な言いまわしなどころか相手に死ねと言ってるみたいな気がして書き直したときがあって。それ以来ずっと使えなくなったというか、自分の中で使うの禁止してるんだけど、これが結構頻出するんだ、意外に。ほら、仕事の返事とかでメールを打つでしょ？　近いですしね、とか意外と便利ですしね、とかあと数時間もないですしね、とか。たとえ私用であっても相手が年上なら敬語になるから、やたらとしねが多くなって。あ、まただと思って書き直そうとするんだけど、意識して違う言いまわしで書こうとすると、今度はなにを書いていたのか、いま自分はなにを書こうとしていたのかわからなくなってきて。まさかこんなことで残業することになるなんて思わないから、思ってなかったから、きょうの晩ご飯はあたしが作る約束をしてたのに、あたしの当番だったのに、いつも使っている幡ヶ谷のスーパーが閉まる時間が迫ってきて、あたしがいる場所が、いまがものすごいスピードで膨らんできて、早く終わらせようとすればするほど発想が貧困になるというか、関節が外れてばらばらになった言葉がかろうじて皮にひっついてぶらさがったみたいに、猛獣にしゃぶり尽くされたあとの骨みたいに意味があるとは思えないしろものに、しろもの？　シロモノ？　シドロモドロノシロモノになって、キーボードの上で指がそれこそ白骨化したみたいにぜんぜん動いてくれなくなって、もう死ねでもなんでもいいやと思って、とにかく書こう、いまはそういうこと全部に、シドロモドロノシロモノ全部に目をつぶっていま思いついたことをいま思いついたまま書こうと思うんだけど、それでもやっぱりあたしは嫌なんだよね。嫌という気持ちにいまもむかしもないというか、一度決めたからずっと禁止しているとか、そういうことじゃなくて、ずっとなものだけがいまだというか、ゆるしてくれないあたしだけがいつもあたしだというか、いまだというか。涙が変なところから溢れ出てきて、結局帰るのはいつも終電。嫌いじゃないんだけどね。どう考えても、むいてないんだよね。言葉を使うのが、あたし。使われるばっかりで。あれ、いま、あたし、なんの話をしてたんだっけ？」

　偶然じゃなくて、いまわざと話を変えたでしょうと言おうか言うまいかわたしは迷わなかった。わたしは妻に迷わずそういうことを言わないことにしていた。

　本当は言いたいのに言わないのでも言えないのでもなくて、わたしは妻に自分のことをもっと話せと言いたくなかった。言えばわたしの夫としての価値が、あるいは同じことだが、妻の夫がわたしでなければならない理由が一瞬にして二度と取り返しのつかないかたちで失われるような気がしていた。

　わたしがそんなことを望むはずがなかった。わたしは妻との、そして娘とのこの生活をなんとしてでも守りたかった。だからわたしは迷わなかった。迷わずわたしは、妻はおかしなことなどなにひとつ言わなかったし、なにも聞かなかったことにした。たとえ聞いたとしてもおかしいとは感じなかったし思わなかったことにした。

振りであろうが本気であろうがわたしがしたことであることに変わりはなかった。そのうちわたしは振りではなくて本気で忘れてしまった。もしかしたら妻に自分のことをもっと話して欲しいという欲望が最初からわたしにはなかったのかもしれない。わたしにはいましかなかったから。いまがいまであればそれでよかった。妻はわたしのそんな気持ちを、欲望を知ってて、あるいは見抜いて、わたしを夫に選んだのかもしれない。

妻とわたしのこの結婚はわたしが選んだものではなかった。妻を選んだわたしを妻が選んだ結婚だった。あくまでも最終的にこの結婚を選んだのは妻だった。

上司を通じて紹介されたときからずっとわたしは、嫌ならいつでもやめることができる余地を妻に残していた。それがわたしのずるさであり、生きる術であり、大体において、いや、すべてにおいて選ばないことを選ぶようにするわたしのやり方だった。それが国家公務員という仕事をわたしが選んだ理由でもあった。

選ぶのは、選ぶ権利があるのは国民であり、選挙によって選ばれた政治家であるとわたしは考えていた。わたしたち国家公務員には選ぶ権利も必要もなかった。法案などいくらでもこしらえることができるが、どの法案を国会に提出するのか通過させるのか選ぶことはできない。選ぶのは国民であり、国民を代表する政治家である。たとえこしらえた法案が10にひとつしか通過しなかったとしても、今国会で可決した翌日から新しい制度として機能し始めるどの法案もわたしたち国家公務員がこしらえたものである。その自負だけでじゅうぶんだった。

「あたしにはむかしからそういうことが多すぎる。いや、多すぎた」

テーブルのイスの上で眠っていた娘が、ふいに降り出した雨のようにぐずり始めた。足をばたばたさせているお尻を抱いて立ち上がる直前に、妻はわたしに聞こえるか聞こえないかくらいのちいさな声でそうつぶやいた。

一瞬なんのことだかわからなかった。さっき妻が口にした「自分の中で禁止していること」だと思い至ると、しばらく前からトイレに行きたかったのに腰を上げるタイミングを逸してしまった。妻をひとりにすることができなくなってしまった。

テーブルの上は気の早い妻が用意したキャンプ道具でいっぱいだった。おにぎりやらきんぴらごぼうや卵焼きといった定番の惣菜を入れるためのタッパーウェア。それと妻が唯一この家に持ち込んだ嫁入り道具のアラジンの赤いチェックの魔法瓶。わたしが独身時代から持っていたガス式のランタンやマトリョーシカみたいに重ねられる鍋の一式、ちいさなヤカン、飯盒といったキャンプ道具一式。妻は本当に今度の旅行を楽しみにしていた。

「寝ちゃだめよー。夜にお目々がぱっちりしちゃうから寝ちゃだめよー。まだ寝ちゃだめよー」

妻に揺すられながら、いまはもう泣きやみ、けたけたと笑いながらも目だけが別の生き物のように一点を見つめる娘は、レースのカーテンを透かして見えるものを「隣りの家」とか「里芋畑」などという言葉を介さずに見ることができるのだろうか。近いですしね、とか意外と便利ですしね、とかメガネのレンズの汚れが気になるように、しねが死ねに思えて禁止せずにはいられなかった妻のように「そういうことが多すぎる」ことになるのだろうか。言葉をおぼえれば、いずれは妻のようにレースのカーテンの幾何学模様を朝までずっとひとりで眺めるような眠れない夜が娘にも訪れるのだろうか。

「なーに？　あれ。あれなんだろうねー」

ひと月くらい前に見たときはまだ竹藪だった窓の景色の代わりに忽然と現れた銀色のドーム型の屋根と、それを見つめる娘の黒目がちな目を妻は交互に見つめた。「バンブー、バッティング、スタジアム？」

去年の暮れまでわたしたちが住むマンションの隣りで真竹特有の濃い緑の葉を揺らしていた竹藪に、小学生の、確か四年生のときにわたしは友だちとこっそり竹を切りに行ったことがあった。ふたりで流しそうめんをする計画だった。

枯れた竹の葉が堆積して、歩くと足の裏が弾むほどふかふかになった地面に何度も足をとられながら奥へ進むと、そこだけぽかんとまるく空のあいた竹が一本も生えてない場所があった。犬小屋よりもちいさな白木の祠がそこに祭られていた。

なんだこれ、と友だちがその祠を蹴ると、倒れて開いた格子の扉の中からちいさな白い皿がスロットゲームのコインみたいにばらばらと出てきた。

なんとなく誰かが見ているような気がして、怖くなってわたしは、逃げよう、と友だちに言った。駄菓子屋のような、何でも屋のような酒屋の息子で、クラスの中でインベーダーゲームでも音楽のダビングでもエロ本拾いでもなんでも一番最初にやるその友だちは、どことなく青みがかったそのちいさな白い皿を摑んで、死ね、死ね、とつぎつぎ投げ始めた。

藪の中に転がっていた子供ほどの背丈もある赤錆だらけの巨大な金庫に命中して割れるとそれはまっ白なしぶきとなって飛び散り、日の光に透けてきらきら光った。しゃーん、と砕ける音がまわりを囲む竹の中に浸透した。痺れたように尾を引き、いつまでも反響した。

そのうちわたしも友だちと一緒になって投げ始めた。死ね、死ね、と夢中で投げつづけた。わたしの記憶の中では、触ると指先に灰色の泥がつくそのちいさな白い皿は、死ね、死ね、と何枚投げても尽きることがなかった。投げても投げても祠の中から溢れ出てきた。

いまあなたが娘を抱いて顔を並べて見ているバッティングセンターの下には、気味が悪いほど白くてちいさな皿が何枚も何枚も割れて砕けて眠っていると怪談めかして妻を驚かせ、笑わせたかった。わたしは妻の笑ったあとの「へちゃむくれ顔」が好きだった。

妻はいつも我に返るのを、いまがいまでなくなるのを怖れるように、すがるように笑いつづけた。カフェで隣りに座っていたカップルを驚かし、のけぞらせて、このひと変、おかしいよと目を見合わせ、ぷっと笑われることもめずらしくなかった。妻はそんな視線など気にしない、気にならない厚顔無恥で馬鹿な女の振りをした。

妻はどんな女の振りをすることもできた。キャリアの妻などお手のものだった。同期の結婚式に出席しても、どこからどう見ても妻はそういう女で、生まれたときからそういう女として生きてきたようにしか見えなかった。だからといって妻が本当はどんな女であるのかわたしは知らなかった。妻はかつて妻だったものの破片を集めて固めたものにすぎなかった。

壊れているものは誰にも壊すことはできない。眠らない者を起こすことはできない。ひとたび眠れば妻はいつでも死んだように眠った。揺すってもなにをしても妻が起きないのは生きている振りをするのにときどき疲れて、魚の腹の中から指で掻き出した内臓のように自分を自分の外へ放り出さずにはいられなくなるのだろう。別にベッドでなくてもソファの下でも床でもどこでも妻は眠った。

もしかしたら妻にとっては毎日がキャンプみたいなものだったのかもしれない。むかしホテルの廃墟で暮らしたことがあるというのは冗談ではなくて、冗談の振りをして妻はこっそり本当の話をしてたのかもしれない。いまがいまのまま夜になり、昼にもなるようないまの中で妻はいつでも練習をしていた。生まれたばかりの娘と一緒にいまを生きるための練習を、まだし始めたばかりだった。

戸田南と書かれた標識の下の坂道でアクセルを踏み込み、車ごと頭をもたげるようにして登りきるとすぐに高速道路の料金所が見えた。中指と薬指のあいだにチケットを挟んだ老人が右手を窓から差し出した。わたしの車がまだ坂を登りきる前から上下にそれを振りながら待ちかまえていた。車を横につけたわたしがまだ運転席の窓を開けていないのを見ると、ち、と軽く舌打ちをした。

後ろで車が待っているわけでもないのになにをそんなに慌てているのか、慌てる必要がどこにあるのか。窓を降ろしながらわたしが睨みつけると、老眼鏡を鼻メガネにして、上目遣いでわたしのことを睨み返してきた老人は、なにをしている、ほら、どうした、なんでさっさと受け取らない、馬鹿かおまえはと高速道路のチケットをまたしてもわたしの目の前でぴらぴらと振った。

家畜のエサじゃあるまいし、そんなものを受け取れるはずがなかった。受け取ればわたしはあなたの奴隷であると認めたも同然だった。わたしは老人が態度を改め、こんばんはとちゃんとあいさつをしてから、どうぞお受け取りください、手前どものチケットをお納めくださいと差し出すまで受け取らないことにした。必要なら1時間でも2時間でも居座る覚悟がすでにわたしはできていた。

どれくらいの時間がたったのだろうか。10秒、どんなに長くても30秒はたってなかった。その時間がわたしにはおそろしく長く感じられた。わたしがハンドルを握り締めてなにも言わずに前を向いているあいだもずっとその老人は、わたしの車の中を覗き見ていた。び、とわたしがクラクションを鳴らすと、びく、と老人は肩をすぼめた。怒るのではなく、なぜか助けを求めるような目をしてわたしを見つめた。

薄い水色の工事現場の作業着みたいな制服を着たその老人は、なにがわたしにそう思わせたのかわからないが、よくニュースで耳にする地元の猟友会のメンバーなのではないかと思った。老人が水色の制服の上から羽織っていたオレンジ色のジャケットと自警団のような帽子がわたしにそう思わせたのかもしれなかった。いずれにしても老人が急におとなしくなったことだけは確かだった。

わたしはなにも言わずに老人の手からチケットを奪い取ると、すぐにパワーウィンドウのスイッチを押して窓を閉めた。危うくわたしは自分で自分の腕を挟みそうになった。その拍子に高速道路のチケットを車の外にひらひらと落としてしまった。慌てたのと恥ずかしいのと、利き手が使えないのとでなかなか指がかからなかったドアのコックにようやく左手の指をかけたときわたしは気づいた。

さっきからずっとわたしの車の中を覗き込んでいた老人は、妻と娘の様子がおかしいことに気づいたのである。いまのいままでそのことに思い至らなかったわたしのほうがどうかしていた。だから老人はあんな目をしてわたしを見たのである。あわあわと口を開いてわたしになにかを言おうとしていた。警察に通報しようかどうか迷っていたのかもしれなかった。

別に構わないとわたしは思った。通報するならしろと、それだけの意志があるならしてもらっても構わないと、するもしないも老人の自由なのだからとわたしは腹をくくった。もし老人がそうするのなら、わたしはわたしのするべきことをするまでである。阻止する必要があるなら阻止するまでのことである。

わたしにはまだやらなければならないことがやまほどあった。いつまでもこんなところで立ち往生しているわけにはいかなかった。だがわたしにそんな事情があることなどこの老人には知るよしもなかった。つまりはこの老人に罪はなかった。

わたしはもう一度、ただし今度は冷静にパワーウィンドウのスイッチを押して窓を開けた。果たして老人は同じ姿勢で、同じ目をしてわたしを見ていた。どことなく憐れむような目をしてわたしを見ていた。

いまここでわたしを警察に突き出すためにならなにをしてもらっても構わないが、妙なことを言い出すのだけはやめて欲しいとわたしは思った。わたしを説教するようなことだけはして欲しくなかった。

なぜならそれだけの覚悟が、意志が老人にあるとは思えなかった。中途半端な覚悟でわたしのためになにかをしようとして、その見返りを得られないどころか逆にわたしを怒らせて殴られればきっと老人は雷に打たれたように驚き、なにをするのだと、おまえに殴られなければならないようなことなどわたしはなにひとつしてないと、むしろおまえのためを思って、良かれと思ってしてやったのに、なぜこんな仕打ちを受けなければならないのかと涙ながらに訴えることになるだろう。

自分でそれだけのことをしておいて、なにもしてないもなにもないものであるが、人間の意志など所詮その程度のものである。むしろ自然なことで、老人の怒りはもっともであると言うべきであり、生きてゆくためには受け入れなければならない現実なのかもしれない。なんとなく、そう、なんとなくわたしたちは、他人のことなのに自分のことのように心配したり、しなかったりするのだから。本人が嫌だと言っているのにアドバイスしてあげたくなったり、かと思えば急にどうでもよくなったりするのだから。

他人を排除するために、たとえばあそこにあやしい人間がいると警察に通報したり、おまえとはもう二度と会いたくないと、連絡もしないし連絡もするなと絶縁したり解雇したりすることは、他人が他人であることをあらためてそこで確認するようなもので、いまさら驚くようなことではないが、他人であるのにまるで自分のことのように心配をして助けようとしたりなにか言ってあげたくなったりすることは、たとえそれがどんなにささいなことであっても驚くべきことである。どれだけ驚いても驚き過ぎることはないほど驚くべきことである。大胆で、不遜極まりない、神をも畏れぬことである。

いや、それはそうではなくて、こういう場合はこうしたほうが合理的で、あるいは自然で理にかなっていると、ときにわたしたちは自分ではないひとに、すなわち他人に助言をしたり、ときにはああしろこうしろと命令したりもする。そのときわたしたちが他人を他人と思っていないことはあきらかである。

他人ではなくて自分であると思わなければ、たとえどんなにささいなことであってもなにかをひとに言うことはできない。ましてや指図したり命令することなどできない。他人のわたしにそんなことができるはずがない。まるでわたしはわたしに言うかのように、いや、それはそうではなくて、こういう場合はこうしたほうが合理的で、あるいは自然で理にかなっていると言うことができた他人はもはや他人ではなくわたしである。他人のためになにかを言うということは他人をわたしにすることである。その全責任を、みずからの意志で、まるで自分自身のことであるかのようにすすんで負わされることである。よほどの覚悟がなければ、強い意志がなければできないことだし、してはならないことである。

よってすみやかにわたしは老人の前から立ち去ることにした。

アスファルトに這いつくばって車の下を覗き込み、どうにか手が届きそうなところに高速道路のチケットを見つけた。左手の人差し指と中指のあいだに挟んで引き寄せようとしたのに、確かに挟んだ感触はあるのに取り逃がしてまた腕を伸ばしてと、何度かそれをくり返しているあいだもずっとわたしは背中に老人の視線を感じていた。ようやくチケットを手にして膝をつき、立ち上がる前にわたしはどうしても見上げずにはいられなかった。老人の欠けた前歯がわたしを見ていた。料金所の窓枠に左腕の肘を置き、塀の上で夕涼みをしている猫のように悠然と見下ろしていた老人は目ではなく欠けた前歯でわたしを見ていた。

左の前歯だけがカッターナイフの先のように鋭く斜めに欠けていた。老人に対する憎しみがわたしの中で憐れみに転じた。老人のことを心配するだけの余裕がわたしの中に勝ち誇ったように生まれたのである。いつからそれはそこでそうして欠けているのか。もしよかったら、わたしに聞かせてはくれまいかとでも言わんばかりに老人の欠けた前歯に視線を残したままわたしはゆっくりと腰を上げた。

差し歯を入れる予定はあるのか。入れたくても入れる余裕がないのか。ああ、そうか。資金が足りないのか。借りたくても借りる相手がいないのか。だがあきらめるのはまだ早い。差し歯はすべて保険がきかないとお思いかもしれないが、セラミックではなくプラスチック製なら保険がきくし、歯茎の中の根に埋め込むのではなく欠けた前歯の上から被せるタイプならそれほど費用はかからないはず。

歯の噛み合わせはとても重要である。厚生省の歯科疾患実態調査によれば、噛み合わせの悪いひとほど年齢に伴い歯を失う時期が早まり、失う本数も増えるという統計結果をあなたは知っててそのままにしているのか。いつまでも欠けたままにしておくつもりか。差し出がましいことを聞くようだが、歯のことだけではなくてほかにもいろいろと相談する相手は、家族は、友人はいるのか。あなたのことを自分のことのように心配してくれて、とことん話を聞いてくれるひとはいるのか。かつてであろうが遠い未来のことであろうが、あなたにそういうひとがいるなら、いたなら、他人のわたしがとやかく言うようなことではないのだが。

なんならもう少し、ここにいようか？　いましょうか？　そう長くはいられないが、いられませんが、あと30分くらいなら都合がつくので、つきますので、もし邪魔でなければ、お茶でもしましょうか？　していきましょうか？　話ならいくらでも聞くから、聞きますからと、目ざとく見つけた料金所のドアに飛びつき開けようとすると、なにを勘違いしたのか老人は「ちょ、ちょっとなんですか。なんなんですか。わたしがなにをしたっていうんですか」と必死の形相でドアノブを摑んで自分の身の安全を守ろうとした。

「違います」とわたしは言った。「そうではなくて、あなたをわたしの車の中にお招きしてわたしの家族を紹介したいのです。いいでしょう？　それくらいのこと、赤の他人のわたしがしたって」

わたしはドアを開けるのをあきらめた。料金所の窓の中に身を乗り出すようにして、まだドアノブに組みついている老人の目を見て話しかけた。

「妻はいまちょっと理由があって目を覚まさないのでお構いすることはできませんが、どうぞわたしの車の中を思うぞんぶんあなたが納得がいくまでご覧になってください。眺めてください。それでなにかを思い出していただけたらいいのですが。いやその前に、それ以前にですね、わたしの顔を見てなにか思い出しませんか？」

「なにをですか？」

老人は、目の裏側に隠れてしまいそうになるほど端に寄せた目玉で窓を閉めるタイミングをうかがいながらわたしに言った。

「だからわたしの顔をです。あのですね。よーく聞いてください。どうかこころをお静かに、お鎮めになって聞いてください。4日前の夜です。先週の土曜日の深夜にですね。日付で言えば日曜日なのですが。ええ、そうです。たぶんいまとほとんど、いや、まったく同じ時刻だったと思うのですが、もちろんただの偶然なのですが、わたしはこの車でこの料金所の前を通過したんですよ。ええ、そうなんですよ。そのときもたぶんいまとまったく同じように、ここでチケットを受け取ったはずなのですが、もちろん落としたりなどしていませんが、いまあなたの後ろでカナブンが頭をぶつけている蛍光灯の青白い光も、このどうにも手もとが暗くてよく見えない感じも、いまとまったく同じでなにも変わらない。

なにもかも同じなのにわたしはチケットを誰から受け取ったのか、あなたから受け取ったのか、あなたではない違う誰かから受け取ったのか、どちらであるともないとも思い出せないのです。いや、なのにではなく、だからなのかもしれません。いまとまったく同じなのですから、思い出す必要がないのかも、なかったのかもしれません。なぜならずっといまなのですから。いまであることには変わりないのですから。

ベッドの上で妻は膝を抱えて眠っていました。でもそれはいまに始まったことではなくて、膝を抱えて眠るのは妻の癖なのです。フローリングの床であろうが和室の畳の上だろうが、娘を背中から抱きかかえるようにして横になるのが、うたた寝をするときの妻の癖なのです。立ったままわたしがしばらく眺めていると気配を感じるのか妻はすぐに目を覚ますのですが、一度開けた目を閉じて、自分がいまどこにいるのか、なにをしていたのか、なにをしようとしていたのか思い出そうとするときの、なんとも苦しそうな表情を、かたく目を閉じたまぶたの上に浮かべます。とても苦しそうなのですが、これをしないとあとで大変なことになるというのです。その表情を、妻はいまもまだ浮かべているのです。

見えますか？　そうではなくて、こっちです。もう少し左に、あなたからすれば右に移動してください。わからないのですか？　あなたは自分の背中で蛍光灯の光をさえぎっているのです。ほら、どうぞどうぞ、遠慮なさらずに、思うぞんぶん見てやってください。見ていいとあなたはいま言われているのですから、首をもっと、そう、もっとぐーっと伸ばして覗き込んでください。見てやってください。もうあなたは見ず知らずのひとではないのですから。もう他人ではないのですから。もしかしたら妻とわたしを知っているひとかもしれないのですから。見なければ確かめようがないでしょう？　どうでしょう。妻の顔に見覚えはありますか？　わたしの顔とセットでおぼえていたり記憶していらっしゃったりしませんか？　いま思いついたことを思いついたまま言ってください。どうぞいますぐおっしゃってください。本当になんでもいいのです。特にテーマを決めずに話してくださいさい。聞かせてください。あなたはいまなにを考えていますか？　わたしがいま、あなたはいまなにを考えていますかと訊ねたとき、あなたはわたしのその声と同調するようにして、わたしと同じことを、つまりはいま、あなたはいまなにを考えていますかとあなたに訊ねるわたしの声に声を重ねるようにしてわたしの声を聞いていましたか？　それとも別の声を聞いていましたか？　どうなんですか？　よかったら、そこらへんのところを詳しく聞かせてください。なんでもいいから、ほんと、なんでもいいですから、なにか言ってください。おっしゃってください。いまになって思い出したでも構いませんから。わたしのことをおぼえていたのに、しらばっくれやがってこの糞ジジイ、なんて言ったりしませんから。とかなんとか言いつついま言ってしまいましたが、口にしてしまいましたが、どうかおゆるしください。わたしはいま、わたしがいまあなたに求めていることを身をもって実践しているのです。4日前の夜のことでなくても構いません。いまのいまのことでも、ただの印象みたいなものでも構いません。気づいたことがあったら教えてください。聞かせてください。

わかりました。これだけ、これひとつだけ教えてください。いまあなたが思ったことを、感じたことを聞かせてください。あなたはわたしのことを嫌いですか？　嫌いなら、いますぐ黙ってここを立ち去りますから」

嫌いであるとも嫌いでないとも老人は答えなかった。ただ料金所の窓を閉めて鍵を掛けた。

わたしはゆっくりと車に乗り込んだ。怒りにまかせてアクセルを強く踏んだと老人に、万が一にも思われないように、静かに、これ以上ないというほど静かにアクセルを踏んで走り出した。音を立てないよう気をつけてゆっくりと閉めたせいだろう。運転席のドアが半ドアであることに走り出してだいぶしてから気づいた。

あれからどれくらいの時間がたち、いま自分はどこを走っているのか。カーナビの地図と車のラジオのチューナーに付属したデジタル時計で確認することができたのだが、割れた爪の痛みを、あの激痛を、あの激痛の中で感じることがまだわたしはできずにいた。できずにいたことに気づいたときはすでに首都高速道路5号池袋線を永田町・霞ヶ関方面へ向かってわたしは車を走らせていた。

（わたしはダメもとで、首都高速道路株式会社に「戸田南」インターチェンジに勤めていた「左の前歯がカッターナイフの先のように鋭く斜めに欠けた老人」から話を聞くことはできないか問い合わせてみた。

ちなみに本田高史氏がこのとき運転していた車は日産マーチの1995年12月に発売されたモデルで、排気量1・3リットルのスリードア・タイプ。150万円前後で購入したものと思われる。現在もルノーの会長兼最高経営責任者であるカルロス・ゴーン氏が日産に出向してくる3年あまり前のことだった。日産の村山工場（東京都武蔵村山市）に主にエンジン開発の技術者として勤めていた本田高史氏の父親である本田宗輔氏は同工場の閉鎖により同社を退職している。

首都高速道路株式会社（本社：東京都千代田区霞が関）への問い合わせの話に戻る。覚悟はしていたがやはり無駄足に終わった。2005年に民営化された際の大幅な人員整理が行われたこととの影響もあるが、それ以前に「戸田南インターチェンジに勤めていた、左の前歯がカッターナイフの先のように鋭く斜めに欠けた老人」だけでは探しようがないと取材の依頼そのものを断られたのだ。早い話が門前払いをされたのだが、人事部の若い社員にとても丁寧な応対をしていただいた。

余談だが彼とは、それから30分もしないうちに、桜田通りを1本入った官庁街の並木道に青いワゴン車を停めて営業していた弁当屋の列に並んだ前と後ろの人間として再会するととなる。

　今年（２０１０年）の春は、30年ぶりとも40年ぶりとも言われるほど気温が低く、桜が散ったあともしばらく寒い日がつづいていたからか、イチョウの枝の芽吹きはまだで幹は灰色だった。それでも1週間ぶりに晴れ間をのぞかせた空の青みがイチョウの枝のひろがりの中から溢れ出ていた。

　先のとがった革靴を履いた彼の後ろに並んでいたわたしのほうが先に気づいた。中小企業庁と資源エネルギー庁が入った経済産業省別館の白い建物のまわりに足場を組んでいた鳶のひとたちがおおきな音を立てた。なにごとかと振り向いた彼に「先ほどはどうも」と頭を下げた。渡した名刺を彼はまだスーツのポケットに入れていた。

　どこにでもいそうな20代の男性だった。

「申し込まれた取材ってもしかしてあの有名な、官僚の奥さんと娘さんが一緒に殺された事件のことですか？　さいたまで起きた」

　わたしがちいさくうなずくと「やっぱり。なんかそんな感じがしてたんですよね」とまるで彼は有名人の知り合いにでも会ったように目を輝かせた。「犯人の少年の死刑が確定したと、ついこのあいだテレビでやってましたよね。知ってます」

　――なにをですか？

「殺された奥さんは、うちの会社で働いてたひとなんですよね？」

――よくご存知で。

わたしはこっそりジーンズのポケットの中でボイスレコーダーの録音ボタンを押した。

「社内の女子社員で知らないひとはいないってくらい有名な話ですから」

――知ってるのは女子社員だけなのですか？

「いや、そういう意味じゃなくて」

――当時の週刊誌の記事にも本田悦子さんの経歴までは書いてなかったと思うのですが、あなたの会社のみなさんは、どこでそれを。

「どこでって。ネットかなにかで知ったんじゃないですか？」

――あなた自身はいつどこで。やはりネットかなにかで。

「別にそんな、はっきりとしたことはおぼえてないです。しょせん噂の域を出ない話ですから」

――本当です。

「え、なにがですか？」

――本田悦子さん、旧姓・光岡悦子さんは、１９９５年４月まで、首都高速道路公団の総務・人事部に派遣社員として勤めていました。まだ民営化される前の公団だったころの話ですが。

「え、それって」

——そうです。いまあなたが勤めていらっしゃる部署とまるきり同じ部署です。

「嘘でしょ？」

——本当です。

「いや、だからそういう意味じゃなくて」

——まだ派遣という言葉が世の中にいまのようには定着していなかった10年以上前の話ですが。ところであなたは本田悦子さんに興味をお持ちですか？

「興味、ですか？」

——そうです。興味です。

「え、まあ、いちおう」

——いちおうで結構ですので、どういう興味をお持ちですか？

「殺された本田さんの奥さんが犯人の少年と不倫してたとか、そういうことですか？」

——そういうことで結構ですのでお聞かせ願えませんか？

「え、だってですよ。せっかく官僚の、キャリアの奥さんになれたのに、それにあんな美人でスタイルもいいのに」

——まるで見たように言いますね？

「もちろん週刊誌の写真で見ただけですけど。殺されたひとですから。それともあなたは直接その目で見たことが、お会いしたことがあるんですか？」

――いえ。

「だってすっごくきれいで、清楚な感じのひとじゃないですか。いかにもキャリアの妻ですって感じで」

――そうですか。

「なのにですよ。あることないこと新聞や雑誌に書かれて、テレビで連日のように報道されて、ワイドショー好きのおばさんたちの茶飲み話の格好のネタにされるような根も葉もないことに、さらに尾ひれがつきまくったことなのにさも真実みたいに言われて。2ちゃんねるに書いてあったことだからガセかもしれないですけど、ふたりが住んでたマンションもずっと落書きが絶えなくて最後はとうとう取り壊して駐車場にしてしまったって言うじゃないですか」

――はい。事件の1年後に。

「ほんと、ひど過ぎると思います。そういう意味でも、いや、そういう意味でこそ悲惨な事件だったと思います」

――そういう意味とは？　もう少し詳しくお聞かせ願えませんか？

「むりですね、これ以上は」

――と言いますと？

「男の僕にはいくら想像しても想像できない。わからない話なんですよ、きっとこれは」

——そうかもしれませんね。

「自分で言うのはなんですけど。理解はあるほうだろうと思います。さっきは、いちおう、なんて言いましたけど、雑誌に載った本田高史さんの手記を読んで読書感想文を書いたこともあるんです。小学生のときの話ですけど」

——それはまたずいぶん変わった課題図書ですね。

「いえ。先生が選んだのではなくて自分で選んだんです。というのは嘘で、母がいまどきこんな見上げたひとはいないってすすめてくれたんです。なにを書いたかなんておぼえてませんけど、そのとき母が言ってたことだけは不思議とおぼえていて、いまでもときどき思い出すんです。女でなければこんなことにはならなかった。こんな目にあわずに済んだって母は泣いたんです。泣いたんですよ？　見ず知らずの他人のことなのに。はじめて母が泣くのを見たのはそのときです」

——あなたのおかあさんは専業主婦だったのですか？

「だったというか、いまも主婦です」

——失礼しました。

「いまもおやじとふたりで、やっとローンを返し終えた川口のマンションで暮らしています。当時は3千万円もしたそうで。なのにいまは売っても1千万にもならないそうで。これって普通に言って悲惨ですよね？　なのに母はその1千万の半分の5百万でもいいからマンションを売ってきれいさっぱりなにもかもなくして、なかったことにしたいと正月に帰省したとき、おやじが寝てからそんなことを言い出すからびっくりしちゃって」

――熟年離婚ですか？

「そうです。だけどおやじに泣かれてあきらめたそうです。泣いたんですって、あのおやじが、大泣きしたんですって。きのう母からメールが来て、そう言ってました。結局あきらめることにしたって。これってどういうことなんでしょうね？　男の僕はどう受け止めればいいのでしょうね？」

いつものことだが、なかば取材のことを忘れ始めていたわたしを事件のほうに引き戻してくれたのは、熟年離婚をぎりぎり回避した両親の話までしてくれたインタヴュイー、取材相手のほうだった。

――ところで本田悦子さんが首都高速道路公団で働いていた1992年から95年ごろに働いていたひとで、いまも人事課で働いていらっしゃる方はいませんか？

「さー、知りませんけど。課長に聞いてみます」

――差し支えなければ。

「差し支えありまくりですけど、別にいいです。どうせもうすぐ転職しますから」

――ご協力ありがとうございました。

「あ。はい。もうこれでいいんですか？」

――ええ。ところでいまの会話をこれに録音させてもらっていたのですが。

「え、嘘でしょ？　いつのまに？　そういうのってありなんですか？　違法だったりしたりしないいんですか？」

――違法だったりはしません。

「にしても、ひとことくらい断ってくれたって」

――もちろんあなたが許可してないのにあなたが話したことを使用されたことに腹が立てば、あなたには訴える権利があります。短くても半年、場合によっては1年くらいその件に手をわずらわされることになると思いますが、それほどの費用がかかるわけでもありません。ただし、刑法および刑事訴訟法に該当するような罪をわたしが問われることは、いまのところありません。

「どうしてそんなことをわざわざ教えてくれたりするんですか？」

――あなたが「そういうのって違法だったりしたりしないいんですか？」と質問なさったから答えたまでのことです。

「わけわかんないんですけど」

――ツイッターは、やっていらっしゃいますか？

「ほんとわけわかんないんですけど。なんでまた急にそんなことを聞くんですか？　確かにいま流行ってますけど」

──理由はあとで説明します。やっていらっしゃいますよね？

「やってますけど、なんか気に障る言い方だなー」

──なぜですか？

「え、なぜ？　ツイッターを始めた理由を答えろってことですか？」

──そうです。

「理由、というかきっかけは、大学のサークルが一緒だったやつらと組んだバンドでドラムを叩いている女の子に、とりあえずやってみなよ、やってから考えようよって強くすすめられて、それでなんとなく始めたくらいのことなんですけど。それがなにか？」

──なんとなく、というと？

「なんとなくはなんとなくです。流行っていたからなんじゃないですか？　ひとごとみたいですけど、ほんとひとごとですよ、自分のやってることなんて。ブログもミクシィも、そんなことといったらメールだって携帯だってテレビだって、みんなそうでしょう？　ひとごとでしょう？　流行っているからなんとなくやってみて、流行らなくなったからやめたというだけのことでしょう？　別にネットの評論家とか起業家みたいなひとたちが言ってるほどツイッターが画期的で革命的なものであるともないとも思ってませんけど、とにかく便利であることは確かですから。ここのお弁当屋だって日替わりのメニューはツイッターでチェックしてますからね」

——確かにそれは便利ですね。

「でしょう？　ちなみにこれから転職しようと思ってる企業もいわゆるＩＴ系で、たぶんツイッターと似たようなことをやろうとしている企業です。検索サイトを運営してますから」

——そうですか。なんとなくそんな気がしていました。

「それぜったい嘘でしょう？」

——ご協力ありがとうございました。あの、お弁当、よかったら先にどうぞ。あ。

「とっくのむかしに移動しちゃいましたよ。ほんとに気づいてなかったんですね？　てっきり知らない振りをしているのかと思った」

——すいません。

「別にいいですけど。文化庁のほうに渡ったところにも別の業者が来てますから。それからいま録音したものですけど」

——ご安心ください。あなたがいま想像なさったようなことが起きることはありませんから。

「僕はなにも想像してなんか」

——そうですか。ところでいつ会社はお辞めになるんですか？

「え、まだいつとは決めてないんですけど、そのうち」

――そうですか。

「え、なにか？」

――いえ。わたしはなにも。

「いまあなたなにか言いかけてましたよね？」

――いえ。わたしはなにも。最後は結局あなた次第ですから。

「それはもちろんそうです。当たり前です」

――ですからわたしが、ここでとやかく言っても仕方のないことですから。

「でもあなたは、言いたいんでしょう？　言いたかったんでしょう？」

――いえ。わたしはなにも。

「言えばいいじゃないですか？　卑怯です」

――ではひとつだけ言わせてください。

「はい」

――あなたは転職しない。いまの会社を辞めない。

「は？」

――なんだかんだいって結局は辞めない。辞めたとしても、それはいまあなたが考えているような理由ではなく別の理由で、というより、特に理由もなく辞めるというか、なんとなく辞めさせられるだけのことで、あなたの意志で、責任で辞めることはできない。それだけはお伝えしておきます。いまからそのつもりで、そのこころづもりでいたほうがいいと思います。なにも嫌味でこんなことを言ってるのではなくて、わたしがもしあなただったら、あらかじめそう伝えられていたほうがいいと思ったので言ったのですが。気分を害されましたか？

「害されました」

——そうですか。申し訳ございません。

「ふざけんなって感じです」

——感じですか？

「ち」

——これだけは言っておきます。いまの舌打ちは聞かなかったことにします。

「そりゃどうも」

——会社を辞めると言ったのに、すぐにでも辞めそうな口振りだったのにあなたはなかなか会社を辞めない。きっとまわりのひとたちは思うだろうし言うのでしょうが、そうではありません。あなたは会社をなかなか辞めないために「会社を辞める」と言うのです。言うなら、身代わりです。あなたの「会社を辞める」という言葉は、あなたが会社を辞める振りであり演技なのです。辞めないために「辞める」とあなたは言うのです。

上司の愚痴は言いますか？　言いますよね？　会社を「辞める」「辞める」言って、言ってるだけでいつまでたっても辞めない人間が上司の愚痴を言わないわけないですよね？　そんなに上司のことが気にくわないなら直接面と向かって言えばいいのに、直接面と向かって言えないなら、あなたに文句を言う資格はないと、あなたに直接面と向かって言ってくれる、叱ってくれる先輩が、あるいはもしかしたらあなたのまわりにもひとりくらいいるかもしれない。だけどそうではないのです。もちろんあなただけではありません。愚痴を言うひとは多かれ少なかれみんなそうです。上司に直接面と向かって言わないために、自分に言わせないために、ひとは愚痴を言うのです。言わないために言うのです。

「そんなふうにひとのことを、勝手に決めつける権利があなたにあるんですか？　あるならどうしてあると思えるのですか？」

――もちろん、ありません。

「ないんですか？」

――あるはずがありません。

「だったらどうして？」

――そんな権利なんてない赤の他人であるからこそわたしは言うのです。その権利を少しでもあなたから奪うために言うのです。

「権利を奪う？　僕から？　僕の権利なのに？　あなたが？　どうして？」

――いますぐ会社を辞めろとわたしはあなたに言っているのでも命令しているのでもあり

ません。いま申し上げたように、あなたは会社を辞めない。これは決まりです。

「決まりなんだ」

——そうです。決まりなんです。ですからそこから、この現実を受け入れたところから考えるべきだとわたしは言いたいだけなのです。わたしはあなたの代わりに言うのです。あなたが言われるのであれば、誰が言ったっていいのです。あなたでなくてわたしが言ってもいいのです。言われることが大事なのですから。いいですか？　あなたは会社を辞めない。

「いいえ、辞めます。絶対に辞めます。なんならきょう辞めます。いますぐ辞めます。いまここで辞表を書いて出してきます。それくらいのこと僕にだって」

——殺すと言ってからひとを殺しますか？

「は？」

——殺しませんよね？　言いませんよね？　殺すならひとは黙って殺しますよね？　ひとを殺した人間は、多かれ少なかれみんなそうですよね？　だからあなたはそれでいいんだと思います。

「なにがいいんですか？」

——いまのままでいいんだと思うのです。僕は殺します、絶対に殺します、なんならきょう殺します、いますぐ殺します。どうです？　あなたの耳にはどう聞こえます？　聞こえました？　殺す殺すお経を唱えるように言ってるひとが本当にひとを殺すと思いますか？　危険を感じますか？　だけどそれでいいんです。なにも恥ずかしがることなどありません。言葉が言葉の最大限の力を発揮した結果がいまのあなたでありわたしなのです。この社会なのですから。あなたもわたしもしゃべり過ぎることでひとを殺さずに済んでいるのですから。

彼に胸ぐらをつかまれたわたしは、ほんの数秒だけ道行くひとたちの視線を集めた。どうやらおしゃべりが過ぎたのは彼ではなくてわたしのほうだった。

おしゃべりはやめて、本田高史氏の手記のつづきを読むことにする。）

＊

首都高からそのまま中央高速道路に乗ってからは、前を行く車を追い越した記憶はあっても追い越された記憶はなかった。それなりにスピードは出ていたのだと思う。予定よりずっと早くわたしたちは談合坂のサービスエリアに着いた。

河口湖まではここから一時間もあれば着くのだが、わたしたちはあらかじめここで休憩をとることにしていた。わたしに居眠り運転をさせないためなのか、妻は執拗にこのサービスエリアに立ち寄ることを要求した。

菓子パンの袋が床に転がり風に流れるだけで、わたしたち以外誰もいない軽食コーナーのテーブルのへりを背もたれにして、妻とわたしは長椅子に並んで座ってコーヒーを飲んだ。特に寒くはなかったが、なんとなくあたたかいものが欲しくなったわたしが大学の学食みたいなカウンターで、1杯2百円で買ってきたものだった。

白い割烹着姿のおばちゃんは厨房の奥で米研ぎをしているもうひとりのおばちゃんとの話に夢中で、ちゃちゃを入れるなと、さもめんどくさそうに後ろを振り向き、お釣りの8百円をわたしの手の上に落とすなりすぐにまた話し始めた。

「あんた」

「え?」

「えじゃないだろ。コーヒー」と指摘してくれた奥のおばちゃんは、すいませんねー、このひと飼ってる猫の話に夢中で。そんな目をしてゆっくりとわたしの目を見て頭を下げた。厨房の奥でまた米を研ぎ始めた。

「あ、そっか」

「あそっかじゃないでしょう」

「ごめんなさいねー。もうぼけちゃってぼけちゃって。どんどん馬鹿になっちゃって」

なにやらごにょごにょ言いながらあたふたしていたおばちゃんが、どれだけそうしてあったのか、煮込んでいたのか知れたものではないサーバーを手にして紙コップに注いだだけのそれを妻は「おいしい」と言った。「明け方のファミレスと同じ味がする」

ファミリーレストランで夜を明かしたことがなく、ましてや店員として働いた経験などないわたしには妻がいまなにを思い出しているのかわからなかった。

やっとの思いでとることのできた休日だった。お役所仕事とよく言われるが、実際その内部にいる者に言わせれば、国家公務員のお役所仕事は休みらしい休みのない、ひとときもこころの休まるときのない仕事のことだった。

残念だけど、休むことができるのは日曜日の1日だけだと伝えると「なら夜が明ける前に出発しない？　運が良ければ日の出とともに逆さ富士を見ることもできるかもしれない」と妻は笑った。わたしのために、そのためだけに妻は笑った。妻が笑う理由はいつもほかにはなかった。

河口湖はそんなこともできるのか、ブラックバスが泳いでいるだけではないのかとわたしは少し大袈裟に笑ってみせると「ロープウェイだって、白鳥のボートだって、おおきな橋だってあるんだから」と、にわかにはなにがそんなにすごいのかわからないことで妻はしきりに自慢した。妻は振りではなくて本当に、振りだとしても本当に今度の旅行を楽しみにしていた。

百人でも2百人でも入れるフェリー乗り場の待合室みたいにひろい場所なのに利用客が

わたしたちのほかに誰もいないせいで、自分たちまでもが本当はここにいてはならないのにむりを言っていさせてもらっているような、なんだかちょっと申し訳ないような気がして半分腰が浮いていたわたしと違って妻は驚くほどくつろいでいた。

妻の口にはめずらしくタバコがあった。わたしがなにを言ったわけでもないが、妻は妊娠するだいぶ前からタバコをやめていた。飲み終わったコーヒーの紙コップを灰皿代わりにする行儀の悪さも、いつ以来なのか記憶にないほどひさしぶりに見たような気がした。

息を吸うたびに水の匂いが鼻先に強く感じられる。いまにも雨が落ちてきそうな夜の中、まっ暗な駐車場に向かって横一列に並んだ清涼飲料水の自動販売機の、ときおりずーんと鳴り響くモーターの音が目には見えない波となって地元の特産品を扱う直売所のテントの下に無造作に置かれたポリプロピレン製の白いガーデニングチェアの平べったい足のまわりで震えていた。駐車場の端の街路樹の下に1台だけ停まっていた軽自動車が懐中電灯を灯して歩くように、ほんの申し訳程度に前だけ照らして高速道路の出口へ近づいてゆくその先の、暗くてなにも見えない雑草だらけの丘の向こうに、まっ白な板チョコみたいな天井から縄で吊したような透明なガラスの玉の水銀灯を何本も垂らした24時間営業のガソリンスタンドが巨大な発光体となって夜空を刺すように照らしていた。

妻はわたしがトイレに行く前に出口で一度振り向き見たときと同じ姿勢のまま揺れていた。おそらくわたしが帰ってくるまで意地でもそうしているつもりだったのだろう。長椅子の上で膝を抱えてダルマのように後ろに転がり、ひっくり返る直前のぎりぎりのところで尻で器用にバランスをとりながらぷかぷかと舌の先で穴をあけてドーナツ型にしたタバコの煙を真上に吹かすひとり遊びをしていた。白のロングスカートは器用に足首のまわりですぼめられて膝の裏に押し込まれていた。

目が覚めてからもずっとおとなしくしていた娘がときおり発する、機嫌がよいということ以外なにも伝わらない、だがそれだけは確実に伝わる、あば、あば、という声が壁に反響してあばあばと重なり、聞こえるときは2度いっぺんに聞こえた。あとはさんざん猫の去勢手術がいかに費用のかかるものなのか説明していたおばちゃんがどこかに行ってしまって、いまはひとりで米を研いでいるおばちゃんの、ぐ、ぐぐっと新雪を踏むような、くぐもった音しか聞こえなかった。

わたしは妻の隣りに腰を降ろし、冷め切ったコーヒーをひとくち飲んだ。真夜中のファミリーレストランで妻とこうして鍛えたコーヒーを飲みながら始発の電車を待っていたことがあるような気がした。

気がしただけでもわたしは嬉しかった。ドリップしてからさらにローストしたようなコーヒーを、まずいと思いながらも手持ち無沙汰でなんとなくまたひとくち飲み込むたびに胃がちくちく痛んだ。夜が明けるまでにはまだ1時間くらいありそうだった。

だがそろそろわたしも、いまが土曜日の深夜でも日曜日の明け方でもなく木曜日の深夜であり、もうすぐ金曜日の太陽が昇ろうとしていることを認めなければならなかった。わたしにはやるべきことがまだやまほどあった。妻がベンチィスの上で膝を抱えているのは尻でバランスをとるひとり遊びをしているのではなかった。死後硬直は相当進んでいるのは医者でも法医学者でもないわたしの目から見てもあきらかだった。

妻はわたしに抱えられて家を出たときから、いや、その前から、ベッドの上で娘と一緒に死んでいるのを見つけたときからずっと自分で自分を抱えるように膝を抱えたままでいた。猫の去勢手術がいかに費用のかかるものなのか、しつこいくらいに何度も説明していたおばちゃんと軽食カウンターの奥でずっと米を研いでいたおばちゃんのほかに、土曜日の深夜にはいなかった、白い割烹着の上からでも骨が透けて見えそうなほど痩せた背の高い娘が働いていていた。

風にそよぐカトンボのようにしか働くことのできないその背の高い娘は、やる気のない右手を晴れの日のワイパーのように動かしてテーブルの端のほうだけをちょちょっと拭いてまわっていた。厨房の奥からは土曜日の夜と同じリズムで、同じテンポでおばちゃんが水道の蛇口を捻って洗って、また捻って洗ってを何度もくり返し、いまは米の新雪を踏むくぐもった音だけがわたしの耳まで届いていた。カウンターに向かって左側の、トイレにつづく出口の近くのテーブルに座ってひとりでラーメンを食べていたタクシーの運転手も、わたしがコーヒーを注文して席に戻るまでのあいだにラーメンの器とスープの中に浸して立て掛けた割り箸だけを残していなくなってしまった。

ただいつまでもおばちゃんが米を研いでいるわけがないように、カトンボの娘も朝までずっとテーブルを拭いてまわっているわけではなかった。なにやらこそこそと隅のほうに移動して、蛍光灯が一本ちかちかしているラーメンコーナーのカウンターが途切れたところで立ったまま壁に手をついて、放り出すように後ろに伸ばした右足を床の上でぷらぷらさせながら誰かと話をしていた。

壁にもたれて床に座った誰かを見下ろすようにして話しているのかと思いきや、米を研ぐ音がしなくなったのを気にして振り向いたカトンボの娘の左耳には赤い携帯電話があてがわれていた。いつのまに白い衛生帽を脱いだのか、腰のあたりまで伸ばした白くてまっすぐな髪が背中いっぱいにひろがっていた。蛍光灯の青白い光の効果も手伝って、わたしの目には白髪の老婆か、そうでなければミイラのようにしか見えなかった。

どことなく甘えたような話し方をしていることから察するに相手は男のようだった。スニーカーの爪先を立てた右足のかかとを、ぱたーん、ぱたーんと床にリズミカルに打ちつけるダンスをしていた。

早い話が、でれでれしていた。カトンボの娘が手にしていなければならないはずの雑巾は、捻りパンのような幹の観葉植物の鉢が等間隔で両側に並ぶ通路の自動ドアの脇に置かれた消火器の横に放り出されていた。

「うっそ。ふたつも？　まじで？」

カトンボの娘は携帯電話を耳にあてたまま駐車場へ向かって走り出した。外灯の下に軽自動車の黒い影が見える。黒いマットの上でいくら跳ねても開かない自動ドアのセンサーが彼女に気づいてくれるのを待つのももどかしくドアに手をつきこじ開けるようにして外へ走り出るなり、おーい、おーいと両手を交差させながらおおきく振った。

それでも相手が気づかないのか、お互いに薄暗い場所にいて見えても見えたと思えないのか、ぴょこんぴょこん両方の足の裏側を見せて、いかにも運動音痴の女子の、ばたばたとただうるさいだけの跳躍力で跳ねるというより両方の膝を空中で、それも普通に立っていたときと同じ高さで何度も折った。相手が自分に気づいたとわかると階段を駆け下り、白い割烹着を脱いでまるめて、彼女自身のものと思われる自転車の籠の中に叩きつけるように突っ込んだ。

白い割烹着を着たおばちゃんふたりの指示をうつむいて、うな垂れるようにして聞いていたときのカトンボの娘とはまったくの別人だった。駐車場の端に停めた黒いワンボックスタイプの軽自動車の後ろのドアを跳ね上げ、見たことはあるがなんという名前なのかわたしの知らないディズニーランドのキャラクターがプリントされた赤と黄色のガス風船をふたつ手にして、カトンボの娘が駐車場を端から端まで横断するのを腰に手をあて待っていたのは男ではなかった。

茶髪の女だった。カトンボの娘の長い髪が白髪のように見えたのはわたしの見間違いではなくて、街路樹の枝の中に埋もれた外灯の下で茶髪の女からガス風船を2個ともらって子供のようにはしゃいでいた彼女の髪は銀色に、それもかなり白っぽい銀色に染められていた。

「あんた仕事は？」

「あ。忘れとった」

「忘れとったって」

「いって（言って？　行って？）くる」

ちょうど厨房の奥の勝手口からカウンターの中に戻ってきたばかりの米を研いでいたほうのおばちゃんではないほうのおばちゃんにカトンボの娘は大股で駆け寄りながら声をかけた。髪を後ろでひとつに結わえるためのゴムを口にくわえたまま「やっぱりあたし、やめます」と頭を下げた。全身白ずくめのおばちゃんがなんと答えたかは聞こえなかったが、さして驚いたふうには見えなかった。

晴れてこの軽食コーナーの店員ではなくなったカトンボの娘は、よほど嬉しかったのかスキップしながら茶髪の女がよっこらせっと腰かけたテーブルに駆け寄った。長椅子の上に膝を立ててタバコに火をつけた茶髪の女から引ったくるように奪ったルイ・ヴィトンの財布を手にしてカウンターに取って返した。

「これじゃーいままでと、なんも変わらんじゃんよー。ねー、わくいさん、えらい悪かったじゃんね」

いいんよ、いいんよと「わくいさん」は、顔の前で指をぱらぱらと振った。「はい。あんかけ焼きそば。まいどー」

「いいじゃん別に。きょうの分はおかーさんのお給料に足してもらうし」

「いらんよ、そんなの。いくらにもならんし」

「おねーちゃんは？」

「彼氏と先に帰った」

茶髪の女（おかーさん）だけわりと普通の標準語をしゃべった。タバコの銘柄はおそらくマイルドセブン・エクストラライト、タール3ミリグラム。

いらんよそんなの。いくらにもならんし。妻の真似をして、小声でこっそり練習してみた。妻は甲州弁のちょっとしたフレーズでも耳にするとすぐに真似をした。

一緒に食わん？

ならさき行けし。

急がんと。

ちょっくら通してくらさい。どいてくりょー。

吉田うどんと呼ばれる、富士の麓のうどん屋で、うどん屋といっても普通の民家の厨房を少しおおきくしただけの、タンスも仏壇も炬燵もある店なのだが、どの座卓も満席だった。ここでもかまわないかと案内された庭の縁側に座ってキャベツの入ったこの地方独特のうどんを食べていたときも、自然と耳に飛び込んでくる甲州弁を、すこんすこん舌のラケットで打ち返すように真似をした。とても初心者とは思えないほど上手だった。

眠れないとき妻はよく尻取りをしようと言った。わたしがするともしないとも答える前からひとりで勝手に始めて、最後はかならず、なんの縛りもないフリーワードの、尻を取らない尻取りになった。

意味のない言葉に意味のない言葉を返すだけの、それこそ舌のラケットで来た球をただ打ち返すだけの遊びだった。放っておけば妻は、和室の障子がぼんやりと青く染まり、マンションの管理会社が契約している清掃のおばちゃんがフタ付きのチリトリを持って、極力音を立てないように細心の注意を払いながら玄関先の掃きそうじをしている音がキッチンの奥の勝手口のルーバー窓の隙間から鳥たちの声とともに聞こえてきたことに気づいてもまだつづけようとした。

妻は少しでも眠れないと、眠れないとわかるとそのまま横になったままではいられなかった。そもそも眠ろうとするから眠れないと思うだけのことで、夜になったから眠らなければならないと自分にプレッシャーをかけるようなことさえしなければ眠れないと思うこともない。眠れるか眠れないかではなく、眠れないと思うか思わないかが問題だった。

眠れた眠れなかったは自分ではどうすることもできない領域の話というか、もはや自分でどうにかしなければならない問題ではないとしか言いようがないのは、思う思わないと違って、眠れたかどうかは眠れたあとで自分で確かめることができないのだから、眠れたときは眠れたとも思わずに眠れたのだから、思うがそこに入り込んでいるうちは眠れない。いや、思うがそこに入り込むことそれ自体が眠れないことであり、つまり眠れたときは、眠れないとも眠れるとも思わなかったときなのだと妻は言った。

妻はだから、眠れないと思う前に、より正確に言えば、そろそろ眠れないと自分が思うのではないかと思う前に横になるのをやめるしかないのである。薄暗がりの中、ベッドに背を向けて立つ妻の深いため息が聞こえる。次にわたしが目を開けたときにはすでに妻の姿はそこになかった。

心配で様子を見に行くと妻はテレビの深夜放送を観ていた。テレビ嫌いの妻がテレビを観るのはこのときだけで、あとはずっとインドネシアの布が掛けられていた。

バティックと呼ばれるろうけつ染めの布で、ジャワ更紗とも呼ばれる、アジアの通貨危機で頓挫していたインドネシアの国民車構想への協力のために長年ジャカルタに赴任していた同期入省の友人が帰国したときの土産物だった。草花や鳥や獣をモチーフにしたその文様を見るとなぜかいつもわたしは高校の修学旅行のときに見た興福寺の曼荼羅図を思い出した。

タマリンド。妻がなかなかベッドに戻ってこないのをわたしが心配していることを知っていると、わかってる、だけどちょっといま眠れないのと答える代わりに妻はたとえば、そんな言葉をつぶやいた。

タマリンド。聞いたことがあるような気もするが、西アジアかアラブ諸国の街の名前かそれともサボテンかなにかの植物の名前か。だがその前に、なぜわたしは聞いたことがあるような気がしたのか。朝まで考えてもきっとわたしにはわからないこの言葉を、調べてもすぐにまたわたしは忘れてしまう。

サッカリン。これは知ってる。だがなぜいまこの言葉がわたしの口から発せられたかはわからないが、人類が最初に見つけたノンカロリーの人工甘味料である。もともとコールタールの生成過程で偶然発見されたとあって、いま現在我が国では発癌性が疑われるとして食品衛生法で規制されているが、これはあくまでもわたし個人の意見なのだが、発癌性物質という極めて曖昧な概念をそのまま使用していることこそ問題である。ダイエット食品の販売促進や食糧不足の解消といった目的、倫理に応じて悪魔と罵られもすれば天使と褒め讃えられもする化学物質。

サワラの西京漬け。妻のつぶやきはなんとなくいつもサ行が多い気がする。

ソーセージマフィン。つられてわたしもサ行を口にする。これはこの言葉自体も、それが指示する食品自体も妻の大好物である。ついでに言えば、サワラの西京漬けも妻の大好物である。

大井川鉄橋。もうこのあたりから、

ターボ式ライター。それが指示するものの全体像を、

モーリタニアの粗忽者。思い浮かべる気力も、いとまもなくなり、

黄昏のコートジボアール。妻とわたしは目を耳にして映像のない夢を見る。

廃車寸前の郵便配達員。

騒々しいだけが取り柄のクーラーボックス。

そう遠くはないかもしれないクレマティス。

スカンジナビアの夢。

あるいはスペインのなれの果て。

大いなるサンザシの重層構造。

目の裏返り。

脇目もふらず走り去るクーラーボックス。またクーラーボックス。

サッカリン。またサッカリン。

スーツのポケット。

儲け話の窓口。

ありったけの青空。

寿司詰め地獄。

オーソレミーョ。

巻き寿司。

鯖寿司。

トマトの煮込み。

看板もなにもない、知らなければそこがうどん屋だとはわからない、地元のひとたちばかりが並ぶうどん屋の列の最後尾に並んでいたときも妻はわたしの脇腹を肘でそっとつついて、まるで人目をはばかって、いや、はばかることなく往来のど真ん中で性行為に及ぶがごとく、尻を取らない尻取りを始めた。

茶髪の女（おかーさん）が顔のすぐ横でタバコの煙を真上にすーっと立てたままわたしの横顔を見つめていた。

わたしはどれだけの時間、彼女に見つめられていることに気づくことなく無防備なままでいたのか。どんなわたしを見られていたのか。彼女の娘と思われるヵトンボの娘がおかーさんの耳のすぐ横で、小声で必死に訴えていた。

「ねー、やばいよ。やっぱおかしいって、絶対。ね、警察に言おう。ていうかおねーちゃんに言おう。ね、電話しよう」

あー、もー、知らないからね、どうなったって。わたし知らないからね。ダダをこねる子供のように腕を振って立ち上がるなりカトンボの娘は、ぐしゃぐしゃっと自分の頭を掻き混ぜるように掻きむしった。

妻の膝の上に掛けておいたはずのフリースのジャケットが床に落ちていた。妻の意志とは無関係に、妻は膝を抱えたままテーブルのへりに首だけで寄りかかっていた。匂いを嗅ぎとっているかのような表情をして、薄く両眼をあけ、天井を見つめていた。

わたしは妻の背中に腕をまわして抱き起こした。体育座りの姿勢のまま長椅子の上に座らせた。きれいに揃えた妻の足の裏がぴたりと長椅子の表面に接した。

「さっきからあなた、そこでなにをしてるんですか？」

他人が聞いている自分の声よりも頭蓋骨を通して聞いている自分の声のほうが少し高めのトーンに聞こえるという話をいつかどこかで聞いたことがある。茶髪の女（おかーさん）の耳にはいま自分の声がどんなトーンで聞こえているのか。

「ていうかそのひと、だいじょうぶなんですか？」

特におおきな声ではなかったが、わたしの耳にもひとつひとつの言葉がはっきりと、まるで自分の頭蓋骨を通して聞くように聞こえた。

「聞こえてますよね？　そこでなにをしているのかと聞いているのですが？」

「原因なんて本人にだってわからない」

「え？」

「いや、本人にこそわからない。なぜなら原因なんて最初からうちの子にはなかったんですから」

「あの、ごめんなさい。さっきからなにを」

「最初からありもしないものを見つけた振りをして、あげくの果てに治った振りをさせて登校させるのが目的であるというなら、わたしは厚生省で働くひとりの人間としてだけではなく、娘を持つひとりの父親として公立の小学校、中学校へ専任のカウンセラーを常駐させることを義務づける法案に反対します。よってこの報告書にサインをすることはできません」

「帰ろう。おかーさん」

　カトンボの娘は、テーブルの上にひろげていたディズニーランドの土産物を掻き集めるようにして白いおおきなビニール袋に入れて帰り支度をし始めた。とても静かな、憐れむような目をしてわたしを見つめた。

　なにも知らないくせに、知ったようなことを言うな、黙れとその目は言っていた。知識でどうにかできると思うな。余計なお世話だ。わかったような口をきくな。嫌いなんだよ、おまえなんか。気持ち悪いんだよ。なにもかもわかったようなその口振りがムカつくんだよ。

あきらかにわたしは出過ぎた真似をした。わたしは摂食障害に長年苦しめられているカトンボの娘にだけわかる言葉を選んで声をかけたのだった。

原因なんて本人にだってわからない。これはわたしと同期入省の、中学2年生のときから不登校になった娘のことで悩んでいた友人が、厚生省の薬事・食品衛生審議会でした発言のほぼ全文をそのまま引用したものである。

わたしはたびたびこの友人から娘のことで相談を受けていた。妻のことをこの友人に話したことはなかった。誰かに相談することを恥と思っていたわけでも、世間体を気にしたわけでもないが、相談と称して妻のことを妻以外の人間に話すことは妻を裏切るに等しいことだと感じていた。

わたしなら、誰にも話して欲しくないと思った。わたしが妻なら夫であるわたしがほかの誰かに自分のことを話したと知ったら、その誰かに自分を売られたような、売り飛ばされたようなみじめな気持ちになるような気がした。

相談するならまずは本人である自分に話して欲しかった。それから誰かに相談しても遅くないはず。あたしのことを安く売らないで欲しい、見くびらないで欲しい。嫌なら嫌と言えばいいのに。相談と称して、あたしのいないところで、あたしの話をするなんて。ほかの誰かに話すなんて。あたしを持てあましているだけじゃないの？　違う？　そうじゃない？　違うというなら証拠を見せて欲しい。いまあなたが考えていることを全部話して欲しい。全部聞かせて欲しい。

「いいから、行こう」

目に涙を浮かべてわたしを見つめたカトンボの娘は妻の若いころに似ていた。わたしの知らない妻の若いころに似ていた。わたしとは一度もケンカをしたことがなかった妻が毎晩のように誰かとケンカしていたころの、誰かを愛していたころの、わたしの知らない、知りようがなかった妻に似ていた。

より白さを増した銀色の髪を、両方の手の甲でうなじから解き放つようにふわりとひろげた。明け方の青く染まり始めた夜の中を歩き始めたカトンボの娘は美しかった。わたしの知らない妻のように美しかった。蛍光灯の光に透けた皮膚も髪の毛も、ジャージの裾も棚引いていた。

もしかしたら妻は若いころ、どこに行くにもグレーのジャージの上下を着て、冬でもそれ一枚きりの着た切り雀の引き籠もりだったのではないのか。やっとどうにかこうにか自分の中から這い出すようにして母親が働いている深夜のサービスエリアで働き始めたのに、なにもそんなふうにむりをして働かなくてもいい、やりたくないことはしなくていい、おかあさんがするから、あなたはあなたの、あなた自身のこころの病と向き合い治療に専念してくれればそれでいい、それでおかあさんはじゅうぶんだから、とにかく前みたいにはならないで欲しい、前みたいに暴れないで欲しい、叫ばないで欲しい、おかあさんやおねえちゃんをまた困らせるようなことだけはしないで欲しい、おとなしくしていて欲しいという暗黙の家族の了解に従うようにして、いままたこうしてアルバイトを辞めてしまったカトンボみたいなこの娘はかつての妻なのではないか。

あしたからまた眠れぬ夜を、息を吸うことと吐くこと以外にすることのない、嫌でも自分と向き合わざるをえない長い夜を、ひとりの夜をやり過ごすためにボンネットが飾りだらけの軽自動車に乗ってサービスエリアの外灯に誘われるようにまたここへ飛んできて、昼の利用客の食べかすだらけの長椅子の上に膝を立ててマニキュアを、いや、ペディキュアを塗って過ごす。

妻はおそらく高校生か10代の終わりごろからずっと睡眠障害および摂食障害による重度の鬱病に悩まされていたのではないか。それで精神安定剤、抗鬱薬、向精神病薬、そのほかにもかぞえ切れないほどの、いわゆるメンヘル薬なしでは1日たりとも生きてゆけない薬漬けの日々を送っていたのではないのかとわたしは推測していた。わたしと暮らし始めてからは、そんなものに頼らずとも妻は普通に暮らしてゆけるようになったとわたしは信じていた。ひとりで勝手にそう信じていた。

誰からもよくできた妻だと言われた。わたしの両親からも、おまえにはもったいなすぎるほどのひとだと耳にたこができるほど言われた。ただ先方のご両親とはつまり妻の両親が、いくら海外で暮らしているとはいえ結婚式に出席しないのはいかがなものかと、嘘の説明ではやはりむりがあるのか、しつこく両親は聞いてきた。娘が生まれてからはころりと態度を変えて、娘を独占して「先方のご両親」に気兼ねすることなく溺愛できる権利を手放したくないと、背に腹は代えられないとふたりで相談したのか示し合わせたのか知らないが、こっちから「先方のご両親」の嘘の説明のつづきをしようとしても、そのことはすでに解決済みとばかりに話を横道にそらすようになった。わたしだけが誰にお願いされたわけでも命令されたわけでもない嘘をつきつづけた。わたしも妻の両親に会ったことがなかった。

今度のキャンプ旅行に出掛けるまでわたしは妻のなにも知らなかった。妻に告白されてはじめてわたしは妻のなにも知らないことを、妻の全部で殴られたように知ったのだった。いま思えば最初から妻はなにもかもすべてわたしに話すつもりで、全部話すつもりでわたしの目の前に現れたのかもしれないのに、そのためにわたしと結婚したかもしれないというのに、わたしは最初から妻のなにもかもを知ったつもりで、理解したつもりでなにも聞かずにいた。妻が話さないことを話したくないことをむりに聞こうとはしなかった。

いまここで生まれたばかりの娘に過去の傷などあるはずがないように、わたしと結婚して生まれ直した妻に問うべき過去など、傷などあるはずがない。そう思おうとしていたとも思わずに、わたしは本気でそう思っていた。それが妻とわたしの出会いであり結婚であると信じていた。

はじめて会ったときからわたしは妻の親であるような、あるいは兄か弟であるような、まるで最初から家族であったような、なつかしい気持ちに満たされていた。20年も30年も別の世界で生きてきたのに最後の最後で帰るべきところに帰ってきてくれた放蕩息子を迎えるような、青空のようなこころで、わたしは妻の話を聞いた。妻はなんでもわたしに話してくれた。話せることならなんでもわたしに話してくれた。

妻が話せないことを、話したくないと思うことを、むりに話させる必要はない。おそらく相当やんちゃしていた時期があったのだろう。芸術家を志したことくらいあるかもしれない。誰かと駆け落ちまがいのことをしたこともあるかもしれない。ここに書くのもおぞましく、言うのも憚られるようなことをしたことも、あるいはもしかしたらあるかもしれない。

妻がわたしと違う人種であることくらいすぐにわかった。最初の最初に目を見て言葉を交わしたとき、すぐにわかった。またわかったわかった言ってるような気もするが、とにかくわたしは、すぐにわかってしまうのである。自分勝手な推論で、わかったような気になるな、知識でどうにかできると思うな、知ったようなことを口にして相手に取り入ろうとするなと、いくら自分に言い聞かせてもわたしはすぐにまたわかってしまうのである。

さんざんひとに迷惑をかけて、失敗に失敗を重ねつづけた忌まわしい過去などこの際すっぱり忘れて一からやり直せば、生まれ直せばいいではないか。別の親の元に生まれたと思えばいいではないか。口では言わなくても妻にわたしは全身全霊でそう語りかけていた。

これ以上気味の悪いことがほかにあるだろうか。わたしは妻の夫である前に妻の教師で、両親で、つまりは社会で抑圧そのものだった。妻にしてみれば自分が思春期の、10代のころから逃げつづけてきたものがふたたび夫という名のモンスターとなって目の前に現れただけのことではなかったのか。

いまさら驚きはしなかったろう。わたしは妻の敵だった。なにも知らないくせに、知ったようなことを言うな、黙れ。知識でどうにかできると思うな。余計なお世話だ。嫌いなんだよ、おまえなんか。気持ち悪いんだよ。なにもかもわかったようなその口振りがムカつくんだよ。

茶髪の女（おかーさん）が去り際に火がついたまま投げ捨てたタバコが木工用の着色ウレタンニスを摂氏7百度から8百度の熱でじくじくと泡立たせていた。テーブルの表面に黒い焦げ目をつくりながらフィルターだけを残して燃え尽きるまでわたしは見つめていた。

そういえば、と軽食コーナーのフロアの全体を端から端までを見渡した。ない、と一度判断してからもう一度見まわしても見あたらなかった赤と黄色のガス風船は低い天井に頭を擦りつけていた。やたらと狂暴な歯をした青い怪獣が、空調が吐き出す不規則な風に揺れていた。

リロアンドスティッチ。思い出した。わたしがどうしてもかわいいと思えなかった、妻がディズニーランドのキャラクターの中で一番好きだと言っていた怪獣だった。

リロアンドスティッチ。赤い風船に描かれている青い怪獣がリロなのか、それとも黄色の風船に描かれている黒髪の女の子がリロなのか。リロアンドスティッチはそれぞれのキャラクターに与えられた名前ではなくて登録商標かなにかの総称なのか。

言われてみれば確かにそうで、黄色い風船の中に描かれた黒髪の女の子は怪獣ではなかった。どう見ても人間の女の子の顔をしていた。妻が好きだったのはリロなのかスティッチなのかは定かでないが、女の子ではなくて怪獣だった。妻は人間でないものにいつもただならぬ憧れを抱いていた。

ひとの血を吸いそうにない薄い肌色をしている蚊が1匹、ぷーんとわたしの目の前を通り過ぎた。軽食コーナーの、窓のない、はめ込み式の、全面ガラス張りの壁が、それ自体が空であるかのように青く染まっていた。

明け方のファミレスと同じ味がする。会社勤めを辞めてからずっとファミリーレストランでアルバイトをしてきた妻が誰よりもよく知ってたはずの、夜が夜であるまま夜でなくなる間際の空であり、その色だった。

ぶるるるるるるとわたしの耳の裏側を、銀色のカトンボの娘と茶髪のおかーさんのものと思われる軽自動車が高速道路の本線へつづく出口へ向かってゆっくりと走り去るのが聞こえた。わたしはそれを合図にふたたび妻と娘を抱えてサービスエリアをあとにした。

（「ふたりで一緒に会社を辞めてと言い出したのはわたしのほうで、悦子は最初あまり乗り気でなかったというか、こっちは天井に頭をぶつけるくらい興奮してるのに拍子抜けするくらい落ちついていて。あすにでも実行しよう、物件を探しに行こう、先延ばしにするのはやめようと興奮しているわたしに対して、こういうことはちゃんと計画を立ててからするものだと、それからでもぜんぜん遅くはないと言うんですが、いつかそのうちそのうち言うけど、いつかそのうちなんていつになってもやってこないと、いま思えば悦子は、いつかそのうちなんてひとことだって言ってないんですけどね、馬鹿みたいにひとりで興奮して涙ながらに訴えていたのはわたしなのに、辞めたのは悦子のほうが先でした。わたしになんの相談もなく、ひとりで勝手に辞めてしまって。あまりに突然でわたし」

あすにでもいまの会社を辞めて転職すると言っていた首都高速道路株式会社（旧・首都高速道路公団）の彼が教えてくれた「課長」に取材を申し込んだところ、光岡さん（本田悦子の旧姓）と親しくしていた同期の子がいると紹介してくれた。一緒にカフェを開くために悦子さんと前後して退職したひとがいまわたしの目の前にいる豊田すばるさん（びんちゃん）だった。悦子さんは彼女のことを「びんちゃん」と呼んでいた。

「鼻翼、てわかります？　そう、小鼻の幅がひとよりひろくて、鼻の穴がびんびんにでかいからだそうです。小学生のころ、そんなあだ名で男の子たちに馬鹿にされていたことがあるんです。別に気にしてませんでしたけど」

——失礼ですが、むしろ鼻の穴はちいさいほうではないですか？

「美容整形を受けたからです。会社を辞めてからですけど。ついでに鼻梁も少し高くしました。いろいろやめてすっきりしました」

——いろいろとは具体的に言って、なにをおやめになったのですか？

「なにもかもと威勢良く悦子みたいに言いたいとこだけど、かぞえるほどしかやめてないので順を追って話すことにします。まず実家を出ました。それでしばらく幡ヶ谷にある悦子のマンションにご厄介になっていました。母が悦子の名前と住所をつきとめて1階の端の部屋から、ぴんぽんぴんぽんドアのベルを鳴らして、豊田すばるはそちらにご厄介になっていませんかー、すばるはいませんかー、と5階の一番端の部屋で息をひそめていたわたしたちのほうまで聞こえるくらい、気味が悪いほどよく通る声で、大声で聞いてまわって探されたときも悦子が追い返してくれました。ただ追い返すだけじゃなくて、わたしを部屋に残してふたりだけで近所の喫茶店に行って母に説教してくれました」

——説教ですか？

「はい。母は娘のわたしの今後について話し合うのだと思っておとなしくついていったらしいですが、悦子はただ質問するだけで母はずっと自分自身の話をさせられたそうです。要するに、カウンセリングですね。母は結婚当初から、いまのいままで耐えに耐えてきた父との関係を隅から隅まで悦子にすっかり話してしまったそうです。気味が悪いほどすっきりとした顔をして、わたしにごめんなさいとはじめて謝りました。わたしはいま自分が喫茶店にいるのも忘れるほど体が震えて、こころがわななないて、我慢しようとすればするほど歔みたいな嗚咽が涙とともに溢れ出てきて、ずっと泣いてました。それでも悦子は嫌な顔ひとつせずに、人目もはばからず、わんわん泣いているわたしの隣りに座っていてくれました。それでも母の態度というか基本的な考えはなにひとつ変わらなかったんですけどね。ひとまずふたりのあいだに距離があいたことで先のことを考えられるようになったので、わたしはそれで満足でした。たぶんそのころからです、いずれは悦子と一緒になにかをしたいとわたしが考え始めたのは」

談合坂の下りのサービスエリアのテラス席にわたしたちはいた。10年前に書かれた本田高史氏の手記をあらかじめ読んできてもらっていた豊田すばるさんは「きっとなにもかも変わってしまってるんでしょうね。わたしは以前の姿を知らないのでわからないですけど、民営化される前と後では。サービスエリアなのに行列のできるラーメン店やドッグランまであるんですから」と、明るくなったサービスエリアの全景を見渡した。

——「ペット　ホッと　エリア」と言うそうです。「ホット」が「ホッとする」にかけてあるみたいで。

「そんなふうに説明されると考えたひとたちもきっと恥ずかしがるでしょうね」

──民営化というのもひとつのやめることですからね。まだ政府の出資率百パーセントの企業ですから、ＮＴＴやＪＲほどにも民営化されていなくて、テナントの入札や契約方法に不透明なところがずいぶんあるようですが。それでも相当の開放感があったはずです。開放感は資本主義の、ある意味いのちで、資本主義がひとつの革命だったころの名残であると言えるのではないでしょうか。お金がありさえすればなんでもできる開放感がむしろ閉塞感にしか感じられない昨今では、とうのむかしに忘れ去られてしまったことなんでしょうけど。王様がいて、領主がいて、残りのほとんどの人間が住み込みの農夫として奴隷同然のただ働きさせられていたころのことを思えば。

「それっていつのころの話ですか？」

──まあ、中世くらいのころの話です。

「ただ働きというのはたとえではなくて、本当に給料が支払われてなかったってことですか？」

──はい。早い話が、馬や牛と同じです。領内に家族と一緒に住み込みで、馬小屋程度の家しか与えられません。特定の時代の特定の地域の話をしているわけではないのでどうしたってイメージが紋切り型になりますが。

「いえね、いまのわたしとそんなに変わらないな、と思って」

――農家をしてらっしゃるんですよね？

「いえ、そんな農家だなんて言えるほどのものではないですけど。それこそ地主のひとに田んぼと家を借りてる住み込みみたいなものです」

――失礼ですが、家賃とたんぼはだいたいいくらぐらいでお借りになっているのですか？

「3千円です」

――田んぼもあわせてですか？

「はい。あと農機具もただで貸してくれますし、JA主催の講習会も週に1回、ただで受けることができます。それに」

――まだあるんですか？

「とにかくVIP待遇ですよ。農夫のお姫様は」

――なんですかそれは。

「わたしのブログのタイトルです」

――なんだかとっても幸せそうですね。あ、いえ、失礼。誤解しないでください。決して嫌味でこんなことを言っているのではなくて。

「ここに引越してきてからひさしぶりに、母に会ったときもそう言われました。それこそ嫌味でそんなふうに言うんだろうと思って顔をあげると、違うんですよね。なんだかちょっとうらやましそうな、まぶしそうな目をしてわたしのおでこのあたりを見つめているんです。髪をあげると生え際がとってもよく似てるんですよね、母とわたしは。ふたりとも気味が悪いほど富士びたいで。きっとそんなことを思い出したように考えながら、娘のひたいを自分のひたいを見るようにして見てるんだと思って黙っていたら、いろいろごめんね、なんて言葉が自然とわたしの口から出ていました。

そしたら母親が驚いたような顔して言うんです。涙をつーって、慌てて手の甲でぬぐうより早くあごの先から落として、なにが落ちたのか探すみたいに下を向いて、おろおろしながら言うんです。違うの。何度も何度も、違うの、違うの、て。だけどその先を言おうとしないんです。本当にその先はないみたいで、まっ暗でなにも見えてないみたいで、言いたいことがあるのに我慢しているわけでもなく、とてもおだやかな表情をして、ただ違うとだけ、あなたが謝る必要はないとだけ言うのです。

それでその日は終わりでした。日暮れはまだなのに、庭が一段暗くなったような気がしました。母とわたしはわたしの家の、濡れ縁に座って話していました。母はスイセンがとてもきれい、本当にきれいと何度も言っていました。わたしが球根を分けてあげると言うと、いいわ、また来るわ、また来させてもらうわと、母はおねだりをする娘のような目をして娘のわたしに言いました。

結局その日はひとことも結婚については話さずに母は帰って行きました。話すつもりでわざわざ電車に乗って都留まで来たんでしょうけど、わたしの幸せそうな顔を見たら忘れてしまったそうです。膵臓癌で入院していたとき母はそんな話をしてました。あと長男の嫁、つまりはわたしのおにいさんのお嫁さんのことでわたしにいろいろ聞いて欲しいことがあったみたいなんですけど、どうでもよくなったどころか、そんな話をするためにわざわざこんなところまで、娘のわたしが逃げて来たところまで追いかけて来たことが急に恥ずかしくなって黙ってしまったと、病室で笑いながら母は話してくれました。

それでなにもかも、本当になにもかも終わりでした。わたしと母の戦いは、わたしが母親と思っていたひとりの女の戦いでもあり、それがひとりの女の死とともに終わりを告げようとしていました。最後の最後はむしろわたしのほうが母親で、母は思いついた端からなんでも話す子供みたいになっていました。やたらとわたしを褒めるのが気持ち悪くて、こそばゆかったけど、それさえ我慢すればとても聞き分けの良い娘でした。

亡くなるちょっと前に、病院の窓の外を見ながら、前から言いたかったんだけど、言うと笑われるだろうと思って言えなかったことなんだけど、聞いてくれる？　と言うのです。聞きたくないと言ってもどうせ言うんでしょ？　とわたしも一緒に窓の外の青い空を見ながら言うと、あれは本当は、そこにあるんじゃなくて絵の具の青で塗られているんだ、誰も言わないけど、黙っているけど、絶対にそうだ、これはトップシークレットなんだ、って言うんです。トップシークレットなんて言葉、母親くらいの歳のひとがいつどこでおぼえたのかと思って、誰にそんな話を聞いたの？　て聞くと、悦子さん、て枕の上でごろんと頭を転がして、いたずらっぽく笑いながらわたしに言うんです。びんちゃんには内緒ね、だけどこれは本当のことなの、てわたしにだけ悦子さんが教えてくれたと中学生くらいの女の子のような目をしてわたしに言うんです。

　それはいつのことかと聞かなくてもすぐにわかりました。母は幡ヶ谷の喫茶店で悦子とふたりだけで話したときのことを思い出しているのでした。赤の他人に面と向かって、あなたはまちがってる、まちがってるのは当たり前のこととして、いまさらとやかく言う気はないけど、言っても始まらないけど、なにがどうまちがってて、どこでどうまちがってしまったのか一緒に考えましょう、反省しましょう、なんてひとに言われたことは後にも先にもあれ一度きりだったからもちろん驚いたけど、それよりもっと驚いたのがこの話なんだそうです。それ以来もう、いつ見ても空は絵の具で塗られているようにしか見えなくなったそうです。

　うそー？　ってわたしが母が横になってるベッドの上に身を乗り出し窓の外を覗き込むと、ほらー、ねー、って母はなんの疑いもなく、見ればわかると言わんばかりにそう言うのです。子供のころ自分もあんなふうに空を絵の具の青で塗った、塗った塗った、雲の塗り方なんてほんとそっくり、と嬉しそうに話すんです」

――びんちゃん、て悦子さんは、あなたのことを呼んでいたのですか？

「そうですよ。話してませんでしたっけ？」

――嫌じゃなかったんですか？

「逆ですよ。悦子にびんちゃんと呼ばれるようになって嫌じゃなくなったんです」

――なのになぜ美容整形を？

「母と瓜二つの鼻でしたからね。切った鼻翼を母の骨壺の中に入れて納骨しました。あれは母のものです。もとはと言えば、いいえ、いまもわたしは母のものです。どうせなら、腕の一本くらい落として一緒に納骨してしまいたいくらいの気分でした。目も耳も鼻も手足も全部、母からもらったこの体の全部を削ぎ落として、全身に整形をほどこして、まったくの別人に生まれ変われば、それでも変わらないものに嫌でもわたしは気づくでしょう？　目や鼻のかたちが同じなことより同じであることに、きっとわたしは気づくでしょう？　たぶん本当はそこからなんですよ、母とわたしの戦いは。わたしは母の墓標ですね。生きた墓標。鼻の穴がびんびんのびんちゃんなのは母も同じでしたから。母もわたしもびんちゃんです」

――美容整形を受けた後も悦子さんはあなたのことをびんちゃんと呼びつづけたのですか？

「でしょうね。だけど実際のところはわかりません。鼻の手術を受けたのは悦子とはもう会わなくなってからのことですから」

――ふたりでカフェを開いたんじゃないんですか？

「違います。カフェではなくてギャラリーです」

――ギャラリーと言いますと、現代アートかなにかの。

「写真です。最初に悦子の、光岡悦子の写真を展示する予定でした」

――予定、でした。

「はい。開く直前に頓挫しました。ふたりでギャラリーを開くというより、わたしがギャラリーを開いたら最初に悦子の、光岡悦子の写真を展示したいとわたしのほうから悦子に依頼したのです。もちろん、友だちだったからではありませんよ。それまでは、たまにランチを一緒に食べるくらいの仲の普通の同僚で、ただの仕事仲間でしたから。そもそもわたしがギャラリーを開きたいと思ったのは悦子の写真あっての話で、はじめて写真を見せてもらったとき、なんというか、そのあとなにを話したのか思い出せないくらいわたしはひとりで馬鹿みたいに興奮して、とにかくすごい、これはすごい、すごいすごいとひとりで大騒ぎして、次の日にもまた別の写真を見せてもらってまた興奮して、また見せてもらってを何度かくり返しているうちに自分でギャラリーを開きたいと、光岡悦子の写真を展示したいと思うようになっていました」

――それはどんな写真なのですか？

「最初に見たのは海岸の岩の写真です」

——見せてもらうことは？

「できます。このノートパソコンの中に残ってますので」

豊田すばるさんが最初に見せられたという光岡悦子の写真を見て、わたしはふと、本当は空は絵の具で塗られていると、あれは誰かが描いたものなのだと本田悦子さんが、旧姓・光岡悦子がすばるさんの母親に話したことがあるとさっき聞いたばかりの言葉を思い出した。あれはそこにあるんじゃなくて、絵の具の青で塗られているんだ。誰も本当のことを言わないけど、黙っているけど、絶対にそうだ。これはトップシークレットなんだ。

——言われてみれば確かに、そんな感じに見えますね。特にこのおおきな岩の背景にある海が、奥にひろがるのではなくて、なんというか、屏風のように奥行きがなくて垂直に立ち上がっている絵のようにしか見えない。これは海だという、海に突き出た岩だということを知らずに、わからずに見れば青い屏風におおきな岩の絵が描かれている絵のようにしか見えないかもしれない。やはりこの写真は特殊なのでしょうか？　それとも写真とはみな、多かれ少なかれそうなのでしょうか？

「両方だと思います」

——と言いますと？

「これは実に写真らしい写真というか、写真が普通に写真であるとこうなる、このようなものにならざるをえないことの見本なのではないでしょうか」

──この海は、そしてこの岩は実際に、この世界のどこかにあるのでしょうか？　存在するのでしょうか？　どこにでもあるような岩なのに、どこかにあるとは、いまのわたしには、どうしても思えないのですが。

「やはりそれも両方だと思います」

──と言いますと？

「子猫の写真を見ると、女の子なんか特に、わー、かわいいと言って飛びつきますよね」

──はい。

「それは写真がかわいいのか、その中に映っている子猫がかわいいのかで言ったら、まちがいなくそれは後者でしょう。つまりその女の子たちは、写真ではなく子猫を見ている」

──そうなりますね。

「よくそのことを悦子は話していました。彼女はずっとそのことばかり考えていました。だから写真をやっているのだとも言っていました」

──なにかわかるような、わからないような微妙な気持ちなのですが。

「そうですよね。わたしもそうでした。正直言うと、いまもそうです。わかるような、わからないような、なにか真実に、そのものずばりであるものに触れたような、そこから余計に遠ざかったような気持ちになります」

──そう考えると人類が、ギリシアの哲学者たちが、そうなるとプラトンが、あるいはソクラテスがという話になるのでしょうが、内容と形式というふたつのものの見方がこの世界のとらえ方があると仮定したその地点に、写真を見ているとき、つまりは写真を前にしたとき、わたしたちは立たされているのかもしれません。内容なのか形式なのか。ソクラテスなのかプラトンなのか。あるいはそれはいつでも同時になければ存在することがゆるされないものなのか。つまりは互いが互いに存在を与え合い奪い合うものなのか。

「ソクラテスかく語りき、とプラトンかく語りき、とわたしかく語りき。ともうこうなると、それは内容なのか形式なのかはそれ単独でどうこうできるものではなくて相対的にしか決められない、ということになりますよね。そういう意味で言えば、わたしは光岡悦子の写真になろうとしたのです」

——ごめんなさい。話が急に難しくなったのですが。あ。いや、違う。なるほど。

「そうです。ギャラリーは、言うなら写真の写真です。ギャラリーは、ギャラリーに展示される写真を内容にする形式になる。わたしがなりたかったのは、光岡悦子という写真家のプロデューサー。写真家を撮る写真家になりたかったのです」

——だけど、よほどの批評家か専門家でなければ、このギャラリーはすごい、なんて言いませんよね、思いませんよね。女の子たちが子猫の写真を見て子猫がかわいいと、写真ではなく、そこに映った子猫がかわいいとなんの疑いもなく言うように、思うように、ギャラリーに展示された写真を見て、この展示、ではなく、この写真はすごいと写真の感想を言う。絶対的なその価値を言う。まるでそこに展示されてなくても写真を見ることができて、すごいと思うことができたと言わんばかりに。またなにかひとつわかったような、わからなくなったような、微妙な気持ちになりました。

「あなたにインタヴューされているいまのわたしの状態がまさにそうです」

――すばるさんの言うことは、いつもわたしより2歩か3歩先を行くので、正直、ついてゆくのがやっとなのですが。あ、すいません。すばるさんなんて、初対面なのになれなれしく。

「ところで芥川龍之介の『藪の中』という小説はご存知ですよね？」

――はい。たまたまですが、つい最近も読み返したばかりです。

「あの小説があの小説たるゆえんは、そこにあるとわたしは思うのですが」

――そこにある、と言いますと？

「最後の最後に殺された本人までもが、すでに死んでいるにもかかわらず巫女の口を借りて、つまりは他人の声という写真によって語り始めるでしょう？」

――『今昔物語』の説話の翻案小説であるという意味では、この小説自身が、いまここでわたしたちの言うところの写真であるとも言えますからね。

「ですから『藪の中』で殺された男のように、わたしが証言したあとに悦子自身が霊媒者の口を借りて語り始めてくれるといいのですが、そうもいかないのでわたしは躊躇しているのです。なんの許可もなく、わたしが彼女を写真に撮って、ほらこれが悦子です、彼女はこんなひとでしたと言うことにはやはり抵抗があります」

——そうでしたか。

なぜだろう、なのにわたしがすばるさんから感じ取っていたのは、話すことへの抵抗ではなく欲望だった。渇望と言ってもいいほどそれは強いものだからこそ強い抵抗を彼女は感じているのだろうとわたしはひとまず解釈をした。

果たして殺された者が、そんなひりひりとした欲望をひと知れず抱えることなどあるのだろうか。それが数年ぶりに再読して『藪の中』に感じたわたしの唯一にして最大の謎であり疑問だった。

死んだ者は話すことができないからこそ生き残った者は、いや、生き残らされた者は否が応でも死んだ者の話をさせられるのではないのか。代わりをさせられるのではないのか。つまりは写真を撮らされるのではないか。それがすばるさんからわたしが感じ取った話すことへの欲望の正体なのではないのか。欲望とは、そのひと自身の欲望なのではないからこそ欲望なのではないのか。

——つまり、写真ですね。

「今度はあなたのほうが5歩くらい先を行きましたよ」

——失礼しました。どうもわたしはインタヴューというのがむかしから苦手で。

「どう苦手でいらっしゃるんですか？」

——いつだったか、雑誌の仕事で映画監督のインタヴューの仕事をしたことがあるのですが、なまじ好きな監督だっただけに、ここが好きだったとか素晴らしかったとか、ただ映画の感想を話すばかりになってしまって、質問の形式にならないというか、対談みたいになってしまって。いまわたしが話したことについて監督自身はどう思われますか？　などとむりやり質問している振りをするのがやっとで。

「いいんじゃないですかそれで。どうぞ率直な感想をおっしゃってください」

——なんの感想を、ですか？

「決まってるじゃないですか。わたしの感想です。豊田すばるの感想です。いまおひとりでそれを考えていらっしゃったんですよね？　わたしを隠し撮りするみたいに」

——いいでしょう。お話ししましょう。

「でもその前に、わたしのほうからひとつだけ質問させてください」

——はい。なんなりと。

「なぜこの事件にこだわるのですか？　事件当時から、つまりは10年も前から執筆する準備をなさっていたとお聞きしました。それはなぜなのですか？」

——それを知るために書くことにしたたし、いまも書いている、では答えになっていませんか？

「答えになっていると思われますか？」

——わたしがなんと答えると思って、あるいはなにを答えないと思ってその質問をなさったのですか？

「それはなんだとあなたはお考えになっているのですか？」

——そのままお返しします。それはなんだとすばるさんはお考えになっているのですか？

「やっぱりそうじゃないですか？」

——なにがですか？

「あなたはそれを知ってて、インタヴューはどうも苦手で、などとおっしゃったのではないですか？　たとえば、きのうは何時に寝ましたか？　と聞くことは、そのひとが何時に寝たのか現に自分は知らないのだから聞いたのだと、純粋に質問してみただけなのだと、聞いた本人は言うかもしれないけれど、聞かれたそのひとは夜遊びばかりしているダメ人間なのだと責められたように感じるかもしれないし、そんなことを聞いてくるなんて、このひとわたしのことが好きなのではないか？　気があるのではないか？　嬉しい、もしくは気持ち悪いと思うかもしれない。質問なのだと言えば、わたしたちが話すことのすべては質問であるし、答えなのだと言えばすべては答えである。わたしにはそう聞こえましたが、違いますか？」

——確かにその通りです。なのになぜ純粋な質問や純粋な答えなどというものがあらかじめあるとわたしたちは思うのか。棲み分けているると信じられるのか。いまはむしろそのことにわたしは興味があります。写真は質問をしている。どんな写真もそれはなにかと問いかけている。その答えはすでにそこにある。現にそこにそうして写っている。たとえそこに写っているものがなんであるのか撮った本人が知らなくても、その写りようがその写真の、その質問自身の答えであることに変わりはない。文字を知ると馬鹿になるから記録するのはやめなさいとソクラテスは言ったとプラトンは記録するとわたしは記録する。そもそも純粋な記録などあるはずがない、ですよね？　それはかならず中身を、内容をともなう形式である。怖ろしいことに写真にはかならずなにかが写ってしまうのです。無音も音楽のひとつなのだと言った音楽家がいました。いや、違う。彼は言うのではなく、それを実践しました。音楽会を開催しました。だがその曲にはタイトルがつけられていた。無音であっても「4分33秒」というけたたましいタイトルが鳴り響いていた。無音が叫んでいる。写真は叫んでいる。そこに写ったどんな風景も叫び声を上げている。それはなにかと問いかけている。だがその答えはすでにそこにある。質問しているつもりが愛の告白をしている。そこに写っている花や石や空からもっとも遠いはずの自己を垂れ流している。それが怖ろしくて写真は無言で叫んでいる。

「いまわたしたちが、ここでしているやりとりと、まったく同じやりとりを悦子としたことがあります。同じようなやりとりではありません。同じやりとりをです。どちらがどちらの再演であるのか、それこそ写真であるのかわからないけど、まったくと言ってもいいほど同じやりとりを毎晩のようにしていたことがありました」

──そう言われると不思議ですね。わたしまで悦子さんと同じようなやりとりを、議論をしたことがあるような気がします。

「同じような、ではありません。同じなのです」

──失礼しました。

「あるんじゃないですか？」

──なにをですか？

「ですから悦子と、いまここでしているのと同じやりとりを、同じ議論をしたことがあるんじゃないですか？　あなたにも」

──いや、それは。

「威力業務妨害」

──はい？

「どうですか？　わたしの写真は」

──あ、そういうことですか。尻を取らない尻取りですか。なるほど言われてみれば、確かにそうだ。あれもやっぱり写真ですね。

「まだわたしなにも言ってませんけど」

――すいません。すばるさんもよく、本田高史氏の手記に書かれている「尻を取らない尻取り」を悦子さんとなさってたんですか？

「なさるとかどうとかそういうレベルのものではありませんでした。それこそ威力業務妨害そのものでしたね。あなたは猫を飼ったことはありますか？」

――はい。実家にはいつも猫が数匹いました。

「パソコンで仕事をしているときキーボードの上に乗られたことは？」

――ありません。というか、わたしが実家にいたころはまだパソコン時代ではなかったので。でも想像はつきます。小学生のころ、ピアノの練習をしているとよく鍵盤の上に乗られたので。

「本田高史さんは気づいていらっしゃったかどうか、手記を読んだ限りではわかりませんが、悦子が尻を取らない尻取りをやろうと言い出すときは、眠れないのでも、ひまなのでもなくて、ただ単にさみしいときです。このまま死んでゆくのがさみしくて仕方がないと感じたときです」

――それは悦子さんご自身が言ったことですか？

「いいえ。これはわたしの写真です。悦子は自分の写真をなにがあっても撮らない子でした。文字通りの写真という意味でも、自分自身の話をするという意味でも、自分の写真を撮ろうとはしませんでした。ひとに見せようとはしませんでした。もちろん悦子にだって言いたいことはあります。むしろひとよりあると言いたくなるほどいつも言いたいことで頭がいっぱいでした。だからこそ他人のわたしの母親に説教するなんて芸当まですることができたのですから、言いたいことは誰よりもあります。

だけど、いや、だからこそ言いたいことがあればあるほど悦子は言葉の尻を取らなくなるというか、ねー、びんちゃーん、もう寝ちゃったの？　尻取りしようよと言い始めるのです。まだするとは言ってないのに勝手に始めて、意味があるとは思えないことばかり口にするので、単純に言ってムカつきます。この子はこういう子なのだと頭ではわかっていても、あまりにそれがつづけば、しつこければわたしだって、わたしでなくたって誰だってムカつきます。

ほんのひとことでよかったんです。会社を辞める前に、あした辞めると、それがむりなら、いまから辞めると、辞表を提出すると言ってくれればそれで済んだことなのです。だけどあの子はわたしに相談せずに、ひとことも言わずに辞めていました。辞めたあとで辞めたと報告だけしてきました。辞めてファミレスで深夜のアルバイトをすることに決めてから、そこまでひとりで決めてから、これから仕事の上でも私生活の上でもパートナーになるはずのわたしのところに報告しに来たのです。

ねー、びんちゃーん、あたし会社を辞めたよ、新しいバイトも決めたよ。それでいまこんな写真を撮ってるんだけど見てくれないかな？　ひとがまだそこに住んでいるのに、洗濯物も干されているし脱ぎ散らかした子供たちの靴が庭に転がっているのに、写っているのになぜか廃墟にしか見えない家の写真をわたしに見せてくれました。だけど言わないのです。ひとことだって言わないのです」

——なにをですか？

「いま言ったでしょう？　わたしの話、ちゃんと聞いていますか？　聞いていました？」

——聞いていました。ですからなにをと質問しました。

「言いたくなくなりました。またの機会にしてください」

——わかりました。きょうはいろいろと貴重なお話をありがとうございました。

「貴重なお話、ですか？」

——はい。

「馬鹿にしているのですね？」

——いいえ。

「だったらなぜわたしに話せと言わないのですか？　おっしゃらないのですか？」

——あなたがとても話したくなさそうだったからです。いいえ。そうではありません。そうではありませんでした。訂正させてください。あなたが話したくない振りをしなければならないほど話したそうにしてたからです。話したくて話したくて仕方がないから話したくない振りをしていたからです。ごまかそうとしていたからです。

「もうそんなこと、どうだっていいじゃないですか？」

――そうですね。どうだっていいことですね。

「あなたはいつまでもこんなところにいてはならない、いずれそのうち、いや、近いうちにわたしがギャラリーを作るから、会社を辞めてギャラリーを開くから、そしたらあなたの写真を展示させて欲しいと悦子に提案したのに、わたしのほうが先に言い出したのに、なのにわたしはまた次の日も会社に行くのです。

あの子が、悦子が、会社を辞めてから一週間たっても、一ヶ月たっても、会社を辞めるどころか、ちょうどそのころから前よりは少し重要な仕事を任されるようになって、急に忙しくなり始めて、だからこの仕事が一段落するまでは会社に行くと、悦子にはなにも聞かれてないのに、早く辞めろとせっつかれているわけでもないのに自分から話したりして。

夜の11時とか12時近くに帰ってくると、悦子は押し入れの中で現像したものをフローリングの床いっぱいにひろげて、無言でわたしに感想を求めてきます。だけどわたしは頭の切り替えがうまくできなくて、悦子がわたしに求めてくるような、求められていると勝手にわたしが思っていたようなレベルの話をすることができなくて。ごめんなさい、あしたも早いからと先にベッドに入って眠ろうとするとまた、例の尻を取らない尻取りを悦子は勝手にし始めるのです。

作業をしながら、つづけながら、まるでひとりごとのようにぽつりぽつりと意味のない言葉をつぶやくのです。あなたがもう眠ってしまっていて、答えられないなら答えられないで構わない、あたしもそろそろ夜バイトに出掛けるし、どうせ眠れないし、それまでひとりでやれば済むだけのことだからと言わんばかりに、わざとわたしを眠らせないために、それであしたの仕事に支障をきたして、またそれでいっそう会社に行くのが嫌になって1日も早く会社を辞めさせるために、辞めさせてあげると言わんばかりに」

——それはちょっと、どうでしょうか。おそらくそこまでは悦子さんも。

「いいえ。絶対にそうです。もしそうでなくてもわたしがそうだと感じたのだから、言葉を受け取る側であるわたしがそうだと思ったのだからそうなのです。違いますか？」

——違いませんが。

「ませんが？」

——あなたはちょっと、尻を取りすぎですよね、いま。

「は？　おっしゃる意味が」

——意味もなにもそのままです。もはや論理というよりただの揚げ足取りみたいになっています。

「話のつづきをしてもいいですか？」

——もちろんいいですよ。お願いします。

「いまのお願いしますは、あまりに取って付けたようで気になります」

――ならば訂正します。

「いや、削除してください」

――わかりました。削除します。少し休憩しましょうか？

「いいえ。話させてください。あなたさえお嫌でなければ」

――もちろん、お嫌ではありません。お願いします。

「いまのお願いしますは嫌ではありませんでした」

――そうですか。ならよかった。

「本当は、いつでも会社を辞めることはできたのです、わたしだって」

――と言いますと？

「父には内緒で母親からお金を借りる算段もすでについていて」

それだ。それがふたりが別れた原因だ。悦子さんがあなたを捨てた理由だと思わずわたしは指をさして叫びそうになった。

意外なところでの、まさかの母親の再登場だった。さらには「父には内緒で母親からお金を借りる算段」うんぬんと言いながら、言っておきながらすばるさんはその父親からも支援を受ける算段をすでにつけていた。

支援を受けたのではない。受けられると決まってから悦子さんに報告したのではない。これもやっぱりまだ計画段階で、算段うんぬんであるこの支援を受けるかどうかを悦子さんに相談したのである。すべてを決めてからでないと、決まってからでないと相談しない悦子さんとはまるで逆なのである。

父親が投資目的で買っていた江東区のマンションを、もしあなたが住む気があるなら貸してくれると父親が言ってくれたんだけど、もしわたしが住むと言ったらあなたも一緒に住むのかと、このオンボロマンションを、そうは言ってないが悦子さんにはきっとそういうふうに聞こえたに違いない、そんな言い方で、ここを引き払う気はあるのかと悦子さんに相談した、お伺いを立てたというから驚いた。

どうりで会社をなかなか辞められなかったわけである。唖然としたと言ってもよかった。わたしは悦子さんの叫び声を聞いたような気がした。口をつぐんでじっとこっちを見つめている悦子さんの顔を、写真を見たような気がした。

「会社を辞めてもスーツを着て出掛けて、辞めてない振りをしたくなるほど悦子には、わたしが会社を辞めたと思われたくなくなっていました。それでも悦子はなにも言いませんでした。朝方バイトから帰ると、ときには仮眠もとらずにどこかへ出掛けて撮ってきた写真を押し入れの中で現像しても、わたしにはもう見せてはくれませんでした。悦子は羨ましいを通り越して憎らしいほど写真に没頭していました。だけどわたしの目には、わたしへの当てつけか嫌味で一生懸命写真に没頭している振りをしているようにしか見えませんでした。

わたしが会社を辞めたのは、悦子が悦子のマンションに帰らなくなった後のことです。悦子のマンションなのに、家なのに、まるでわたしに奪われたかのように帰らなくなりました。悦子は冷蔵庫やベッドや家財道具はすべてそのままにして夜逃げしたのです」)

＊

妻は決してわたしに、夫であるわたしに話そうとしなかった「むかしの話」を話す代わりに「むかしの話」の中にわたしを連れて来てくれたのだった。

妻は何度もこのホテルに来たことがあるようだった。河口湖インターを降りてからホテルまでの道のりを一度も迷うことなく、まるで実家にでも帰るように慣れた口調で、そこを右、そこを左と案内してくれた。半島のように湖に突き出たホテルの中庭のどこでも自由にテントを張ることができて、桟橋からボートに乗って湖を周遊することもできたと妻が言っていたホテルは河口湖の西寄りの南岸にあった。

神社の境内のような立派な屋根をいただいたメインの建物の2階の壁に「焼事肉」と横におおきく書かれた謎の看板があった。看板の「焼」と「肉」のあいだに黒い筆文字で「事」とあり、結果的に、いまここで見る限りは「焼事肉」と書かれているのは、おそらく下に書かれていた「食事処」の文字数を合わせて「焼」「　」「肉」と書いたまん中の余白の1枚が剝がれ落ちて「事」だけがふたたび日の目を見ることになったのだろう。というのが、車内からの実況見分による話し合いを重ねた結果、妻とわたしが合意するに至った結論だった。

　大型バスを停められるほどひろい駐車場のアスファルトはいたるところがひび割れて、その隙間に生えた雑草が緑の導火線のように這いまわっていた。ホテルはホテルでも廃墟のホテルだった。

　どうりで、どこでも自由にテントを張れるわけだった。妻は中庭のまん中に掘られたプールの底に、まるで合わせたように同じ色の水色のテントをひろげて、ひとりでキャンプの準備をし始めた。

　そのあまりの手際の良さに手伝おうかと声をかけるのもためらわれた。ベランダから取り込んだまま次の日になってもまだ小山を作ったままにしていた洗濯物を、ため息ばかりついて何度も中断しながら、だらだらといつまでも畳んでいる妻が妻ならそれは妻ではなかった。わたしがひろいプールの底をうろうろしているうちに丸いドーム型の屋根のテントがプールの底に立てられていた。

　夜明けとともに降り始めた霧雨が、湖の上であるところにもないところにも、屋根のあるところにもないところにも降りそそいでいた。プールの内側と同じ水色のタイルが敷きつめられたプールサイドにも、娘が眠るチャイルドシートの上に掛けておいたイチゴ模様のビニール傘の上にも、そのまわりにも降りそそいでいた。

娘は透明な傘の下で目をおおきくひらいて、雨が降っているのに明るい空をけらけらと、いつになく楽しそうに声を転がしながら見つめていた。いつのまにどこで買ってきたのか、妻が娘の上に掛けてあげたイチゴ模様のビニール傘を通して見る空は「空」として娘の目には映るのだろうか。それとも「イチゴ模様の傘」として、あるいはそのどちらでもない、空でも傘でもイチゴでもない「赤いなにか」として記憶されるのだろうか。

「ねー？」

いま張り終えたばかりのテントの中から両手をついて這い出してきた妻が、プールの底に敷きつめられたタイルがよれて絨毯のように持ち上がったところからばらばらとこぼれ落ち、かろうじてまだプールの底に張りついていたタイルの上に散らばった2センチ四方のタイルの1枚を手にして「これって何枚あるんだろうねー？　何枚あれば足りるんだろうねー？」と姿の見えないわたしに向かって声だけで話しかけた。

わたしはプールサイドに立って妻を見下ろしていた。プールの底の壁際から離れてわたしを見つけた妻は、あ、そんなところにいたのかと言う代わりに「かぞえてみようか？」と水色のタイルを子供が親にするように差しだし目を輝かせた。

縦をかぞえて、それから横をかぞえて掛ければ、おおよその数はわかるはずと言うために縦の「た」と言いかけたところでやめた口を開けたまま、運良く妻が聞いてなかったことにひとまずわたしは安堵した。

そうとわかれば本気でかぞえ始めかねない妻を警戒してでのことだった。「うん？」て顔をしてプールの底からわたしを見上げた妻に、たぶんとっても気味の悪い笑顔を投げかけたわたしの手の中にも、妻の手の中にあるものと同じものがあった。ただ少しわたしのほうが妻のものよりも色が濃いように見えた。よく見ると1枚のタイルの中にも濃いところと薄いところがあって、一番濃い色のものがもともとのプールの色に近いのだろうが、色褪せて、ほとんど白くなったものばかりを妻は拾い集めていた。

まさかと思うが本気でかぞえるつもりなのかと、お願いだからそれだけはやめて欲しいとなかば本気で怒りながらわたしが声をかけると「えー？　別にかぞえてないよう」というつのまにか白いロングスカートを捲り上げて太腿の横で結んだ妻は、潮干狩りのアサリのように手にしたタイルを左手でひろげたスカートの中に拾い集めていた。集めているじゃないかとわたしがあきらかに不機嫌な声で話しかけても「当たりー。集めているの。でもかぞえてはいなーい」とより無駄な作業に没頭していることを妻は高らかに宣言した。

もうこうなっては、なにを言っても妻をとめることができないのを知ってるわたしは、湖に突き出たホテルの中庭より1段低い枯れた葦と黒土の湿原に降りて用を足した。同じように節はあっても竹よりずっと細くて固い葦はむしろ笹に近くて、触るとそのまわりの4、5本も同時に頭を揺らした。からからと、とても雨の中とは思えないほど乾いた音を立てた。

黒い溶岩の崖を這い上るようにしてわたしがプールサイドに戻ってきたときにはもう妻はタイルを集めるのをやめていた。タイルよりもさらにかぞえ切れないものに向かって手をひろげて「雨なのに、さわれるさわれる」と踊るようなステップを踏んでくるくるまわっていた。スカートの中から振り落とされたタイルが妻のまわりに、ばらばらになったトルコ石のネックレスのように散らばっていた。「でもこれって、本当に雨なのかな？霧？」

いや、湖の上で霧が発生するのは空気よりも水のほうが暖かくなる冬だから、そしていまはもう春だから、霧ではないだろうとわたしが答えると「冬だから、そしていまはもう春だから、霧ではないだろう」と妻は得意の、そして機嫌のいいときにしか決してやらない鸚鵡《おうむ》返しをした。

「水が空気みたいに漂っている」

確かに、水が空気みたいに漂っていた。おかげで湖のまん中にあると妻が言っていた「うの島」も、まだ見られずじまいだった。ホテルは営業してないのに栈橋にボートはあるのか。あったとしても勝手に使っても平気なのかと聞こうとしてわたしはやめた。霧の中から妻がわたしの目をじっと見ていたからである。

「なに？」

いや、それはこっちのセリフだとわたしが笑うと「ごめん」と妻は首をすくめて笑った。

「ときどきやっちゃうんだよね。相手のセリフを横取りしちゃうの」

なるほど。わたしも子供のころよく法事かなにかで帰りが遅い両親の帰りを待ちわびていたときなど、たくさんの紙袋を抱えて帰ってきた両親に向かって「ただいまー」と言ってしまったことがあると話すと「そうそう、そんな感じ。あたしもよくある」と、妻は「あった」ではなく「ある」と当然のように口にした。

「相手のセリフを言うのを我慢して、そのセリフの前に言うべきセリフを考えているうちに、もともと自分がどっちにいたのか、どっちのセリフが自分のセリフだったかわからなくなってきて、もういいや、どっちでもいいや、どっちも自分で自分じゃないと思えばいいやと思って当てずっぽうで話すと50パーセントの確率なのになぜかいっつも相手のセリフを言ってしまうんだよね。でもあれってなんでなんだろうね」

それは霧のようにわたしが解説できることではなかった。むしろわたしが解説して欲しいことだった。霧雨がおおきくゆったりと風に流れて、ほんの少しのあいだだけ晴れたように栈橋がわたしの目にも、そしておそらく妻の目にも、つかのま見えたところだった。

妻はその「うの島」でなにをするつもりなのか。釣りもしないで本当にただ鳥の声を聞きに行くためだけに船で渡るつもりなのか。それともなにかほかに目的があるのかと聞く代わりにわたしは「ところでこのビニール傘はどうしたの？　まさかどこかから盗んできたんじゃないだろうねー」と慣れない道化を演じて失敗した。まさか「盗んできたんじゃ」というわたしのセリフと「盗んできた」という妻のセリフが重なった。

「ふふ。むかし決めたの。ビニール傘なら盗んでもいいって、ひとりで勝手に決めたの。ひとりで勝手に決めたと言っても、誰に聞いたらいいのかわからなかったから仕方なくひとりで勝手に決めたんだけど。急に雨が降り出したりして、傘がなくて困ったときはお互い様だから、ビニール傘は傘がなくて困ったひと全員に解放するべきだとコンビニでビニール傘を盗まれたときに思ったの。だからあたしも文句は言わない。盗まれても誰にも言わないってことに決めたの」

え？　わたしは声を出すことさえできなかった。「警察に通報しても、犯人を捕まえてくれるだけで、傘があたしのところへ帰ってくるわけじゃないし、それにもともと誰に言ったらいいのかわからないのが、盗まれた、てことだしね。あ、またしねだ。しねだしねだ、死ね発見」

妻が盗むのは相手のセリフだけではないようだった。一緒に盗んでしまった相手の気持ちを、妻は誰に届けたらいいのかわからず、仕方なくひとりで勝手に全面的に禁止したり、全面的に開放したりする。妻の毎日はそのくり返しだった。妻にはそういうことがあまりに多すぎた。

霧雨といえども雨は雨だから、それがやまない限り山の鳥たちが鳴くことはなかった。

なので予定を変更して、富士の湧き水で有名な忍野村のうどん屋で、吉田うどんと呼ばれるほうとうとは別の、このあたりの名物を食べることにした。

少し黄色みがかった、いままでわたしが食べたどんなうどんよりも腰のあるうどんで、その上にのったキャベツが意外と言うには失礼な気がするくらいおいしくて、妻もわたしもおかわりをした。その足で、行きに通りがかった国道沿いのロイヤルホストでコーヒーを飲みながら雨があがるのを待つことにした。


こちらにどうぞと窓際の席に案内された。国道を挟んだ向かいは自転車も売るオートバイの店だった。ひっきりなしにお客さんが来て、それもほとんどが制服姿の高校生の男の子たちで、原動機付きのオートバイでなくて自転車で通学している子たちもみな白いヘルメットをかぶっていた。

向かって左側にある工房でオートバイの修理をしていた青いツナギを着た青年にひと声掛けてから、自転車のタイヤの空気を自分で入れたり、中にはオートバイのオイル交換やバッテリーの充電まで自分でしてしまう男の子たちを見ながら「ふーん。どうしてあたしはあの子たちじゃなかったんだろう。あの子たちのひとりじゃなかったんだろう。なんか不思議」と、妻は本当に不思議でしょうがないという目をして言った。

雲と区別がつかないほど細かな粒子の雨があがるにつれてゆっくりと霧のカーテンが空

の青みの中から消えてゆく。するとオートバイの店の後ろから、あと数百メートルか数キロメートルは後ろに下がらないと視界に入りきらないほど左右におおきく両翼をひろげた富士の裾野が、まるでいまここで窓ガラスに写真を現像したかのようにあらわれた。

「ね?」

うん。

「ね?」

わかってる、ちゃんと見てるとわたしがうなずくと「そうじゃなくて、こっちこっち」と妻は富士山のパノラマ写真とは逆の、薄暗いレストランの奥のほうを左手の親指を立てて指さした。「見えた見えたで大騒ぎしてるの、なんかあたしたちだけみたいよ」

妻の言うとおりだった。図面をひろげて打ち合わせをしている工務店の社長風の男も、その相手のスーツを着た、おそらく一戸建てのリノベーションを手掛ける会社で働くサラリーマンも、富士山が見えた見えたと大騒ぎしているわたしたちの声が聞こえていないはずはないのに、図面に落とした視線を上げようとはしなかった。富士山にはまったく興味がないようで、こんなに近くで見たことなかっただの、あのまん中のおおきくえぐれたところがきっと大沢なだれで、左の裾野の少しでっぱったところが宝永山なんじゃない?などと窓ガラスのスクリーンを指さして大騒ぎしている観光客まるだしのわたしたちも含めて見慣れているとしか思えなかった。

薄いピンクの軽自動車で出勤した30代後半と思われる店員の女性に、ほらなにやってるの、西日がまぶしいじゃないと注意された後輩の女の子たちがレストランの両端から布のスクリーンカーテンを降ろし始めた。最後に残ったわたしたちの窓のカーテンを降ろそうと手を掛けたところで、息もつかせぬ展開のアクション映画を観るように窓の外を見ていた妻の視線に気づいた黒髪のポニーテールの女の子が手をとめた。そのままにしておいてくれたおかげでわたしたちは富士山を思うぞんぶん見ることができた。わたしがトイレに行ってるあいだも妻は頬杖をついて眺めていた。

「これだけおおきなものでも忘れられるんだもの。なんかちょっと安心した」わたしは妻の目に映り込んだ、やさしい青空を見つめた。「おおきなものなのに、忘れてしまうのではないんだと思う。嫌でも毎日見なければならないほどおおきなものだからこそ忘れられる。とてもおおきなそのことを、とてもおおきなことなのに考えなくなるのでも、思わなくなるのでもなくて、とてもおおきなそのことを考えることに、思うことにひとは徐々にではなく一気に、ひと息に飲み込むように慣れるのだと思う。忘れるのだと思う。ものごころついたときからいずれは死ぬと、死なないひとはいないと知っているのに誰もが平気な顔して生きていられるのは、ものごころついたときからずっと変わらないことだから。急にそうなった、そうと決まったことではなくて、いま現実に生きているわたしたちがわたしたちとして生きることになるよりずっと前からずっと変わらないくらい、とてもおおきなことだから、どうすることもできないことだから忘れられる。忘れないと生きていけないからあえてそうしているのでも、むりにそうしようとしているのでもなくて、植物が日の光に向かって葉をひろげるように自然とわたしたちは死ぬことを忘れて生きていられる。忘れることだけが生きることであるかのように生きていられる。だからなんかちょっと安心した。あたしが死ぬと悲しむひとがいるのも知ってる。とてもおおきなこととして、嫌でも毎日思わずには、思い出さずにはいられないひとがいるのも知ってる。あたしにもそういうひとがたくさんいるように、たくさんのひとがあたしのことをとてもおおきなこととして受け止めてくれているのも知ってる。だけどもし本当に、そのひとにとってそれがとてもおおきなことであるなら、つまりはどうすることもできないこととしてあたしのことを、あたしが生きていたことと同じように、あたしが死んだことを受け止めてくれるなら、あたしのことを思い出さない日は一日だってないままあたしのことを忘れてくれると思う。植物が日の光に向かって葉をひろげるように、あたしのことを思い出せば思い出すほど忘れてくれると思う。急にそうなった、そうと決まったことではないと信じてくれると思う。それこそものごころついたときからずっとあたしの中では変わらないことで、変わらなかったことで、あたしはずっときょうという日を先延ばしにしてきた。あたしはずっと生きることを思いつづけてきた。その結果そうしなければならないところまで追いつめられたのでも、どうすることもできなくなった結果として死ぬのでもなく、あたしは最初からずっと結果の中で、死ぬことの中で生きてきた。だから死にたいと思ったことなど一度もなかった。最初からあたしの中ではそうだったから。死があたしを思うことはあっても、あたしが死を思うことはなかったから。死に思われることで、見入られることで、あたしはかろうじてきょうまで生きてこられたのだから。そうではないように考えろ、もっと真剣に生きる方法を見つけろ、生きることにもっとどん欲になれと言うのはあたしに死ねと言うのと同じだった。なにがなんでも死にたくないという思いは、あたしを死にたいと思わせはしても、決して励ましてはくれなかった。もしよかったら、あなたさえよければ」妻はひと呼吸おいて、わたしの目を見た。「あたしと一緒に死にませんか？　娘と一緒に、死にませんか？」

笑っているのでも怒っているのでもない、なんでもない妻の顔がそこにあった。わたしはいま自分がどんな顔をしているのか、どんな目をして妻の目を見つめているのか知る必要があった。妻の顔をわたしの顔と思うだけの勇気と知性が必要だった。「あなたを誘わないで死ぬのだけはやめようと思った」妻は妻の顔であるわたしの顔を見つめた。わたしはわたしの顔である妻の顔を見つめた。「あなたを誘えないくらいなら死んではならないと思った。いいえ。あなただけではない。あたしがひとりで死ねばきっと悲しむにちがいないと思うひとたち全員を誘う気がないなら死んではならないと思った。でもあたしは誘えた。あなたを誘えた」妻はわたしの代わりに笑ってくれた。「テントの下に、穴を掘ってください。掘ってあたしと娘の遺体を埋めてください。テントの中だからなにをしてても、誰もなにも言ってはこないでしょう。あたしと娘を埋めたら、このタイルを敷きつめてください」

かたい清廉な音を立てて、妻がテーブルの上に置いたコンビニの白いビニール袋の中に、畳一枚分くらいなら確保できるくらいの水色のタイルが詰め込まれていた。「はじめてあのホテルを見たときから、すでにあのホテルは廃墟でした。それからあたしがいつ来ても、いつ見てもずっと廃墟のままでした。当たり前だけど、その当たり前があたしは嬉しい。タイルを敷きつめたあとテントをどければ、もともと誰も使ってなかった水のないプールに戻るだけのことです。誰もなにも気づきません。あなただってきっと、どこに埋めたかわからなくなる」

この期におよんでまだわたしは、どうすれば妻を死なせずに済むのか考えていた。いや、この期におよんでもなにもないものだと思っていた。わたしは怒っていた。命を粗末にしてはならないと、決して粗末にしてはならないと、悲しむひとがいるのだからと涙をぬぐいながら自殺した生徒に怒りをぶつけていた中学のときの校長と同じ怒りをわたしは感じていた。そこには当然のように侮蔑の感情が含まれていた。死ねるものなら死んでみろとは言わないまでも、どうせそう簡単に死ねやしないと、こころのどこかでわたしは思っていた。たかをくくっていた。

それがそのまま妻に伝わった。伝わったとわたしが思ったことも妻に伝わった。そのせいかどうかはわからないが、妻はいますぐ死ぬとは言わなかった。死ぬためにここに来たとも、生きているとも言わなかった。ただ妻は、今夜はあのテントの中で眠りたいと言った。

わたしはその夜、妻がプールの底に立てたテントの中で寝ずの番をした。一睡もせずに、妻と娘の寝顔を見つめた。ロイヤルホストで妻がわたしに話してくれたことについて考えていた。なぜか高校のときサッカー部を辞めると言い出した友だちを説得した日のことをわたしは思い出していた。

「辞めることは悪いことで、つづけることは無条件に良いことだとしかおまえが思えないのは、そんな目でしかおれを見られないのは、おまえがサッカー部にいるからだ。辞めようとしているおれをおまえが受け入れられないのは、自分を否定されたような気がするからだ」とその友だちは涙ながらにわたしに訴えた。

わたしが思い出したのはそのことだけではなかった。「本当は、おまえも一緒に辞めようと誘いたかった。だっておまえいっつも先輩たちの悪口ばかり言ってたじゃないか？ひとを蹴ることしか能のない馬鹿なやつらだ、たかだか1年や2年先に生まれたくらいで偉そうな顔するなって言ってたじゃないか？」

妻はわたしを誘ってくれた。一緒に死のうとわたしを誘ってくれた。なのにわたしは妻と一緒に死ぬことができなかった。妻と娘を埋める前に夜が明けてしまった。わたしは妻との約束を果たすことができなかった。

2

２０００年９月、東京高等裁判所の控訴審（初公判）において少年は弁護側による被告人尋問で、悦子さんと交際していたことは認めたが、ふたりに睡眠導入剤を飲ませて殺害したうえ無理心中を装ったという供述に嘘はないと答えた。悦子さんと少年はファミリーレストラン・デニーズ（西新宿店）で共にアルバイトをしていたかつての同僚だった。ふたりが交際しているとは認識してなかったと当時の店長ら複数の店員が検察側による証人尋問に答えた。

２００２年３月、東京高等裁判所は検察の控訴を棄却し、少年は犯行当時18歳と１日であり、少年法第五十一条一項によって十八歳未満の少年には死刑を科すことができないと定めていること、そして１９８３年に最高裁判所が示した死刑適用基準いわゆる「永山基準」を考慮し、一審の無期懲役判決を支持した。

同年４月、検察が最高裁判所に上告した。

2006年6月、最高裁判所は検察の上告に対し二審の判決を破棄し、審理を東京高等裁判所に差し戻した。

2007年4月某日、悦子さんと詩織ちゃんの8回目の命日にあたるこの日、東京高等裁判所による差し戻し控訴審第七回公判で少年は、一審・二審の供述を翻し、殺意を否定した。自分を含めた「家族」3人で心中しようとしていたと、これまでとはまったく異なる供述をした。さらに弁護側による被告人質問に答えて「家族3人で無理心中するつもりでふたりに睡眠薬を飲ませたが、自分はどうしても死ぬことができなかった。だからこのままぼくを死刑にして欲しい。ふたりと一緒に死なせて欲しい」と訴えた。

同年10月、検察が少年に死刑を求刑した。

同年12月、弁護側の最終弁論が行われ、自分を死刑にして欲しいと日々後悔の念を深くしている少年だからこそ生きて贖罪し更生する機会を与える必要がある、情状酌量の余地はじゅうぶんにあるとして、傷害致死罪の適用を求め結審した。

2008年4月、東京高等裁判所で判決公判が行われ、少年に死刑判決が下った。

——世間はあなたの死刑はすでに確定したものだと思っているようですが、あなたの弁護団は即日最高裁に上告しました。あなたに死刑判決が下されてからきょうでちょうど2年がたちますが、趣意書は書いているのですか？

「いいえ。死刑は確定したものだとぼくも思っています。確かにぼくは法律上の手続きとしては死刑確定囚ではないですが、拘置所で死刑が確定するのを待っているという意味ではもう死刑囚です。死刑が確定するのは1年後かもしれないし2年後かもしれないけど、あしたかもしれない。もうすでに死刑確定囚になったも同然の気持ちでいます」

――でも弁護団をはじめあなたを支援しているひとたちもいる。

「ぼくが死刑になるのを反対しているひとも、ぼくにではなく死刑に興味があるだけですから、ぼくには関係ないと思っています」

――それは趣意書を書こうにも書くことがない、書く意味がないという意味ですか？

「いいえ。書くことならいくらでもあります。意味があるかどうかはわからないけど。ただどうせ書くなら、もっとちゃんとしたかたちで書きたいと思っています。これから裁判の進展がどうなるにしろ、ぼくに残された時間はおそらくそれほど長くはないでしょうから」

――本を書く、ということですか？

「『無知の涙』はご存知ですか？」

――永山則夫ですか？

「はい」

──大学に通っていたころに早稲田の古本屋で買って読みましたが、内容はいまではほとんどおぼえていません。ただ青いボールペンで書かれたものすごくしっかりとした彼の文字だけは妙にはっきりとおぼえています。

「ぼくは彼のようにマルキシズムに触れたこともなければ、カントもヘーゲルも読んだことがありません。書けばおそらく恋愛小説みたいなものになると思います。そんなものを出したらまたバッシングされるのがオチですけど、バッシングされるのにはもう慣れてますから」

──話は変わりますが、2000年の5月に発表された本田高史氏の手記は読まれましたか?

「擦り切れるほど、というわけではないですけど、何度も読みました」

──ということは、東京高裁の控訴審で、当時本田悦子さんと交際していたことをあなたが急に認めたのは、認めたというよりあえてあのタイミングで告白したのは、あれは彼の手記への返答だったと解釈してもよろしいのですね?

「いいえ。本田さんの手記を読んだのはぼくに死刑判決が下されてからです。本田さんの手記だけではありません。もっと言えば、本を読むことだけではありません。ぼくは死刑判決が下されてよかったと思っているのです。逮捕されてから死刑判決が下されるまでは、ぼくにはもうぼくの時間なんて1秒たりとも残っていないと、もうなにもないと思っていたのですが、ありました。ぼくは生まれ直したのです。お前は死刑だと言われて早く死ねよ、さっさと死ねよと誰も彼もに思われていると報道されて、差し戻されて死刑判決が下ってわかったんです、新しい時間がぼくの中で生まれつつあることが。それだけでもじゅうぶん過ぎるほどぼくは死刑に感謝しているのです」

——あの手記の中で本田高史氏は、あなたについてひとことも触れていません。そのことについてはどう感じましたか？

「え、そうでしたっけ？」

——気づかれなかったのですか？

「はい。というか」

——というか？

「たくさん書かれているとぼくは思ったのですが」

——それはなんというか、嘘というか。単なる強がりではないですか？　失礼ですが。

「失礼ですね」

——すいません。

「別にいいですけど。とにかくぼくは、ぼくについてひとことも書かれていないとは思いませんでした」

——それはなぜですか？

「なぜ？」

――はい。なぜです。

「なぜもなにも書かれてましたから、ぼくのことが」

――おっしゃる意味がわたしにはどうもわかりかねるのですが。

「わからないでしょうね。でも当然のことです。ぼくはいままで誰にも、なにも話してませんから。誰も知らないことですから。いまこうして取材をなさっているあなたにわからなくても当然のことです」

――それは違います。事実に反しています。

「なにがですか？」

――あなたはあなたの言うところの「えっちゃん」と「詩織ちゃん」と自分は家族であったことを事実であると認めて欲しいと、差し戻し控訴審の第七回公判で検察側の質問に答えて、そう訴えました。検察側の質問は「あなたはいま、ご家族の方にどんな気持ちを持っていますか？　迷惑をかけたと謝罪をするつもりはないのですか？」というものでした。するとあなたは「謝罪したくても、ぼくにはもう家族がいません。ぼくが殺してしまったからです。この手でえっちゃんと詩織を、ぼくら3人を」と答えてから、3人が家族であることを認めて欲しいと訴えたのです。

「そうです。ぼくはありのままの事実を答えたのです。ぼくの家族はえっちゃんと詩織だけでしたから。ぼくを産んだのはぼくです。ぼくにはえっちゃんと詩織以外に家族はいません。母はぼくを育ててくれましたが、そのことはもちろん感謝してますが、ぼくを産んだわけではありません。女手ひとつでぼくを育ててくれたからといってぼくを産んだと決めつけるのは母の不幸にしかなりません。それは冤罪です。罪のない罪をきせるようなものです。詩織を産んだのは詩織です。えっちゃんはそのことを、なかなかわかってくれなかったけど、最後には自分もそう思う、あたしもそう思うと言ってくれました。わかってくれました。そう思うもなにもそうなんだとぼくが念を押すように言うと、ありがとうと言って顔をくしゃくしゃにして、仁丹みたいにまるくてちいさな涙をぽろぽろぽろぽろぽろ流しました。えっちゃんは自分が子供を産んだんだ、詩織を産んだんだとずっと思い込んでいましたから、ひとりでずっとつらい思いをしてたんだと思います。確かに子宮を貸しはしました。詩織は誰かの子宮がなければ自分を産むことはできないですからね。だけどあくまでも貸しただけです。代理母でない母などいません。ほとんどの母親が自分は代理でないと、自分の意志で産んだんだと思い込んでいるのは知っていますが、じゅうぶん承知していますが、えっちゃんまで思い込む必要はないとぼくは言ったんです。確かに十月十日、詩織はえっちゃんのおなかの中にいました。詩織がもしカンガルーなら途中でおなかの外に出ることもできたんでしょうけど、詩織は人間ですから、胎盤とおへそが繋がってますから、自分の意志で外に出ることができなかっただけのことで、ときがくるまで詩織はえっちゃんの中で、おへそのストローで栄養をちゅうちゅう吸いながら待ってただけのことです。詩織は詩織が産んだんです。自分で自分を産んだんです」

まさか最初の面会から少年がここまで話してくれるとは思わなかったのと、ほかの誰かに抜け駆けされないよう朝一番で東京拘置所に乗り込んだので少し眠いのと、その内容があまりに突飛なのとでわたしはすっかり混乱していた。ここまで話してくれるなら是が非でも聞きたいと思っていたことを、あれもこれもと聞きたくなってしまって、整理がつかなくて、うまく質問を差し挟むことができなかった。聞けば聞くほど聞きたいことが多くなるので面会は最大で30分しかゆるされないのだし、今回のところは聞くだけ聞いて質問するのは次回にしようと腹をくくったころで、ようやくわたしは最初の疑問に行きついた。

——これは先ほどもお聞きしたことですが、すいません、同じ質問をくり返させてください。なぜあなたは本田高史氏が手記の中であなたについてなにも書かれてなかったのに書かれていたと思ったのですか？

「書かれてなかったのに書かれていたと思った？　それはおかしな質問だ」

——どこがですか？

「どこもかしこもです。逆に質問させてください。ぼくについて書かれてなかったと、なぜあなたは思うのですか？」

——思うのでも思ったのでもありません。わたしがどう思おうと思うまいと、あの手記の中にはあなたについては1行も書かれていませんでした。書かれてないから書かれてないと言ったまでのことです。これは事実の確認であって、わたしが思ったことではありません。

「あなたの場合は事実で、ぼくの場合は思うであるというわけですね？」

——そうです。

「あなたも弁護士の先生や検事や裁判長と同じだ。憐れなひとだ。逆に質問させてください。ひとの悪口がひとの悪口になるのはいつですか？」

——すいません、質問の意味が。

「わからないですよね？　事実事実連呼するあなたにわかるはずがないですよね？　そんなことは百も承知で聞いています。質問の仕方を変えましょう。ひとの悪口が悪口になるのは悪口を言ったひとがその悪口を口にしたときですか？　それとも悪口を言われたひとが悪口を言われたと思ったときですか？」

——それは悪口を言った場合のことですか？　それとも、悪口を言ってないのに言ったと思われた場合のことですか？

「どちらの場合でも答えは同じです」

——と言いますと？

「まだわからないのですか？　言った本人が言ったつもりであろうがなかろうが、言われた者が言われたと思えば悪口を言われたのです。言ったのです。それがぼくの質問の答えです」

――悪口を言ったつもりはないどころか、誰がどう見ても悪口を言ってなくても？　言ってないのが事実であっても？

「本人にそのつもりはなくても、たとえ事実と呼ばれる権威に照らして鑑みて言ってなかったと認定されたとしても、言われたと感じたらそれはもう悪口です。なぜなら悪口は、決して対称的なものではないからです。言われたと思った者にとっては死ぬほど重要なことだけど、言ったほうにとってはその千分の一も、一万分の一も重要ではないことこそが悪口を悪口にするのです。その非対称性こそが悪口が悪口たるゆえんなのです。言ったほうも言われたほうと同じほど重要であるなら、おそらくそれは悪口ではないはずです、なかったはずです。あの手記を読んでぼくはぼくについて書かれてなかったのに書かれていたと思ったのではありません。条件節が余計です。書かれてなかったと決めつけないでください。決めつけて質問しないでください。あの手記を読んでぼくはぼくについて書かれていると思った。ただそれだけです」

――それでは聞きますが、どのあたりがあなたについて書かれていると思ったのですか？

「すべてです、と答えたいところですが、それではおそらくあなたは納得しないでしょうから、あなたのように事実であるとは言いませんが、えっちゃんについて書かれているとぼくが思ったことはすべてぼくについて書かれたことであると言っておきます」

――それはなぜですか？

「なぜ？　では逆に聞きます。あなたについて書かれていると思ったことはすべてあなたについて書かれていることであると、なぜあなたは思うのですか？」

――なぜもなにもそれはわたしについて書かれているのでしょう？　でしたらわたしについて書かれていると思って当然じゃないですか？

「それと同じです」

――なにが同じなんですか？

「とりあえずいまぼくはえっちゃんについて書かれていると思ったこととは言いましたが」

――言いました。

「確かにそう言いましたが、あなたに説明するためにわざとわかりやすく言ったまでのことであって本当はえっちゃんについてなどと、ぼくについてなどと区別して言う必要はないのです」

――なぜそれほどまでに悦子さんのことは、なにからなにまで自分のことだと言い切れるのですか？

「違います。えっちゃんのことはなにからなにまで自分のことだと言い切ったのでも思ったのでもありません。逆に聞きます」

——また逆ですか？

「あなたはあなたをあなたとは別の存在であると認識してから、あなたのことはなにからなにまで自分のことだと思って、あなた自身のことだと思っていますか？」

——もちろんそんなふうには思っていません。

「では、どのように思っているのですか？」

——なんというか、最初からわたしはわたしです。わたし自身です。思うより先にわたしはわたしであったとしか言いようがありません。

「でしょう？」

——なにがでしょうなのですか？

「出会ったときからぼくはえっちゃんで、えっちゃんはぼくでした。ぼく自身であると思うより先にえっちゃんはぼくであったとしか言いようがないのはぼくも同じです。おそらくえっちゃんも同じだったはずです。そうでなければぼくはえっちゃんに、そしてえっちゃんはぼくにあんなことやこんなことを言ったりすることはできなかったはずです。ぼくやえっちゃんだけではありません。なにも特別なことではありません。そうでなければひとは他人になにかを言うことなどできません。他人を他人であると思ったままなにかを言うことはできません。それが言えたということは、もはや他人が他人ではなく、自分であったということにほかなりません」

言いまわしは多少違えど、ほぼ本田高史氏の手記に書かれていたことと同じことを少年は口にした。それは大変驚くべきことであった。しかもそのことに少年は無自覚で、まったくと言ってもいいほど気づいていないようだった。

少年は嬉々として話した。その話しぶりはもはや醜悪であると言ってもいいほどの饒舌振りだった。今年で27歳になるその少年は、取材に訪れた者の取材に訪れたという弱みを握って、耳を摑んで決して離そうとはしなかった。

「ぼくはえっちゃんにバイト先のファミレスで出会いました。ぼくのほうが年下でしたがぼくのほうが先輩で、あとから入ってきたえっちゃんの教育係でした。中学を卒業してからずっとファミレスでバイトしてきてたくさんの後輩たちを指導してきましたが、えっちゃんほど素直に言うことを聞くひとはいませんでした。だけどそうではないことにそのうちぼくは気づきました。えっちゃんはぼくの言うことを聞いているのではなくて、ぼくの言うことを言われたことではなく自分が言ったこととして聞いていたのです。ひとよりおぼえが早いのは当然で、えっちゃんは教育係のぼくはぼくで、自分は自分であるとは最初から思ってなかったのです。ぼくであることが、いや、ぼくになることが自分になることだと思っていたのです。いや、思ってなどいなかった。自然にただそうしていたのです。そうしていることにぼくは気づいたのです。ただぼくより少しぎこちないのは、ぼくであることにぼくより慣れてないだけのことで、ひと月もたたずにぼくを完全に乗りこなすことができるようになっていました。つまりはうちの店で一番ベテランのぼくと同じことができるようになっていました。驚いたのは店長です。教育係としてぼくはとても鼻高々でした。だけどいまでも忘れられないのは、そのあとに入ってきた新人の大学生の女の子を教育したときに感じたギャップです。その子は完全に自分は自分で、ぼくはぼくなのです。怒れば、はいはい返事をするのですが、聞いた端から忘れるのもむりはないと言わざるをえないほど自分は自分で、ぼくはぼくなのです。学校教育の弊害なのですかね。中卒のぼくにはわかりませんが、ひとの話を参考にするか影響を受ける程度にしかひとの言うことを聞くことができないのです」

——他人を他人であると思ったままなにかを言うことは原理的にも現実的にも不可能である。言えたということは、もはや他人が他人ではなく、自分であったということにほかならない。つまりは他人が他人であり、自分が自分であるまま自分以外の誰かになにかを言うことも聞くこともできない。

「そうです。まさにおっしゃるとおりです。そのとおりのことをいつなんどきも、誰に対しても実践していたのがえっちゃんでした。ぼくが震えるほど驚いたのは、えっちゃんにとってはお客様もただお客様であるだけではなく店の一部であり、お客様としての役割を果たしてもらわないと困ると言わんばかりに、横暴な要求にはそれなりに横暴に、はっきりと言えることでした。お客様は神様であると言わないまでも店の人間より偉いと思っている店員はどうしたってその場しのぎの対応をします。それはかならずお客様にも伝わるので、いくら謝っても、頭を下げてもゆるしてはもらえないのです。店長がすっ飛んでいってもダメです。余計にお客様を図に乗らせるだけで、さらに横暴な要求をしてきます」

――悦子さんはそういうときどうしていたのですか？　どんな対応をとったのですか？

「怒ったのです。烈火のごとく鋭い言葉を放ち、その中年の男性客を叱り飛ばしたのです。そして5分とかからずその男性客がとった態度のみならず、彼の人生を、その全人格を否定したのです。その男性は泣いていました」

――泣いたのですか？

「泣いたなんてものではありませんでした。あとで聞いた話ですが、えっちゃんに怒られているあいだじゅうずっと死んだおかあさんのことを思い出していたそうです。それでその男性はすっかり常連になって、ぼくたちと下の名前で呼び合うほどの仲になったのですが、えっちゃんは決してプライヴェートでは付き合おうとはしませんでした。えっちゃんにとって仕事は仕事なのです。仕事であるのにそこまでするのです。その男性だけではありません。ぼくに対しても同じです。正直、奇妙な感じがしたし戸惑いもしました。あれほど自分と他人の区別なく接するひとが、そこにだけは明確な線を引くのですからね、驚くのもむりはないと思います。けど、そんなことはなんの慰めにもなりませんでした。ぼくは24時間えっちゃんのことしか考えられないようになっていました。ほらね、やっぱり。恋愛小説みたいになってきたでしょう?」

――確かに。

「時間です」

まだ規定の30分はたっていなかった。刑務官に歯向かうことで得られるものはないので、すんなり退席することにした。

「このあいだはどこまでお話ししましたっけ?」

――恋愛小説みたいになってきたところです。

「ああ。そうでした、そうでした。あなたがはじめて会いに来てくれたあの日はいつになく興奮してしまって、消灯時間を過ぎても眠れなくて困りました」

少年と2度目に会ったのは、最初に会った日からちょうど1週間後のことだった。4月29日。少年に死刑判決が下されてからすでに2年あまりの月日が過ぎていた。

――眠れないときが多いのですか?

「いいえ。その日はたまたまです。少ししゃべり過ぎたからかもしれないと思ったまでのことです。精神的にも身体的にも、ぼくはいたって健康ですし、不眠症に悩まされたことなど一度もありません。えっちゃんだって」

――えっちゃんだって？

「あれ？　ぼくなにか、おかしなこと言いました？」

――いえ、なにも。失礼しました。どうぞ先をお話しください。

話の入り方を失敗したせいなのか、それともほかに理由があるのかわたしにはわからなかった。その日の少年はほとんどなにも話してくれなかった。わたし以外にもたくさんの、その多くが本職のルポライターたちであるが、死刑の存続・廃止いずれの立場をとるにしろ、いずれかの主張を盛り込んだノンフィクションを出版するためにここを訪れるのだから、少年に眠れないのかなどと死刑に直結するような質問をするのは得策であるとは言えなかった。

わたしの興味は最初からそこにはなかった。そこというのは少年自身のこころのありようのことで、それは少年自身が望んでいたことでもあった。最初に受け取った手紙の中で、少年ははっきりと書いていた。「ぼくはぼく自身について語ることはなにもない。なにもないのでよろしければお会いします」と、驚くほど達筆な字で書いていた。

きょうのところは早々に引き揚げることにした。

「時期を見てまた来ます」

あ、と少年は、幾分慌てた様子でわたしを引き留めた。

刑務官が不審に思い、少年の背中を注視したほど少年は穴のあいたアクリル板に顔を近づけていた。わたしに「本はいつ出るのか?」と聞いた。秋ごろになるだろうと答えると「その本を、ぼくとの共著にすることはできない?」と、いまにも泣き出しそうな目をして言った。

面食らったわたしは、その場ですぐに断ってしまった。しまったと、わたしが気づいたときはもう遅かった。なにも言わずに席を立った少年は、刑務官をせき立てるようにして面会室をあとにした。

少年から「また会いに来てください」とだけ書かれた葉書が届いたのはそれからすぐのゴールデンウィーク明けの木曜日、2010年5月6日の朝だった。金属探知機の検査を受けて面会室に入ると、壁に立て掛けられたパイプイスをまだわたしがひろげる前に少年は鉄の扉を開けた。アクリル板を隔てたわたしの目を見て笑みを浮かべた。

「いらっしゃい」

——ずいぶん機嫌がいいんですね。なにかいいことでもあったのですか?

「ありました。あなたがすぐに会いに来てくれたことです」

——気味が悪いですねー。そんなこと言っても、なにも出ませんよ?

「きょうはぼくが出します。まだ誰にもしたことがない話をします。弁護士のひとたちにもまだ話したことがない、とっておきの話をします」

思わずわたしは少年の後ろに立つ刑務官の目を見た。「だいじょうぶ、だいじょうぶ」と、観察するようにわたしの目をずっと見ていた少年が、少しはしゃぎ過ぎではないかと思うくらい弾んだ声で言った。

「このあいだも言ったけど、もう死刑は確定したも同然なんだから」

――同然と確定は天と地ほど違います。

「知ってるよ、そんなことは。わざわざあなたに言われなくても。けど待ってるほうの身としてはですね、二度苦しみを味わわされるみたいなものでしょ？　地獄の入り口の入り口なんているのかな。それって必要なのかな。ということで上告の取り下げをただいま検討中です。あ、そうだ。あなたにも相談に乗ってもらおうかな。ね、いいでしょ？　いいよね？」

いつのまにか少年は、まるで親戚のおじさんに聞くような口の聞き方でわたしと話すようになっていた。事件を起こしてすぐに、たったひとりの肉親だった母親が自殺してしまった少年に身寄りはないのは知っていた。少年の面会に来るのは、わたしのほかには弁護団の人間しかいないのかもしれなかった。

――恋愛小説のつづきですか？

「そうです。聞きたいでしょう？」

――それはもちろん聞きたいです。それがわたしの仕事ですから。

「あのね、ぼくたちはね、えっちゃんの結婚を機に別れることにしたんです。別れよう、って決めたんです。振られたんじゃありませんよ。むしろぼくがえっちゃんを振ったんです」

——いつからふたりはお付き合いを？

「嫌だなー。付き合ってなんかいませんよー」

——いや、だって、いまあなた振ったって？

「ああ、それね。むしろぼくが振ったって話ね。だけどそれはあくまでもむしろの話で、実際はふたりで立てた計画を実行に移しただけです。事の発端は、結婚したらいいじゃない？」

——結婚したらいいじゃない？

「誰かに言ったことあります？　そんな言葉」

——結婚したらいいじゃない？　ですか？

「そう」

——あると言えばあるような気がします。

「やるねー。よくそんな言葉を言えたもんだねー。ちょっと見直しちゃった。ちなみにそのひととあなたはどんな関係？」

——友だちです。

「そのお友だちは？　男？　女？」

——女です。

「で、そのお友だちは結婚したの？」

——しました。けどわたしが結婚しろと言ったからではないと思います。

「なんで結婚しろなんて言ったの？」

——別にしろと命じたわけではなくて。

「ぼくはね、お金と自分のやりたいことを切り離して考えるべきだとえっちゃんに言ったの。だから極端なことを言うと、て前置きしてから言っただけなんだけどね」

——なにをですか？

「ひとの話聞いてる？」

——聞いてますけど。

「けど？　ま、いっか。時間がないから先急ぐね。急がせてもらうね」

——いいですけど。

「けど？　なんかいちいち気に障るなー。まあいいや。あのね、ぼくはこう言ったの。えっちゃんはお金なんて、どうでもいいと思ってるんでしょ？　図星でしょ？　お金を儲けてるひとが偉いとかしあわせだとか正しいとか思ってないんでしょ？　だったらお金なんてあるところから貰ってくれれば済むだけの話でしょう？　ここまで言ってもまだえっちゃんはまだ半信半疑だったけど、とりあえず聞いてくれてはいたから、すかさずぼくはこう言ったの。この機を逃したらもうあとがないと思って。チャンスは二度と来ないと思って、ぼくは言ったの。結婚しろって。しちゃえって。えっちゃんに結婚の話が来てたことを知ってたからね。こっそりとかそういうんじゃなくて、堂々とバッグの中を覗いて見てたから知ってたの。まさかおとうさんが大学の元総長で、いまはなになに財団の理事とかそういうひとだとは知らなかったけど、そこそこお金のある家であるのは知ってたから、仕送りしてもらえばいいじゃない？　てっとりばやくていいじゃないといくらぼくが言ってもそれだけは絶対に嫌だと言って聞かなかったから、親からお金を貰おうとはしなかったから。反対されてたからね、芸術をやることは、はなから否定されるって感じで、無下《むげ》に、って言うんですか？　まあ、そんな感じで認めてもらえてなかったから、だったら結婚しちゃえと。親の言うことを素直に聞いたふりをしちゃえと、言ったわけですよ、このぼくが、はい。そしたらびっくりするくらい話がとんとん拍子で進んで結納しました、はい、式も挙げました、入籍の手続きも済ませましたで、えっちゃんは埼玉の大宮って街の奥地で住み始めたわけですよ。はじめてだったからね埼玉は、ぼくにとっても。新宿生まれ新宿育ちのぼくとしては、そりゃもうカルチャーショックでしたよ。いやね、もっと田舎かと思ってたら意外に田舎じゃないんだけど、なかったんだけど、なにもないの。もうそれこそ里芋畑と芝川っていうどぶ川と、自治医大っていう馬鹿でっかい病院と自動車の教習所くらいしかない殺風景な土地でね。だけど唯一救いだったのはココスがあったことかな。ファミリーレストラン・ココス。知ってる？　ご存知？　ぼくあそこのハンバーグ好きでね、びっくりドンキーのハンバーグと同じくらい好きで。いや、それはちょっと言い過ぎかな。次くらいに好きだから、毎日でも食べられるから、毎日行ったの。行った。うん、そう、行った。行った行った。ほんと行った。毎日行った。えっちゃんに少しでも時間があいたら間髪入れずにすぐにでも、そっこーで会いたかったからね。左手で携帯電話を握り締めたまま右手でフォークを持って、ハンバーグを突きながら待った。ドリンクバーで粘りに粘って、最初に頼んだセットだけで3時間いるのなんてざらで、朝までずっといたこともあった。コーヒーとコーラとコーンポタージュでおなかがたっぷんたっぷんになったけど、えっちゃんが畑のほうからぐるりとまわるようにして一生懸命走ってくる姿がガラス越しに見えたときはいつでも天に昇るくらい、昇ってすぐ、真下に落っこちても悔いがないくらい嬉しくて、お互いの時間のゆるす限り、あることないこと全部話した。お互いの、と言っても、ぼくにはもうぼくの時間なんてないから、そんなものはえっちゃんが結婚すると決めたときから存在しなくなっていたから、えっちゃんの旦那さんが帰ってくると、これから帰ると電話してくるまでずっと話した。近所のひとに見られても平気なの？　気にならないの？　だってあなたはもう官僚の奥さんなんだよ？　そもそもどうして官僚なのにこんな中途半端な田舎に住んだりするの？　する必要があるの？　退屈しない？　しないわけないか、でも奥さんだもんね、ちゃんと奥さんしてる？　洗濯物畳んだりしてる？　なんて心配しているのはぼくだけで、えっちゃんは実に堂々としたもんだった。実に堂々と官僚の奥さんしてた。本物の、てなにが本物なのか、普通なのかなんてぼくにわかるはずないけど、演じてるのを知ってるはずのぼくが騙されるくらい普通にいい感じで奥さんしてた。ふとね、寂しくなるときもあるにはあったけど、それでもぼくは、そのままでもじゅうぶん満足してた。だけど来いってえっちゃんが言うから、ぜんぜんだいじょうぶだよ、平気だよって甘い声でぼくを誘ったりするから、じゃあって感じで一度だけ、最初で最後という約束で、えっちゃんのマンションに、そのマンションはココスから歩いて5分くらいのすぐ近所にあるのは知っていたけど、ぼくにはなんの関わりもないと思っていたそのマンションにお茶しに行ったの。というのはもちろん嘘で、最初からぼくはやる気満々だったけど、えっちゃんだってやる気満々で、旦那さんからの電話で目が覚めたときはもう家の中はまっ暗だった。ひさしぶりだったからね。あのときは何回やっただろう。コンドームなんて用意してるわけないからずっと生でしてたんだけど、ぼくが出すとき出るって、もう出るってかならず言うんだけど、なんでかね、あれを言わないと出ても出た気がしないから、いっつも言っちゃうんだけど、出る出る言ってもえっちゃんはぼくの腰を摑んで離さないんだよね。ぐいぐいって腰を押しつけて、グラインドさせて、わかる？　うちもものあいだのあの筋張ったところ、あの大平原で最後の最後の一滴までぼくの精液を吸い込むぞ、吸いとるぞって意気込みが全身からほとばしり出るように伝わってきて、ぼくはいつでも感動しちゃうの。あ、愛されているんだなー、ぼくのものならなんでも欲しいんだなー、肩とか首のあたりの汗どころか尻のあいだの汗とかも全部まるごとぺろって、ぺろぺろって舐めてくれるもんなー、毛だって吐き出さないでいつもそのまま飲み込んでくれるもんなー、ってしあわせをね、いつまでも感じていたいのはやまやまなんだけど、ぼくらにはいつでもタイムリミットがあるからね、電話が鳴れば即撤収するの。ぼくがパンツを履いたりシャツに袖を通したりするのをえっちゃんが手伝ってくれる時間が実はもなにも一番しあわせを感じるときだったりするから不思議でね、むしろぼくはぜんぜん嫌いじゃなかった。我ながら潔いなって思ったし。ひとりで外に出たらすぐでえっちゃんはすぐに電話をしてくれたし。朝までずっとひとりでココスで過ごすのも苦にならなかった。ひとりでいることも大切だからね。ひとりでいる時間があるからふたりでいる時間が貴重であることが、ある種の奇跡であることを実感できるんだから、てなんか女子高生みたいなことを言ってるけど、言っちゃってるけど、ぼくは朝まで饐《す》えたコーヒーを何杯だって飲むことができたし、何時間でも読書することができるようになった。文学なんてまったく興味なかったけど、いまでは作家のひとにも負けないくらい読んでるかもしれない。拘置所にいるのもファミレスにいるのも、ぼくにとっては同じだからね。いま思えば独居房で過ごす訓練をあのときからもうぼくはしてたのかもしれない。準備してたのかもしれない。ただひとつ違うのは、朝になってもえっちゃんからの呼び出しの電話が鳴らないことと、朝まで寝ないで旦那の隣りで横になって待っててくれるえっちゃんと一緒にベッドでまるくなって眠ることができないこと。だけどひとりでいるときのほうがむしろえっちゃんと一緒にいる気がするから、遠くでぼくが来るのを待ってくれる気がするから、社会なんてところでしたくもない仕事をさせられて、いたくもないひとたちと一緒にいなければならないわけでもなく、ひとりでそのときが来るのを待っていられることが好きかな。え？　嘘？　もうそんな時間？　ならつづきはまた今度」

「子供を育てようって言ったのもぼくなの。実はそれもぼくなの。堕ろすのなんてやめよう、産もうって言ったわけではなくて、ふたりで育てようって言ったの。どうせ旦那は霞ヶ関から夜遅くに、ほんとに夜遅くにタクシーで帰ってきて、朝は7時5分に、いつもかっちり7時5分に出るバスに間に合うように家を出ていたから、朝ご飯の片づけもぼくがするし、洗濯だってぼくがするから、旦那のパンツだって靴下だって洗ってあげるし、布団も干してばんばん叩いてあげるから、えっちゃんは子供の顔だけ見てればいいんだよ。目だけいつもちゃんと見てれば子供なんて勝手に育つよ、おおきくなるって。だから心配する必要なんてないって。なにもしなくても、してあげなくても勝手にぼくらのことを真似するだろうし、誰が自分を一番愛しているかだってすぐにわかってくれる。ぼくらはずっとお金のことだけが心配で、あとはなんの心配もなかった、そのお金がいまはここに、この家にたんまりあるんだから、このマンションはぼくらのアトリエなんだよ。好き勝手やろうよ。ジョン・レノンとオノ・ヨーコみたいに子供を育てちゃおうよ。育ててみようよ。ね。ピアノを弾くだけで、あとはなにもやらずに子供を育てる人間みたいに、歌うことしかできない鳥みたいに芸術以外なにもできないおとなに育ててあげようよ。いや、育てる必要なんてないんだよ。学校になんて行かせる必要はないし、友だちなんてむりに作ろうとさせちゃいけない。そんなこと子供にさせるもんじゃない。失うものはあっても得るものなんてひとつもない。そんなことをさせておいて、いじめにあって、それを苦にして自殺してしまったもなにもないもんだよ。まったくもう。社会なんてものをなくさない限りいじめがなくならないのは中学、高校、大学、会社と、社会に出ずっぱりのひとたちのほうがむしろ本当は知ってるはずなのに、苦しんでるはずなのになにもしようとしないんだから、人間が人間である限り社会はなくならないんだから、ぼくらのほうから消えればいい。社会の中にありながら社会の中から消えればいい。ファミレスで朝までずっとひとりで過ごせばいい。いつだってひとりでいられる、ひとりになれる準備をしておけばいい。いつかそのうち、できれば詩織が自分で歩けるようになったらすぐにでも、夜中にこっそりファミレスに、ココスに連れて来て欲しい。ぼくに内緒でふたりでこっそりファミレスまで遊びに来て欲しい。詩織を連れて来て、ぼくの前に突然ぱっとあらわれて、ぼくを驚かせて欲しい。贅沢を言えば、こっそりぼくの姿をふたりで観察してから少し離れたテーブルに座って、ぼくが饐えたコーヒーを飲みながら本を一生懸命読んでる姿を詩織にも見せて欲しい。ほら、あれが社会の中にいながら社会の中から消えてしまった人間だよ。詩織は嫌だ？　ああいうひとになるのは、なんの役にも立たないひとになるのは嫌？　あたし？　あたしは嫌じゃないかな。嫌じゃないどころか、できればみんなにもそうなって欲しいと思っているかな。たとえばこのお店ね。ほら、ね、ぜんぜんお客さんがいないでしょ？　ガラガラでしょ？　だけどガラガラでいいの。ガラガラだからこそ、このお店はこのお店なの。むかしあたしもね、こういうお店で働いてたの。お金がいるから仕方なく働くことにしたんだけど、別に良かれと思ってしたわけでも努力しようとしたわけでもないのに、やり始めるとすぐに凝るというか、はまるほうだから、あれやこれやいろいろ考えて、お店の問題点とか、改善点とかいろいろ思いついてしまって、このほうがいいじゃないかとか、こうしたほうがお客さんも喜ぶんじゃないかとか店長に毎日のように言ってたら、あるとき言われちゃったの。おまえが店長をやればいいって。そんなに言うなら、思いつくならやればいいって。いや、これは嫌味で言ってるんじゃなくてまじめな話、申し込んだら？　今度の研修会に。ぼくが推薦してあげるよ。そしたらすぐにでも正社員になれるから、きみだったら店長になんてすぐなれるから、そしたらいまきみが思ってることを全部やればいい。やってみて気づいたこと、思いついたことがあれば店長会で言えばいい。発言すればいい。かならずそれはうちの会社の利益になるからと言われて茫然としたというか愕然としてしまったの、それはあたしのやりたいことではなかったことに気づいて。やりたいことではないどころか、一番やりたくないことで、ずっとそこから、必死でそこから逃げて来たことであると気づいて。その場で辞めると言ってしまったの。うちの会社の利益になるからには他社の利益にはならないわけで、つまりは同業他社を蹴落とすためにあれやこれやといろいろあたしは思いついていたわけで。言うなれば、あの海岸線に突き出た岩のあたりの防御が手薄だから、あそこに兵を集めて明朝攻め込めばいいと司令官に進言していたみたいなもので、あたしが努力すればするほどひとが死ぬ。あたしが聡明であればあるほどひとが追いつめられ、ある者は崖から飛び降り、ある者はまた捕虜になるのを恥じて自害する。だったらその前に、そうなる前にあたしが自害するし、崖から飛び降りる。消えてなくなる。ていうか、どこまでさかのぼればあたしがあたしであることでひとの邪魔をしないで生きていけるのか。他人を蹴落とさずに生きてゆけるのか。あたしはあたしに与えられた場所で、あたしひとりが生きていけるだけのお金というか余裕があればそれでいい、それでじゅうぶんであるともちろん思っているけど、こころの底からそう思っているけど、それがいくらで、どれくらいのひろさの、どれくらいの余白が、どれくらいの余裕が必要なのかがわからない。身の丈をわきまえたあたし。分相応なあたし。過不足のないあたし。それはどんなあたしで、どんなあたしのあり方なのか。それが一番わからない。だってあたしはあたしひとりであたしであるわけではなくて、誰かがいてはじめてあたしはあたしであるのだから、そのひとたちのしあわせを願わずにはいられなくて、だけどそれはあたしのしあわせでもあるのだから、あたしの身の丈をすでにあたしは越えている？　分不相応なあたしが過剰に誰かを、なにかを余分に求めている。詩織は嫌？　あたしみたいなひとになるのは嫌？　なんの役にも立たない人間になることを最大の目標にするような、こんなひとになるのは嫌？　あたし？　あたしは朝までファミレスでなにもしないでこうしてぼーっとしていたいかな。できればあしたもあさっても砂浜に打ち上げられた海草みたいにずべっと寝転んで写真を撮って過ごしていたいかな。ね、詩織、尻取りをしよう。ん、が最後についてもやめない、なにがあってもやめない尻取りをしよう。思ったことを思ったままに口にする尻取りをしよう。毎晩ここで、このテーブルで、おおきな声であたしと尻取りをしよう。そしたらそのうち朝まで誰とでも気軽に尻取りができるファミレスとして有名になっちゃったりするのかな？　合コンみたいになっちゃったりするのかな？　それでこのお店も繁盛しちゃったりするのかな？　ダメだねやっぱり。またお金儲けのことを考えている。いっそのこと全部タダにしてしまえばいいのにね。全部タダになっても働くひとなんてと思っているひとが多いのは知っているけど、あたしはね、きっとみんな喜んで働くと思うの。別にお金儲けのためでなくても働くと思うの。詩織、お皿を洗うのも楽しいよ。ファミレスのトイレ掃除も楽しいよ。店の裏のゴミをカラスがとっ散らかしたのをきれいにホウキで掃きそうじをして、ホースで水を撒いてデッキブラシでごしごしするのも楽しいよ。軽自動車に乗ってやってきた朝シフトのおばちゃんに、おはようって言うのなんて、これ以上なにかいるのかなって思うくらい楽しいよ。最初は町内会とか嫌だなー、面倒臭いなーって思ってたけど、意外とみんないい加減で、適当な感じで、やさしくて、会うたびに若いひとはいいわねーって言われるのだけはちょっとあれなんだけど、今度の夏のお祭りでおじいさんやおばあさんが長唄とか小唄とか歌うイベントの、催し物の司会をやってくれないかって頼まれちゃった。やってみようかな。なんでも嫌がらずに、とりあえず一度はやってみようかな。ひさしぶりに写真を撮りに行ってみようかな。あ、でも、その前に、まだ現像してないフィルムが百とか2百とかそういう単位でしこたま段ボールの中にあるんだった。あったんだった。忘れてた。でも、ま、いっか。新しいのを撮りに行こっか。どうせあたしが撮るのは岩とか石とかそういうのばかりなんだけどね。どこに行こうか。河口湖に行こうか。わかった。おとうさんに言ってみる。聞いてみる。そう言って、ぼくの家ではないぼくの家に、えっちゃんと詩織は手を繋いで先に帰って行くの。それでぼくはまたひとりになって、朝までずっと本を読むの。そうだな、読んでいるのは『オデュッセイア』かアリストテレスの『詩学』かルソーの『人間不平等起源論』。ときどき窓の外の里芋畑と雑木林の青く残った夜の名残を眺めながら、いまふたりがどこでなにをしているのか考える。想像するというより考える。

ふたりになにをするつもりもなかった。ぼくはふたりのことに口出しするつもりも、ふたりをどうこうするつもりもなかった。嘘。あった。おおありだった。なにかあれば絶対言うつもりでいたし、言うつもりがなくても言ってたと思う。ていうか実際ぼくはそうしてた。夕方の4時か5時ごろに目が覚めるぼくの昼は夜で、夜は昼だから、あんまりひとのことは言えなかった。旦那とそうは変わらなかった。ぼくもふたりと一緒にいられる時間はそれほど長くはなかった。だからこそ考えた。想像するというより考えた。ふたりのことをいっつもぼくは考えてた。思ってた」

「この子がおおきくなったら誰を父親だと思うのだろうとえっちゃんが言うから、放っておけばそれはふたりとも父親であると思うに決まってるじゃないかとぼくは即答したんだ。もちろん表向きは旦那が父親だということになるだろうけど、近所のひとや友だちにはほかに父親がいることを、ぼくという父親がいることを隠すことになるけど、本当はぼくが父親であると詩織にだけは教えればいい。でもその本当は、あくまでもぼくら3人のあいだだけの本当で、表向きはごく普通の家族のひとり娘として振る舞わなければならないなんて、わざわざそんなことをぼくらが教えなくても詩織は勝手に学んでゆくはず。子供にかたちはないからね。子供にはかたちなんて、あってないようなものだからね。まずは家族がその子のかたちになる。そして学校に行けば教室がその子のかたちになる。そしてすべてになる。部活に入れば部活が、大学のサークルに入れば大学のサークルが、バイトをすればバイト先が、就職すれば就職先がその子のかたちでその子のすべてになる。だからいつでも自分のいる場所が自分のかたちで、すべてであることに、いつになっても気づかない。もちろん誰だって少しは気づくよ。まったく気づかないひとなんていないと言ってもいい。気づくよ。けど、少しは少し。アスファルトがほんの少し割れて裂けたとこから草がほんの少し生える程度のことなんだけど、気づくは気づく。だから急に親に反抗したり、学校に行きたくなくなったり、いずれはなんの役にも立たなくなる部活なんてつづけたって意味がないと斜に構えてみたり、大学に行っても授業に出ないで遊びほうけてみたりするけど、なにも変わらない。なぜならそれが自分のかたちだから。すべてだから。彼氏に振られるとか、会社を急にクビになるとか、親が急死するとか予想外のことが起きたとひとは思うだろうし、ひとには言うだろうけど、けどそれをわたしは受け入れると、むしろそうなってよかったと言い出すのは時間の問題で、せっかく自分に開いた亀裂を自分でさっさと閉じてしまう。予想外のことがもし本当に予想外のことなら受け入れることなどできるはずないのだから、彼氏をどこまでも、それこそ地の果てまでも追いかけるとか、これは不当解雇であると会社を訴えるとかできるのにしない。そうすることができない。なぜならそれが自分のかたちだから。すべてだから。ぼくに言わせれば、みんなずっと子供なの。

ぼくも子供なの。えっちゃんも子供なの。子供が子供を育てているの。親や親戚や先生や上司やご近所さんに叱られれば、ううん、叱られるなんてまだいいほうで、誰にもなにも言われてないのに、勝手にひとりで空気を読んで、お空が青いのもポストが赤いのもみんなみんな自分のせいにするのが子供だから、だから子供は子供なんだけど、とにかくいまあるかたちを自分のすべてを賭けて、いのちを賭けてでも守ろうとする。パパママ離婚しないで、ずっとずっと一緒にいようよ、いまの家族のままでいようよという子供の悲痛な叫びは、こんな住宅地のど真ん中に受刑者の施設を作ったりしないで、お願い、子供になにかあったらどうするのよという親たちの悲痛な叫びに変わるだけのことで、なにも変わらない。自分のかたちを、すべてを守るために泣き叫ぶだけ。結局、自分のかたちの中から、すべての中から変なひとを、普通じゃないひとを排除したいだけだからね、法律なんてものは。予想外なことが起きないためにはどうしたらいいのか、そしてすでに起きてしまった予想外なことを予想外でなかったことにするにはどうしたらいいのか、ドラマの最終回みたいにつじつま合わせだけをひたすらいつも考えながら、あんなやつらはいますぐ全員死ねばいいと思っている。だから子供は悲惨なの。いつもまわりの目ばかり気にしているどころか、子供には自分なんてあってないようなものだから、まわりの目だけが自分の目で、目だけの存在だから、合わせるもなにも自分なんてどこにもないから、いないから、子供はなんだってするしなんだってできる。はたから見れば死んだほうがマシだと思うくらいひどい両親でもすぐにまた自分のかたちにすることができる。自分を変えることができる。すべてにすることができる。慣れようと思う前に慣れて、忘れようと思う前に忘れてしまう。いつまでたっても慣れないと、忘れられないと思うものはすべて、慣れようと思う前に慣れて、忘れようと思う前に忘れてしまったものの上に成り立っているから、慣れてしまったことにも、忘れてしまったことにも気づかない。自分が自分である限り、つまりは生きている限り気づかない。永遠に気づかない。だから詩織にはすべてのことを、これがあなたのかたちであると、すべてであると話すことにしよう。ね、そうしよう。ここでは話せないことはない。話題にしてはいけないこともない。言いたいなら言えばいいし、聞きたいなら聞けばいい。それだけはしっかりと伝えることにしよう。伝えるだけじゃなくてぼくらが常にそれを実践していよう。詩織の前でして見せてあげよう。まずは旦那のことだね。いっつも夜遅くに帰ってきて朝早く出掛けてゆくあのひとが、詩織とえっちゃんを連れて、へたっぴーな運転で車で出掛けてデパートでワンピースを買ってくれた、詩織には前からずっと欲しかったリロアンドスティッチのぬいぐるみを買ってくれた話をぼくにしたいと思えばすればいい。話せばいい。ぼくらが本当にそう思っていると、詩織がなんでも言いたいことを言ってくれることをこころの底から願っていると詩織に信じてもらうためには、ぼくらふたりが普段から、あそこの醬油取ってくらいのノリで旦那のことを話題にしなければならない。けど、しなければならないと思っているうちはまだダメで、しなければならないと思わなくてもすることができるようになるまで努力する必要がある。つまりはぼくら自身が、いまのぼくら自身のこの奇妙な生活を、奇妙でもなんでもない普通の生活として、自分のかたちとして認めなければならない。受け入れなければならない。けどさっきも言ったとおり、なければならないと思っているうちはダメなんだけど。実際ぼくは認めているよ。受け入れているよ。受け入れていると言うとなんかやっぱり嘘くさいな。なんとも思ってないよ。違うな。何度やってもまたこうしたいと、こうなりたいと思っているよ。ぼくはえっちゃんに旦那と結婚することをすすめるし、一緒に子供を育てようと持ちかけるし、3人でこうして堂々とこそこそ生きることを望むどころかそうさせて欲しいと、お願いだからそうさせてくださいと、もし神がいるなら神に、仏がいるなら仏にお願いすると思う。もちろんこの二重生活は、自分たちの意思で、つまりはこうしようと思って始めたことではないけど、なし崩し的に始まって、気づいたときはもうその中にどっぷりつかっていた現実だけど、予想外なことが起きたとしてもぼくはそれを受け入れなければならないとも、受け入れることはできないとも思わない。ぼくはなにも思わない。まだ生まれたばかりのぼくら3人はこの現実の子供なのだと思う」

「だからふたりで、いや、詩織と3人で旅行にでも行って、旦那に言いたいことを全部言えばいいじゃない、言いたいことを全部言えと言えばいいじゃないと言ったのもぼくなの。

結局あたしはまた言いたくなってしまった、言いたいことで頭がいっぱいなのに、言えやしないのにまた言いたくなってしまったとえっちゃんが、朝からずっとため息ばかりついているから、こころを鬼にしてぼくは言ってやったの。えっちゃんが一番言われたくないことを言われたくないからこそ言ってやったの。このままじゃ確実に、すばるさんのときの二の舞になるよ。また言いたいことが言えなくて、言いたくなくて逃げ出すつもり？消えるつもり？ぼくはね、全部もう知ってたから。こうなることはわかっていたとは言わないけど、えっちゃんは、会えば誰でも好きになってしまうことは最初からわかってた。ましてや一緒に暮らしてるんだもの、あんな旦那でも、意味わかんないほど夜遅くに帰ってきて、意味わかんないほど朝早くに出掛けてゆくあんな人間でもやっぱり一緒に暮らしていることには変わりないから、いつかえっちゃんがこうやって旦那のことでひとり頭を抱えて悩むことになるのはわかってた。けど、そうなったらなったでかまわない、なってからのことはなってから考えようと思ってあの官僚野郎と結婚させたんだけど、してもらったんだけど、正直、今度ばかりは失敗したと思った。いや、そんなことはない、今度もまたなんとかすることはできるといくら自分に言い聞かせても、今度ばかりは失敗したと、選択を誤ったと正直思わずにはいられなかった。えっちゃんの思い詰め方がいままでの誰を相手にしたときより激しかったどころか、もうこれ以上は思い詰めることができないと思うところまで思い詰めているとしか思えなかったところへ詩織を妊娠したものだから、さらにそれが旦那の子供じゃなくてぼくの子供であることは確実なもんだから、もちろん誰の子供か聞くなんて野暮なことはぼくはしなかったよ、けど旦那とセックスしてるとはぼくには到底思えなかったから、思いたくないからそう思うだけかもしれないと、もちろん疑いもしたけど、いや、どう考えたってあの官僚野郎があのわずかな時間のあいだにしてるとは思えなかったし、そもそもどうやってえっちゃんをそんな気分にさせるのか、想像しただけで頭の芯が痒くなってマンションに火をつけたくなるくらいいらいらしたから、できるだけ考えないようにしてたんだけど、とにかくふたりがセックスしてないことは確実だから、これは疑いようのないことだから、詩織はぼくの子供であるのはまちがいないから、えっちゃんが、旦那が言いたいことを言ってくれない、言わずに我慢している、ひとりでじっと耐えているというのは嘘で、嘘をつきたくなる気持ちはわかるけど、本当はえっちゃんが言いたいことを旦那に言えない、言いたくても言えない、つまりは詩織が旦那の子供でないことを隠していることがベースにあるから旦那と話していても話している気がしないというか、気もそぞろというか、言うべきことをどんなに言っても言い足りてない気がするだけだと、思うだけじゃなくてぼくは言った。いまここで言ったこと全部そのままえっちゃんにも言った。言った。ぼくは言った。なにもかも言った。話した。えっちゃんに言えないことなんてぼくにはないから、なかったから。なぜならぼくはえっちゃんのことならなんでも知ってたから。知らないことはなかったから。言いたいことを言わずにいることなんて不可能だった。もしそんなことをしたら、それこそぼくのこころはひと晩で破裂するくらいいろいろなことを、ぼくなりにいろいろ毎日思っていたから、ふたりのことを考えていたから、それは絶対にやめようと思って、言いたいのに言わないのだけはよそうと決めていたから、ぼくはぜんぜんだいじょうぶだったけど、その分えっちゃんに負担がかかっていたことは確かで。だってね、ふたりのあいだにいるんだから、えっちゃんは。ぼくは全部とはいえ片方のことを知ってるだけだったけど、えっちゃんは両方のことを全部知ってる、ウルトラ全部知ってるさんなんだから、言いたいことを言えないストレスが溜まるのもむりもなかった。だから旅行にでも行って、あ、そうだ、えっちゃんが好きなキャンプに出掛けてテントを張って、星でも見ながら旦那に言いたいことを全部言えばいいって、言いたいことを全部言えって、言ってくれって言えばいいと提案したの、わざわざぼくのほうから。詩織と旦那と3人だけで、家族水入らずで過ごす時間を、この3人にとっては永遠に部外者であるほかないぼくが演出したの。ぼくだけだからね、外からこの家族を見ることができる人間は。旦那の席に座って旦那の箸でそうめんをすったり、旦那のひげ剃りでひげを剃って、旦那のパジャマで旦那のベッドで眠って、旦那のしょんべんがじょぼじょぼ注ぎ込まれるトイレの便器にちんぽを向けてじょぼじょぼしてたの、ぼくだけだからね。言うならこれはぼくの使命で、ぼくが3人のことを考えないで誰が3人のことを考えるのよ、てなもので、おかしなことだけど、誰よりもぼくが3人のことを心配してたし、いつまでつづけられるかわからないこの生活を、二重に二重の、この二重生活を維持するための方法を考えていたのは、ぼくだからね。なにも知らない旦那はのんきなものさ。えっちゃんがきょうも笑顔でおかえりなさいと迎えてくれるのはぼくのおかげだというのに、言うならえっちゃんはえっちゃんであるままぼくでもあるというのに、なにも知らない旦那は二重に二重になってることも知らずに、どこにでもある普通の夫婦であると思ってたんだろうけど、馬鹿はいいよね、苦労しなくて。ぼくのような知者はいろいろ大変なんだよ。だけどぼくは何度生まれ変わってもぼく側の人間になることを、知者になるのを選ぶね。そりゃもう確実に選ぶね。なにも知らない馬鹿だから得られるしあわせなんて、馬鹿であることと引き替えに与えられる平穏なんてぼくにはいらない。だけどまさか一緒に死のうと旦那に持ちかけるとは思わなかったの。はじめてぼくは嫉妬したの。旦那にでもえっちゃんにでもなく、もちろん詩織にでもなく、二重に二重のこの二重生活の、ぼくのほうではない家族に、家に、ぼくは激しい嫉妬をおぼえた。消してやろうと思った。はじめてすっきりしたいと思った。ぼくは思った。この関係を解消したいと思った。二重の二重に耐えていたのはぼくだけだからね。知っていたのはぼくだけだからね。官僚野郎の糞旦那はなにも知らないんで、キャンプから帰ってき夜も、のうのうと寝てたんだからね。これにはえっちゃんも驚いたみたいで絶望してた。嘘じゃないよ。はじめてあのひとがわからないとも言ってた。深い深いため息をついて、涙を一生懸命こらえていた。そりゃそうだよ。この期におよんでまだ眠れるんだからね、あの野郎は。7時5分きっかりに家を出られるんだからね、あの豚野郎は。ふたりを置いて、仕事に行けるんだからね。もうやめよっか、てぼくは言ったの。なにを？　てえっちゃんは聞かなかったけど、やめると言えばもうこの生活をやめることだから、だけどえっちゃんの中に、かすかにだけど確実にやめるのをやめたい気持ちが、つまりはこの生活をこのままつづけていたい気持ちがあることにぼくは気づいた。いつのまにかそういう気持ちがえっちゃんの中に、こともあろうかあのえっちゃんの中に芽生えていたことにぼくは気づいた。まざまざと見た。ぼくは知った。ぼくにはわかった。正直、あのえっちゃんがと思った。あのえっちゃん大先生が、あのえっちゃん大魔王が、やめられないことがあるなんてと思ったし失望した。だってあのえっちゃんに限って、それだけはないと信じていたから。いや、信じるもなにもそうだったから。そうだとぼくが勝手に思っていたわけでも決めていたわけでもなくて、実際問題誰がどこから見たってそうだったから。裏切られたと思った。いや、だけど、このままあきらめてはいけない、えっちゃんを手放してはいけない、見捨ててはいけないと思った。えっちゃんを取り戻さなければならないとぼくは思った。だからぼくはこう言ったんだ。えっちゃんがいま一番言われたくないことだとわかっていたから、わかったからこう言ったんだ」

――なんて言ったんだ？

「やっと出て来なすったね旦那」

――いいから、なんて言ったんだ？　おまえはあのひとになんて言ったんだ？

「ほら、看守さん。いいの？　いいのこのままで？　このひとはぼくの友人でもなんでもないよ。ジャーナリストですらないよ。このひとはね、ぼくに恨みを持ってるひとなの。ぼくが殺したあのひとの旦那さんなの。なのに法廷にも一度も来ないから、なにかあると思った。絶対あると思った。妻と娘を殺されて恨まない人間なんているわけないからね。犯人を殺してやりたいと、できればこの手で殺してやりたいと、実際にやるかやらないかは別にして、思わない人間なんていないからね。いるわけないからね。だってぼく自身がそうだったからね。あんたに妻と娘を殺されたも同然だったからね。やろうと思えばなんだってできるさ。いつだってやめることができるえっちゃんを堕落させたのはあんただからね。この借りは返させてもらおうと思った。だからぼくはこう言ったんだ。いまや堕落しきったえっちゃんが、一番言われたくないことを、一番言われたくないときに、一番言われたくない言い方で言ったんだ」

――なんて言ったんだ？　言え。早く言え。くだらない御託を並べてないで、とっとと言え。言え。言うんだ。おまえはあのひとになんて言ったんだ？

「あのひと？　こりゃまたずいぶん他人行儀なことだこと。娘に名前をつけられないだけじゃなくて、自分の嫁なのに、奥さんなのに名前で呼ぶこともできなかったんだ。おかわいそうに」

――おまえはあのひとになんて言ったんだ？　なんて言ったんだ？

「その執念だけは認めてあげるよ。それを聞くためにわざわざこんな手の込んだことまでしたんだからね。まさかあの旦那がね。官僚をやめたのは雑誌で読んで知っていたけど、まさかこんな無駄なことしているとはね。驚いたよ。だけどわからないんだ？　あのときえっちゃんが一番言われたくなかったことがわからないんだ？」

――うるさい。

「わからないんだ。本当にわからないんだ。わかった。じゃあこうしよう。ぼくに言ってくださいって。教えてくださいって、頭を下げてお願いしたら教えてあげる。言ってあげる。その代わり共著にしてね、この本は。全部とは言わないけど、ぼくにも印税を分けてちょうだいね。拘置所の中にいるからお金はいらないと思ったりしてた？　してなかった？ぼくはそう思ってた。だけどそれはまったくの勘違いだった。ここにはここの社会があるというか、そちらの社会からすれば社会でもなんでもない豚箱だけど、豚には豚の社会があって、やっぱりお金は必要なの。あれやこれやといろいろ物いりなの。わかる？　わかったら振り込んでね。あのころえっちゃんにお金を渡すことで、結果的にぼくにもお金を渡してたみたいに渡してね。ちょうだいね。これ絶対ね。お願い。ぜひともお願い。だってぼくはここで一生暮らすんだからね。こんな東京のど真ん中にある僻地にいるのにアマゾンで本を買うこともできないんだよ？　信じられる？　ブロードバンドじゃないどころかネットそのものが禁止なんだよ。信じられる？　禁止されてるもなにも、ないんだからね、パソコンが。だけど作家になるには最高の環境かもね。妄想ネットワーク、張り放題だからね、こんなところに押し込まれていれば。だけどさっきも言ったけど、さっきじゃなかったっけ？　この前だったっけ？　まあ、いいや。どっちでも。新築のマンションみたいな匂いがする、できたてほやほやの独居房で一日中過ごしているぼくには、さっきもこの前もないからね。ところで旦那はいまどうしているの？　どこに住んでるの？　ひとり？　それとも、あたらしい恋人でも作った？　できた？　まさか再婚したりしてないよね？　怒った？　ごめんごめん。もう言わない。もう言わないから、だから機嫌直して、またおいでよ。今度はもっと細かいところまで時間を掛けてじっくりと話してあげるから。えっちゃんがどういう体位が好きだったとか、どういうプレイがお好みだったとか、もういいって言っても、いくら言ってもぼくのちんぽを離さなかったとか、フェラチオが大好きだったとか。ね、知りたいでしょ？　ね、知りたいよね？　知りたくないわけないよね？　知りたいって言えこの糞野郎。おまえはいっつもそうだった。いっつもそうやって猫かぶりやがって。いかにも誠実で実直な振りをするのがおまえのお家芸か？　知らぬが仏ってやつか？　全部ぼくに押しつけやがって。愛するひとを、自分の娘を殺すなんてことまでさせやがって。おまえは馬鹿だからいいけど、こっちはいろいろと大変なんだよ。

知ってるほうが大変なんだよ、大変だったんだよ。いまとなってはそれもなつかしいことだけど、これでも当時はいろいろと大変だったんだよ。旦那の留守を守る裏旦那としてはだね、ゆずれない一線てやつがあるわけよ。自負ってものがあるわけよ。なのにえっちゃんは、あのひとはなにもかも知ってるって言うの。全部知ってて言わないだけだって、我慢してるだけだって言うの。そんなわけないって、それはえっちゃんの妄想だって、頭脳明晰で、聡明で、想像力ゆたかなえっちゃんからすれば信じられないだろうけど、そういう馬鹿もちゃんと世の中にいて、世の中にフィットするそういう人間が、馬鹿がちゃんと得するようにこの世の中はできてるんだから、騙されちゃダメだって、あいつはなにも知らないって、知らないからあんなふうに平気な顔して、愛する妻から心中を持ちかけられた次の日だというのに、いつもと同じように7時5分ちょうどに出勤するなんて芸当ができるんだから、できたんだからって言っても、いくら言っても、いや、知ってる、あのひとは全部知ってて全部知らない振りをしているだけとか言うから、えっちゃんがそんなこと言うから、思わず頭を叩いちゃったよ。ね、どうしてくれる？　ぼくにこんなことさせといて、知らなかったで済むことじゃないよね？　蹴っちゃったよ。前蹴りしちゃったんだよ。そしたらえっちゃんの体がぽーんと中がふかふかの綿しか入ってない熊の人形みたいにすっ飛んでってテーブルに頭をぶつけて、飲みかけのカフェオレこぼしちゃって。だけどあのひとは言わなかった。知ってるって言わなかった。あたしが全部話しても、話してってお願いしても言わなかった。全部って？　ぼくは聞いたの。まさかぼくのこと？ぼくたちのことまで全部話したわけじゃないよね？　嘘だよね？　そんなことしてないよね？　するわけないよね？　えっちゃんは、いくら聞いてもそれにはぜんぜん答えてくれないどころか、こともあろうにぼくのことを無視するの。無視して下を向いて、こんなことははじめてだ、まさかそんなひとがいるとは思わなかった、あたしはまちがってた、とんでもないことをしてしまった、とんでもないひとを欺してしまった、取り返しのつかないことをしてしまった。ぼくが振り上げたフライパンの下でえっちゃんはそう言うの。まるでぼくなんてただの部外者で、関係ないって顔して、ぼーっとまっすぐ前を見ながら、玄関のほうを見ながらそう言うの。だからぼくは言ったの」

——なんて言ったんだ？

「死ぬのが怖いんだ？」

——そう言ったのか？

「言ったよ。言ったって言ってるじゃないか。何度も言わせるなこの糞野郎。帰ろ、帰ろ。ほら看守さん、扉開けて。あら、とめないんだ？　行かないで、お願いだから話のつづきを聞かせて、それからどうなったか、なにがあったのか教えてくださいって言わないんだ？　馬鹿じゃないの？　あんた、本気で死んだほうがいいんじゃないの？　ていうかもう死んでるんじゃないの？　よくないよ、そういうの。ほんとよくないよ。ていうかなんか言えよ。ぼくが最後の最後に、えっちゃんになんて言ったかまで教えてやったんだから、教えてあげたんだから、なんか言えよ、なんか。言いたいことがあるんだろう？　あるからここまでやってきたんだろう？　この糞野郎とか、よくもおれの妻を殺してくれたなとか。そういうベタなことでいいから、ベタなんだから、どうせ生きてる人間が考えてることなんて全部ベタなんだから、全員似たようなものなんだから。ね？　なんか言ったら？なんか言ったらどうなの？　ていうか、なんか言えよ。言ってくれよ。お願いだから。なー、黙るのだけは勘弁してくれよ。共著にしろとか印税くれとか言って悪かったから。その話もう全部ナシでいいから。あんたが全部持ってってもらって構わないから。いや、そうじゃないよね？　あれはもともとあんたのものだよね？　あんたが書いたんだ、あんたがもらってなにが悪い。嘘。言ってない。そんなこと、ぼくは言ってない。えっちゃんに、こともあろうか、えっちゃんに、死ぬのが怖いんだ？　なんて言ってない。言えるわけない。ぼくにそんなことが言えるわけない。誰よりもえっちゃんのことを知っているぼくにそんなこと言えるわけない。ぼくが全部知ってるんだから、ぼくがえっちゃんみたいなものなんだから。ぼくにそんなこと言われたら、それこそえっちゃんは。あ、そういうことか。嘘、なんだ。あ、そっか。そういうことか。ぼくに言われたからえっちゃんは死んだんだ。なんだ、そういうことか。まいっちゃったなこりゃ。まさかそういうこととは、まさかそこまでとは、そこまでぼくは責任重大な位置にいたとは知らなかった。そこまでえっちゃんにとって重大なひとだったなんて知らなかった。違う。ぼくが知らなかったのはそのことじゃなかった。まさかえっちゃんが本当に死ぬとは思わなかった。その証拠にぼくは死ねなかった。えっちゃんに死ねと言ったのにぼくは死ねなかった。えっちゃんが、ぼくにめずらしく買い物のお願いをしてきたのね。なんとなくおかしいと思ったけど、おかしいと思ったのはおかしなことが起きたあとの話で、特におかしいとは思わなかったからぼくはえっちゃんに言われた通り買い物に出掛けたのね。たまたまなのかな？　たまたまじゃないのかな？　いつもは旦那が、そうだよ、あんたがあの7時5分かっきりに出掛ける時間に合わせてココスから、ファミレスから家に帰って、朝食なのか夕食なのか、はたまた夜食なのかもわからない奇妙な食事を済ませてから寝て起きるのはいつも夕方なのだけど、なぜかその日は昼過ぎに目が覚めて、しかもやたらと目覚めがよくて、ベランダに洗濯物を干していたえっちゃんに腹が減ったというと、じゃあ、なにかあなたが食べたいものを買ってきてとお金を渡されて、車どころか自転車さえ持っていないぼくは歩いて下のコンビニまで出掛けた。漫画雑誌を立ち読みしてたらえっちゃんから電話があって、ついでに駅前に、てなにがついでだよ、て思ったんだけど、買い物に行ってきて欲しいと言われて、ぼくは自治医大の前からバスに乗って大宮の駅前にある西武の中の無印でえっちゃんの下着とTシャツと靴下を買わされたの。これで全身無印の、質素で清楚な奥さんになれると言われて。ぼくとしてはね、うまく言えずにいたけど、なんか違うと感じてたんだよね。えっちゃんは公務員公務員て言うけど旦那は国家公務員だからね。なんといってもキャリアだからね。官僚だからね。もっと派手でいいんじゃないかと言うんだけど、えっちゃんはなぜかそこだけは譲らなかった。いま思えばあんたの好みだったのかもしれないね。いや、しれないじゃないな。絶対そうだな。絶対あんたに合わせた服だな、あれは。休日はいっつも、あんたもそういう毒にも薬にもならないような服ばかり着てたもんね。コンビニに行くつもりで家を出たのに、家に着いたのは3時間もあとで、5時をまわってた。なのにリビングにいないんだよね、えっちゃんが。いつもなら絶えず詩織に話しかけているえっちゃんの声もしなければ、食器洗浄機の音もしない。なんだよ、ひとが出掛けているあいだに黙って出掛けるなよ、携帯に電話しろよと口に出してひとりごとを言いたくなるくらい、なんだか知らないけど静かでね、テレビをつけて、いつもよりずっとおおきめの音量にして、いつものようにソファの下に座ってぼーっと観てたら夜になった。ついさっき見たと思ったときは透明だったレースのカーテンがすっかり白くなってて、外が見えなくなってることに気づいたとき、なんかよくわからないけど、知らないけどわかったんだよね。ぼくはわかってたと、ここに夕方5時ごろ、買い物から帰ってきたときから、いや、もしかしたら買い物に行ってとえっちゃんに言われたときからわかってたような気がしたのは、きっとあとからそう思わないとやっていけなかったというか、あんとき言われるがままにほいほい買い物になんて出掛けるんじゃなかったと思うに決まってるんだから、後悔するに決まってるんだから、そう思わないように、自分にそう思わせないように、最初からわかっていたと必死で思おうとしているだけだと思うんだけど、それにしてもと思わずにいられないくらい、ぼくはわかっていたと、少なくとも、家に帰ったときにはもう気づいていたと思った。その証拠に、いまのいままで観てたはずのテレビをひとつも、なにを観たのか思い出せなかった。ぼくの中では時間が1秒だって流れてなかったから、いまが夜であることにあんなにもぼくは驚いたんだと思う。自分だけが置き去りにされたような、いままでに感じたことがなかったほどのさみしさをぼくは感じていた。いまのいままでぼくはひとりでなにをしてきたんだろうと思った。なにがしたくてひとの家に、まるでそこが自分の家であるかのようにくつろいじゃったりしてるんだろうと思った。ぼくは実際なにもしてなかった。なにもしてないひとたちがだいたいするような、しているような、パチンコだとか麻雀だとか競馬だとか、そういうこともまったくなにもしてなかったから、本当になにもしてなかった。むかしぼくにはバイトしかなかった。高校に行く代わりにバイト先に、初台のファミレスに入学したくらいの気持ちで週に6日は働いていたから、ぼくにとっての授業も部活も全部ファミレスだった。そのファミレスには隣りというか、同じ敷地の中にテニスクラブがあって、テニスコートが新国立劇場のビルの裏に並んでいてね、漫画の中の世界のひとたちみたいに、まんまテニスの白いユニフォームを着た、いかにも休日のOLっぽいひとたちと、いかにも仕事ができそうな、少なくとも自分ではできると思っていそうなサラリーマンの男たちが6人とか8人くらいで、団体さんで入ってくるわけ。それでかならずテーブルをつけてくれとお願いしてくるわけ。まだこっちがテーブルのセッティングをしているのに、レジの前でお待ちくださいと言ってるのに、言われているのに、テーブルの下のゴミをいま拾っているぼくのことなんて、ぼくのいまなんて見もしないで、気にもしないで座り始めるわけ。そうするとぼくらは、メニューを開いているそのひとたちの前を、すいません、すいませんてちいさくなりながらぞうきん掛けをするハメになるわけ。まるでそれを狙ってたかのように先に座っておいて、これがまた信じられないほど迷惑そうな顔をするんだよね、特にその休日のOLっぽいひとたちが。そのひとたちを一度立たせてぞうきん掛けをしていたのがえっちゃんだった。しかも悪びれずに堂々とするもんだから、ぼくには悪魔にしか見えなかったそのひとたちが、すいませんねーとか言って、ありがとうございますとえっちゃんにちゃんとお礼を言いながら腰掛けるとすぐに、普段なにしてるひと？　あ、そうなの、そうは見えないよねー、絶対モデルかなにかしてるひとかと思ったとか、肌がきれいでうらやましいとか、石鹸はなにを使っているんですか？　とか、えっちゃんに話しかけていたりするのね。なんでかぼくは居たたまれない気持ちになって、ファミレスの向かいの、途轍もなく古い白いマンションの屋上で、壊れた室外機の中のプロペラがくるくる風にまわっているのを見てた。よく病院の屋上にあるような物干し台が狭いのに4つも置かれていて、張られたロープにいつ見ても同じ黒いウインドブレーカーが揺れているのは知ってたんだけど、ぼくには窓の外の別の世界の出来事でしかなかったから、台風が近づいてきて、雨が横殴りに降り始めて、風でぐわんぐわん揺れていたそのウインドブレーカーを、店の制服を着たままえっちゃんが取り込んでいたのを見たときぼくは夢じゃないかと思った。ぼくはそのことをずっとえっちゃんに話せずにいた。いつか普通に話せるようになったら話そうと、聞こうと思っていたのに、すっかり忘れていたことにいま気づいた、いまのいま気づいた。そうやって、いまのいままで、ぼくの中では1秒だって時間は流れていない気がする。ぼくはずーっとひとりで、ソファの下に座って、テレビを観るようにえっちゃんのことを見ていたような気がする。それをそのまま、同じ姿勢のまま、いつもソファ代わりにしている独居房のベッドの下にすれば、生成りのカーペットじゃなくてクリーム色の冷たいリノリウムの床にすれば、それがいまのぼくの生活で、ぼくはずーっとここでテレビを観るように窓の外の別の世界を見ていたような気がする。中学を卒業したときからずっとここでこうしていたような気がする。それでぼくの人生は終わりです。そこでぼくの人生は終わりを迎えるの。終わる前から終わっていたのだから、いまさら終わるもなにもないものだけど、ぼくにとってはえっちゃんとの生活が、わずか1年と半年足らずの生活がすべてなどころか、すべてと言える唯一のものだったのだから、あとはなにもしないで、ぼーっとひとりでテレビを観ていたようなものなのだから、なにかあるなら、持っているなら失うこともあるだろうけど、最初からぼくにはなにもなかったのだから、失いたくても失うものがないと言えるほど、断言できるほどなにもないのだから、なかったのだからとこころの底から思うから、ほんとそう思うから、すぐにえっちゃんの真似をして睡眠薬を口いっぱいに含んで水で流し込むんだけど、不思議だよね、吐こうとなんて思ってないのに体が勝手に吐き出して、自分がしていることなんだから、自分の体なんだから勝手もなにもないもんだけど吐くの。何度飲んでもすぐにまた吐くの。うっぷうっぷと横隔膜が一生懸命胃を揺すって、なにがなんでもって感じで吐き出すものだから、すぐに睡眠薬が、紙の袋の中にあんなにあったのに、象1頭殺せるくらいあったのに全部なくなってしまって、仕方がないから自分が絨毯の上に吐いたものをずるずるってすすって飲むんだけど、きれいに睡眠薬だけ選り分けたみたいにまたぼくの体は、体じゃないな、かといって、こころでもないな、じゃあなんなんだってぼくが勝手にぼくの中から吐き出すものだから、睡眠薬の成分がどんどん絨毯の中に吸い込まれてしまって、何時間かしたときにはもうノミ1匹殺せないほどしか残ってなかった。ベッドのほうから声が聞こえた気がして振り向くと、それはえっちゃんの声ではなくて屁だった。あとげっぷも何度もして、漂い始めたなんとも言えない匂いでまたぼくは吐いた。吐きそうになったんじゃなくて、躊躇なく吐いた。いまやもうぼくにできることは吐くことだけで、吐くためだけにここにいるどころか生まれてきたような気がして、吐くんだけど、一生懸命吐くんだけど、なにも残ってないから、出てこないから、ひたすら黄色い胃液を吐いた。ぼくはいつ以来なのか思い出せないほどひさしぶりにおかあさんのことを思った。こともあろうに、いまおかあさんのことを思った。えっちゃんがいまここで死んでいるのにおかあさんのことなんて思い出すやつは最低だった。ぼくの中ではまちがいなく最低ランクに位置する人間だった。なのにぼくはおかあさん、助けて欲しい、ぼくが悪かった、まちがっていたと認めるから、これからはあなたを一番大事にするから、ここを出たらすぐに家に帰るから、新宿に帰るから、仕事するから、あなたに言われたとおりにするからと思うだけじゃなくて実際に声に出して泣いた。死んでいるえっちゃんの隣りで、娘のすぐ近くで、親に捨てられた子供みたいに膝を抱えてぼくは泣いた。泣いたら泣いた分だけ気分が軽くなるから余計に癪に障った。わからないと思った。死ねるひとが、ましてや自分で自分を殺すことができるひとなんて、本気でわからないと思った。犬が吠えた。隣りの部屋の、マダムがいっつも大事そうに抱えている白い毛むくじゃらの犬だった。ぶち殺してやりたいと思った。だけどなんでぶち殺さなければならないのかと、すぐにぼくが否定した。ほかでもない、ぼく自身が否定した。なにもかも否定して、否定して否定して、否定して生きてきたつもりが、なにもかもがぬくぬくとそのままにしていたぼくをぼくの中にぼくは持っていた。大事そうに抱えてた。電話が鳴った。留守電に、いまから帰ると吹き込む旦那の声が聞こえた。なにも知らないあんたの声が聞こえた。その瞬間ぼくは弾かれたように走り出した。マンションから逃げるぼくが誰にも見られなかったのは単に偶然に偶然が重なっただけのことで、ぼくは逃げも隠れもしないで逃げていた。まっ暗な農道みたいな道を走った。火の見櫓の鉄塔が白く夜空の中に浮き出ていた。いつかえっちゃんが言っていた、あれは本当は絵の具で塗られているんだ、誰かが描いた絵なんだという話を思い出しながら詩織だけでも連れてくればよかったとぼくは後悔していた。いや、違う。詩織はまだ生きていたかもしれない。えっちゃんが死んでいただけで、詩織は隣りでただ寝てただけなのかもしれない。いや、そんなことはない、息などしていなかったと思いながらもぼくはどうしても確かめずにはいられなくなって引き返した。あんたのマンションのドアを合い鍵で開けて飛び込んだ。飛び込んだといってもちゃんと靴を脱いで入った。それ以前に、弾かれたように走り出したと思っていたけど、ちゃんと鍵を掛けていたことに愕然とした。もう恥だのどうだの言ってられなかった。恥も外聞もなくぼくは娘を抱いて逃げようと思った。詩織とふたりで生きようと思った。玄関から寝室のドアを開けるまでの、わずかのあいだに、ぼくはなにからなにまで夢を見た。どこか知らないヨーロッパの、いま着いたばかりの古いホテルの窓を開けて、ぼくは詩織を抱いて空を見ていた。すぐ下を高速道路の川が流れていた。遠くから、日本の神社の鐘とか太鼓とか、そんなものとはくらべものにならないほどおおきくて堂々とした、よく知りもしないのに悠久の時を刻むとかどうとか、そういう言葉を思い浮かべずにはいられないほどまっ赤に染まった夕暮れどきの空の全体を揺らすような鐘の音が鳴り響いていた。ぼくは詩織とふたりで生きていこうと思った。そうでなければあのおぞましい寝室のドアなどふたたび開けられるはずがなかった。ぼくの中ではすでにえっちゃんのことは片がついていた。あれはもうえっちゃんじゃなくて、ただ屁をこいてげっぷをすることしかできない、ただでかいだけで気味が悪いものになっていた。ただ長いだけで、やたらと黒いだけの髪の毛なんて触るのはもちろん見るのも嫌だった。ドアを開けて寝室の中に入るとすぐに旦那が家に帰ってきた。あんたが帰ってきた。だけど物音ひとつ立てずに、あんたがあんたであるまいなくなったみたいになにも聞こえなくなった。隠れなければならないと思ったわけでもないのにクローゼットの中に隠れていたことをぼくは後悔して、またしてもぼくは後悔して、外に出ようとしたときあんたが寝室の中に入ってきた。そしてクローゼットのドアの隙間から見ていたぼくの目の前で、えっちゃんと詩織を抱いて、ほんと、あんたの言うとおり、書いてたとおり、とんでもなくおおきなバナナの房のようにいっぺんに抱いて外へ出て行った。ちゃんと玄関の鍵も掛けずに、なにも持たずに出て行った。あんたのあとを追いかけるように外に出ると、あんたの靴が片方、マンションのすぐ下に転がっていた。そのすぐ近くにもう片方の靴も転がっていた。あ、本当だ。えっちゃんの言うとおりだ。言ってたとおり、誰かがいまそこで描いた絵のようだとぼくは思った。ついさっき、ぼくが歩いて戻ったときはなかったあんたの靴が、黒い靴が、絶妙な離れ具合で転がっていた」

II

トンちゃんをお願い

クラシックの弦楽器だけのサークルに所属するトンちゃんの楽器はチェロで、ゆうなの楽器はヴァイオリンである。背負うと白い甲羅をつけたカメのようなシルエットになるトンちゃんの背中にはきょうもチェロの白いカーボンケースがある。

中身のチェロは傷だらけで、弦の張り替えもまだ一度もしてないのに、白いカーボンケースは1年たったいまでもきのう買ったみたいにつるつるのつやつやだった。なかなか上達しなくて見るのも触るのも嫌になるほどチェロのことが憎くなっても、練習の帰りに白いカーボンケースに入れて背負えばプロの演奏家に勝るとも劣らぬ姿かたちを手に入れることができる。憧れの、チェロの白いカーボンケースを背負った女子大生になることができる。

だからなのかトンちゃんは、チェロには名前をつけてないのに、白いカーボンケースにはシロクマゴローと名前をつけていた。駅の階段で背中のカーボンケースのお尻をぶつけないように慎重に腰を折り曲げ、膝のクッションを使ってそーっと歩きながら、怖くないよう、シロクマゴロー、あともう少しだからねー、ゴロー、ゴローと話しかけていた。もちろん誰にも言ってないが、言えるわけないが、チェロを入れずにシロクマゴローだけ背負って近所のおしゃれなカフェに出掛けたこともある。

物凄いストレートにショウガの味がするジンジャエールの小瓶の中身を半分ほど残してレモンの輪切りの入ったグラスに注ぐ。ストローをくわえたままテラスのほうのまばゆい光を見つめる。毛の長いチワワを3匹も連れたマダムが茶色いおおきなサングラスをかけて、くわえタバコで細身のタバコを吸いながら肩で耳に押しつけた携帯電話で誰かと話している脇の下でショルダーバッグの中の探し物をしている。タバコもトンちゃんの憧れである。だができれば細身でなくて、マイルドセブンとかマルボロとかもっとごつい感じのタバコであるならなお良しだった。

そうなのである。トンちゃんは、なにかとごついものが好きなのである。いつも履いているソールが厚くてごついスニーカーも、ただ単に安いというだけで買ったわけではなくて、高架下の靴屋のワゴンの前を通り過ぎるたびに買うかどうか半年近く迷いに迷いつづけて、でもやっぱりこれがいちばんいいと思って、素敵と思って買ったのである。そうは見えなくても、そうなのである。

まさしくこの席で、こんな感じで、チェロの白いカーボンケースをおしゃれな番犬みたいに自分の横に立たせて片手で開いた文庫本を、それもカヴァーを外してペーパーバックのように気軽な感じにして読むのが、引っ越してきたばかりのころアパートのすぐ近くにこのカフェを見つけたときからのトンちゃんの夢だった。

東京で一人暮らしをするからには、自宅から歩いて行けるくらいのところにおしゃれなカフェのひとつやふたつくらいなければならなかった。毎日のようにそこへ通って、小腹がすけばなにか軽いものはないかしらとさりげなく店員の女の子を呼び止め、それならアボカドと小エビのサンドウィッチはいかがでしょうかと言われれば、たとえアボカドはちょっとと思っても、ならそれでお願いと涼しい顔して言えるような、できる女にならなければならなかった。

そんな生活が月に3万円で生活している地味な大学生の女にできるはずがなかった。試験勉強の小腹を満たすためのサンドウィッチに950円も支払えるはずがなかった。成績が優秀なことだけが取り柄の地味な大学生の女としてひとことだけ言わせてもらえば、みっちり勉強するにはふかふかの絨毯とコンクリートの壁で密閉された室内の空調の音がほどよく耳栓になる図書館がいちばんである。

入部したときサークルが用意してくれていたお古のチェロで練習しながら1年かけて貯金をするつもりでいたトンちゃんに、分割払いという目から鱗の知恵を授けてくれたのはゆうなだった。ゆうなはトンちゃんの憧れの位置を常にキープしている普通女子である。

　せめてゆうなくらいは、と言えば失礼だが、あえて失礼を承知で言えば、おしゃれ過ぎず、派手過ぎず、自意識過剰でないというか間違っても「自分のこと実はかわいいと思っているでしょう？　いやぜってーそう思ってるねー」と飲み会の席でしつこくからんでくるサークルの先輩に陵辱まがいの冷やかしをされない程度のおしゃれ具合が絶妙なのである。シュシュでボリュームのある髪をゆったりと束ねて胸の前に垂らしてヴァイオリンを弾いても嫌味にならない程度におしゃれであるという意味でも、でないという意味でも目立ち過ぎない理想的なあり方なのである。

　わたしもこのあいだ新宿の伊勢丹で偶然見つけてしまったマルニのサンダルがどうしても欲しくなってしまって、ひと目ぼれしちゃってカードで買ってしまったんだけど分割にすればよかった。馬鹿だからわたし「お支払いは1回でいいですか？」と聞かれて流れで「はい」と答えてしまったから今月超貧乏なのー、来月の引落としまで節約して口座にお金を残しておかなければならないのー、とマルニがブランドの名前であることも知らないトンちゃんを相手に嬉しそうに話すゆうなと一緒にお茶の水のクラシック専門の楽器屋にチェロを買いに行くことになった。ちょうど1年前の梅雨明けがわりと遅めで、秋の訪れが早かったために短かった夏のはじめのことである。

　買うのはいわゆる練習用のいちばん安いチェロにすると決めていた。見た目や音色を気にしている余裕などトンちゃんにはなかった。4万円でも、比喩ではなくてリアルに血が出るほどの出費だった。毎月の家賃（6万円）と携帯代（5千円）と水光熱費その他もろもろ（1万円）と食費（1万5千円）を差し引くと、自由に使えるお金は月に3万円と少しで、1日千円ほどしか使えないのである。

奨学金の5万円が毎月郵便局の口座に振り込まれているにもかかわらず、である。さらには成績優秀者のみ対象となる授業料免除の奨学金を継続支給されるだけの成績を維持するための予習や復習を地味にコツコツつづけながら大学に入ってすぐに始めた中野の塾のアルバイトで月に7万円は稼いでいるのに自由に使えるお金は月に3万円しかないのである。

なのに付属のナイロンケースでは衝撃にも湿気にも弱いから、はっきり言って使いものにならない。極端な話、入れても入れなくても同じであると、カーボン製のしっかりとしたケースも一緒に買うことをそれとなく店員の男性に薦められた。いや、そんなことないよ、これでじゅうぶんだよと言ってくれることをひそかに期待していたゆうなにも強く薦められて流れでケースも一緒に買うことになった。カーボンケースの値段は4万円のチェロのちょうど二倍の、8万円だった。

だったらこの際、中身もいっそのこと倍の16万円くらいのものにしたほうが得なんじゃないかとゆうなが言いかけていたことに月5千円の24回払いの12万円で頭を抱えていたトンちゃんが気づくはずもなかった。買うと即答せずにいたわりには一瞬も迷うことなくトンちゃんは白に決めた。

いや、そうではなくて、その場で決めたわけではなくて、トンちゃんの中では最初から、チェロのカーボンケースと言えば白だった。白以外考えられなかった。

白でお願いしますと言うやいなや目の前に現れたぴかぴかのカーボンケースをゆうなとふたりしてわーっと思わず両手を口の前で合わせて目をうるうるさせながら眺め入ったそのとき、大学の入試の帰り道に穴八幡という、ちょっと変わった名前の神社の下の交差点で信号待ちをしていたチェロの白いカーボンケースを背負った女子大生を見かけたときの気持ちをトンちゃんは思い出していた。入学金を無事払うことができてもしこの大学に通うことができたら、クラシック音楽のサークルに入ってチェロの白いカーボンケースを背負った女子大生になれるかもしれないと思ったそのときの夢を諦めたという自覚もないまま諦めていたことにトンちゃんは気づいた。

ゆうなが、そうだよ、これさえあればトンちゃんにだってなれるよ、東京のどこでも見かけるような、よくいる感じの女子大生に、ほらいまここにいる、あなたの目の前にいる、わたしのようになれるよ、きっとなれるよという目をして頷いていた。よーし買うぞー。買ってそのまま背負って帰るぞーとトンちゃんは眉の根っこにちからを入れた。

たぶんそのときトンちゃんはこう考えたのである。分割払いとはいえ、いまの自分に12

万円という金額は趣味の範囲を逸脱したものではないかと自問自答しながらこう考えたのである。この白いカーボンケースは趣味のためにではなくて、買い物に付き合ってくれたゆうなのために買うことにしよう。いや、ゆうなとわたしのきょうのために、ふたりではじめてお茶の水に買い物に来た大学1年の夏のきょうという日のために買うことにしよう。この白いカーボンケースを見るたびに思い出すかもしれない。もしかしたらもうゆうなとは会っていないかもしれない。ひとりぼっちになっているかもしれないその日のために買うことにしよう。

だからトンちゃんにしてみればこの白いカーボンケースはゆうなとの友情のあかし以外のなにものでもなかった。だからこそ一瞬とはいえ値踏みをしたのは、チェロでもカーボンケースでもなくてゆうなだった。

ゆうながシロクマみたいでかわいいと言って首根っこに飛びつき抱きしめた白いカーボンケースを買おうかどうか迷ったその一瞬がいつまでもトンちゃんの心を苦しめた。思えばなにかにつけてそうだった。サークルのほかのみんなみたいに親に仕送りしてもらっているなら遊びに行くも行かないも自分の気持ちひとつで決められるのだろうが、自由になるお金が月に3万円で、1日千円しか財布の中に入れないという厳密なルールに則って生活しているトンちゃんには、楽しいときに限って友情の値踏み足踏みをしなければならない場面が訪れるのである。

たとえ居酒屋のホワイトボードに手書きの文字で「ゴーヤチャンプルー」と書かれていても、いくらそれがトンちゃんの大好物でも注文することはできない。いくら幹事のひとに、各自がてきとーに注文しちゃってー、どんどん頼んじゃってーと言われても、ただでもみんな注文し過ぎて残すのにてきとーに注文しちゃってどんどん頼んじゃうことなどできない。情けないことにこれから支払うことになるであろう2千円か3千円があれば何日暮らすことができるだろう、何日分の食費になるだろうと計算してしまう。

トンちゃんの胸は苦しくなる。まるでそこにいないかのように下を向いて、黙って座って誰かが頼んだ残りものに手をつけて、氷が溶けきったハイボールをちびちび飲みながら会計のときを待つ。割り勘の分子と分母の分子が少しでも減るように、せめて自分の分だけでもと節約しながら携帯電話の時計ばかり見ている。

ひとりで生きていけるならお金なんていらなかった。いま自分が生きてゆくために最低限必要な3万円ですらきっと必要なかった。語学のクラスでゆうなと出会わなければサークルにだって入りきらなかったかもしれない。かもしれないならいくらでも考えることができた。考えるだけならタダだから、いつもそんなことばかりひとりで考えていた。

ゆうなとトンちゃんが所属していたクラシック音楽のサークルは夏休みのお盆明けに合宿に行くのが恒例である。河口湖の合宿所で3泊4日で秋の定期演奏会に向けた練習をする。去年の夏はチェロを買ったためにチェロの練習をすることができないという皮肉な結果を招いてしまった。トンちゃんにとってなによりも大切なイベントが近づいていた。

合宿に行けなかったその日からトンちゃんは貯金をしていた。貯金は貯金でも1日千円しか入れない財布の中から貯金をするのである。麦茶を入れた水筒を持参してペットボトルのお茶を買わないようにするとか、課題の本はすべて図書館で借りて済ませるなど細かな努力を積み重ねることで家に帰ってもまだ奇跡的に財布の中に残っていた小銭をすべてベッドの横に立っているタワー型の灰皿の中に投入するのである。なかなか個人では所有しているひとはいないのではないかと思われるその灰皿は、新歓コンパの帰りにトンちゃんが酔った勢いで拾ってきてしまったものである。

記憶はないのだが、いちばん近所のセブンイレブンの入り口に置かれていた銀色の灰皿タワーが飛びきり新しいものに変わっていることに翌朝トンちゃんは気がついた。あいにくタバコを吸う習慣はないので、きれいに洗って貯金箱にすることにした。タバコを揉み消すための格子がちょうどお賽銭箱のようになって具合がいいし、なんといってもタワー型だから、高さがあるからお金を入れるとまっ逆さまに落ちた小銭がステンレスの筒の底のほうでちゃりんと鳴って気持ちがいい。

ゆうなによると、アルティミットに酔うと必ずトンちゃんはタバコを吸うのだという。それもなにげに気のある男子の隣りにすすっと移動して、1本いい？　ともらいタバコをして吸うのだという。もともとその男の子もカッコつけで吸っていただけでほとんど手をつけずにいたタバコを1箱全部吸ってしまったこともあるのだという。

記憶にないのだが、ゆうなが言うのだからきっとそうなのだろう。ゆうなの言うことはとりあえずトンちゃんは信用することにしている。だが新歓コンパで男子にもらいタバコをしている新入生の女子なんて見たことがないから、トンちゃんには自分のそんな姿を想像することすらできない。だからとにかく気をつけようと思うのだが、いまでもときどき朝目覚めると、ベッドの掛け布団の上で服を着たまま寝ているときがある。だからできるだけ酔いがアルティミットに到達する前にお金を置いて一足お先に帰ることにしている。「あれ、帰るの？」「いくら置いてけばいいかな」「2千円くらいでいいんじゃない？」と出費を減らすことももちろん計算のうちである。

なのにトンちゃんはサークルの合宿費を会計係に納めなければならない日の朝になっても用意することができずにいた。1年経っても小銭は灰皿の貯金箱の底のほうにしか貯まっていなくて両替しても千円札2枚にしかならなかった。ちょっとやそっとじゃひとには言えない事情があって、普段使っている郵便局の口座とは別の銀行の口座に貯金していた2万円と合わせても3万6千円には1万4千円足りないのである。

中野の塾の問題を作成するバイトの量を増やすことはできるにはできたがどうしたって大学の勉強がおろそかになる。試験の結果はもちろんのこと、提出するレポートの質が落ちて、いままで秀だったものが優に、優だったものが可にだってなりかねなかった。

　成績が落ちることは、優秀な生徒にのみ継続される特別な制度で授業料を免除されているトンちゃんにとっては死活問題だった。月賦でチェロを買うのとはわけが違った。授業料が免除されていることを土台にして成り立っているいまのトンちゃんの生活が頓挫することを意味していた。待っているのは学費未納による大学中退。いや、除籍処分。つまりは就職活動からの撤退。あとに残るのは奨学金という名の借金だけだった。

　授業料の免除とは別に、生活費として独立行政法人から受け取っている奨学金は、言うなら自分への先行投資だった。月5万円、年間60万円。つまりは4年で240万円。就職してから同じ年月で、つまりは4年かけて返済する計画だった。

　就職できたとしても完済するまでは、おそらくいまとほとんど変わらない、似たような生活になるだろう。1日千円の節約生活を、8年の長きにわたってつづけなければならないのである。隙を見せればいつどこで足もとを掬われるか知れたものではなかった。たかが1万4千円と思ってアコムとかプロミスとか、毎晩のようにテレビでコマーシャルをしている金融機関のキャッシングを計画的にご利用したりすればその皺寄せがいつどんなかたちで現れるかわかったものではなかった。

　来月の生活費から1万4千円を差し引いても生きていけるぎりぎりのラインを電卓を叩

いて計算しているうちに夜が明けてしまった。これから眠るにしても冷房のない家で寝るよりはカフェでうたた寝したほうがマシだと思ってトンちゃんは家を出た。

きのう郵便局の口座からおろしておいた1万4千円は来月の生活費なのである。単純計算すれば1ヶ月を1万6千円で乗りきらなければならない。ということは、連日のように熱中症の死者が出ているこの猛暑の中クーラーをつけることさえゆるされないトンちゃんの唯ひとつの楽しみだった風呂上がりのガリガリ君リッチ・チョコチョコチョコチップを買うことすらゆるされずに1日5百円で生活するのか。やはり合宿は行くべきではないのか。なかったのか。

アパートの外階段の下から引っぱりだした自転車に乗って、まだ新聞配達のオートバイがエンジンをかけたままマンションの玄関先に停車している住宅街の中を走り始めるとすぐにゆうなの顔が浮かんだ。チェロを無理して買ったためにサークルの中でトンちゃんひとりだけが合宿に参加することができなかった去年の夏のことが思い出された。

ゆうなは「そっかー、残念だね」と言ったきり深くは追及してこなかった。ただしょんぼりしていた。

当たり前である。いちばんの仲のいい友達が夏休みでいちばんの行事に参加しないのである。行きと帰りのバスの中の過ごし方も夜の過ごし方もおおきく変わるというものである。女子校に通っていたころほどではないにしても、サークルの中にもなんとなくのグループ分けみたいなものがあって、いつもゆうなはトンちゃんとふたりで行動していた。大浴場に行くにも、高速道路のサービスエリアでジュースを買いに行くにも、ゆうなはどこかのグループに入れてもらうしかないのである。居候として一緒にいさせてもらうしかないのである。

トンちゃんの中で去年の合宿と今年の合宿がひとつになって、まだしてもいないことを後悔して、すでにしてしまったかのように反省していた。

大勢の中でひとりで過ごすことを強いられるゆうなに比べれば家でひとりで過ごせばいいだけのトンちゃんなんて実に気楽なものだった。チャンスとばかりに塾の問題を作成するバイトに勤しみ日銭を稼いだ。誰かと一緒に過ごさなければ、いや、誰かと言えばそれはゆうなのことで、ゆうなと遊ぶために街へ出なければお金なんて貯まるいっぽうだった。家でひとりで過ごしているときのトンちゃんは、アイドリングストップ機能付きの車みたいに経済的だった。

ひとりで過ごすことが多かった大学1年の夏のあいだにポケットティッシュを自分から貰いに行くのにも慣れた。しこたまもらって、手作りの箱の中に入れて箱ティッシュの代わりにした。

ポケットティッシュを配るひとたちは配ることが仕事なのだから、配り終えてしまうに越したことはないと気づいてからはいっぺんに5個も10個ももらう年金生活者のおばあちゃんたちを見習うことにした。下を向いて口をもごもご動かし、聞かれてもいない言い訳をしながら自分が満足するだけの量をもらえるまではティッシュ配りのおにいさんやおねえさんの前から一歩も動かず突っ立っている。

トイレットペーパーを買わずに大学やデパートのトイレから拝借して済ますようになったのは、それとは違ってまったくの偶然だった。今年の春は去年以上に花粉症がひどくて5分とあけずに鼻をかんでいた。ポケットティッシュをいくらもらっても、あっというまになくなってしまう。それで大学のトイレに休み時間のあいだずっと籠もっていたのだが、鼻をかむ紙がなければ授業に出ることができない。あ、と思ってトイレットペーパーをまるごと1個、トートバッグの中に忍ばせたまま授業を受けたのがきっかけだった。

いまではリストを作って都内のトイレを計画的に巡回している。もちろん拝借するのは1個か2個で、草を根こそぎ食べ尽くす山羊のようなことはしない。トンちゃんと同じようなことをしているひとたちがいるのも知っている。そしてその多くのひとたちが一人暮らしをしている年配の女性たちであるのも知っている。なぜかトイレで擦れ違うときわかるのだった。脇でしっかり抱えた薄いナイロン製のトートバッグの中にまっさらなトイレットペーパーを5個も6個も忍ばせているのがわかるのだった。

お金がないとき、いや、トンちゃんがお金がないと思うとき、それはゆうなにメールや電話でクラスの飲み会に行こうとかディズニーランドのハロウィンに行こうと誘われたときだった。クラシックの弦楽サークルの説明会に一緒に行こうと誘って来たのもゆうなだった。

　バッハの無伴奏チェロが好きで、杉並区の図書館で借りたCDをMDにダビングして自転車通学しているあいだずっと聴いているのだと言うと一瞬ぽかんとした顔をされて驚かれたのがきっかけだった。

　いや、ゆうなが一瞬ぽかんとしたのはバッハでも無伴奏チェロでもなくて、トンちゃんがまだMDを使っていたことだった。だけどそんなことは、自分のパソコンすら持っていなくて、大学のコンピュータルームのパソコンで清書してからレポートを提出しているトンちゃんには知るよしもなかった。

　トンちゃんがいまでも大事に使っているそのMDウォークマンは、函館の駅前の大型スーパーでパートをしていた母親に12歳の誕生日プレゼントに買ってもらったものだった。

　今年42歳になる母親は、まだ42歳なのに「なんかめんどくさくなっちゃって」が口癖だった。トンちゃんが上京するのに合わせて帯広の祖母の家で暮らすようになった。早い話が、出戻った。祖母の言葉を借りれば「タダ飯食って、一日中テレビを観て過ごしている」そうである。「あたしが死んだらあの子はどうするつもりだろう」と心配していた祖母に、就職したら仕送りをする約束をしていた。それまではどうかよろしくお願いしますと頭を下げて母親を北海道に置いてきた。

またゆうなの顔が浮かんだ。諦めるのは実に簡単なことだった。新宿から乗る河口湖行きの高速バスの中でトンちゃんの隣りに座るのはゆうなだった。確実にそれはゆうなだった。トンちゃんが合宿に行くのを諦めると悲しむのは、たぶんゆうなだけだった。

環状八号線と青梅街道の交差点、四面道から北東方向へ進み中杉通りの先で早稲田通りと合流する片側一車線の狭い道がトンちゃんの通学路だった。

日大の第一だか第二だかの高校の前の交差点で信号待ちをしていると、動物病院のビルの裏から朝日が顔を出した。ただの勘なのだがこの道は、まだこのあたりが一面の雑木林だったころからあるような気がする。開店前のそば屋やクリーニング屋がひっそりと軒をつらねていた。

きのうの朝通ったときは営業していたガソリンスタンドが黄色と黒のフェンスで囲まれ封鎖されていた。無理もなかった。不思議といつも通り過ぎてから、そこにガソリンスタンドがあったと気づくスタンドだった。

トンちゃんが7歳のときに離婚して、聞くところによるといまは神奈川の白楽という坂の多い街で別の家族と暮らしている父親はガソリンスタンドの経営者だった。そのガソリンスタンドの裏にある白くておおきな祖父の家で3世代、家族5人で暮らしていたころのトンちゃんはよくガソリンスタンドのサービスルームで遊んでいた。

自動販売機のカップのジュースが飲み放題で、親友だったおデブのさおりちゃんが遊びに来るたびに、いいなー、うちもガソリンスタンドだったら良かったのになと羨ましがられていたそのスタンドはいまは廃墟で錆だらけだった。17歳でデキちゃった結婚をして、いまは2人目の子供を身籠もっている、たぶんいまもおデブのさおりちゃんが、わざわざ携帯電話のカメラで撮って送ってくれたのだった。

西荻窪から早稲田までの、およそ15キロの道のりを、授業がある日は雨が降っても、寝坊をして遅刻しそうなときでもトンちゃんは自転車で走る。電車には乗らない。往復620円は痛すぎる。

ならばなぜもう少し、せめてあと5キロは大学に近い阿佐ヶ谷とか高円寺にアパートを借りなかったのかと言われても、住むところを決めるためだけに飛行機に乗って東京に出て来る余裕などあるはずがなかった。電話で不動産屋に条件だけ伝えて、下見もせずに決めたのが、いまの築25年のアパートだった。

北海道にいたころのトンちゃんにしてみれば西荻窪も高円寺も中野も早稲田もみな東京だった。東京で暮らしたことがあると、いつも自慢していた担任の美術教師の、大学の沿線で23区内ならどこでも一緒だ、東京なんてひとつのちいさな街みたいなもんだというアドバイスだけが頼りだった。

中野駅でメトロからJRに乗り継ぐ杉並区の西荻窪までの電車賃が往復で620円（学

割で定期券を買っても月6千円）もかかると知ったときはその教師を本気で恨んだ。かといってもう一度地元で3つも4つもバイトの掛け持ちをして働いて敷金礼金を貯めるわけにはいかなかった。

最後の難所である小滝橋の交差点から高田馬場の駅に向かってひたすら登る長い坂道を、意地でも自転車を降りずに登りきることができるかどうか、小学生が運試しをするように得意の立ち漕ぎをして登り始めるとすぐにTシャツから直接滲み出るように噴き出した汗で背中が透けて高校のときから使いつづけて雑巾のようにくたくたになった水色のブラジャーが丸見えなのではないかと思われ、みっともないのではないかと思われ、擦れ違うひとがことごとくみな二度見しているような気がして振り向かずにペダルを必死で漕ぐしかなかった。

それでもトンちゃんは自転車に乗るのは好きだった。他人の汗にまみれる満員電車に乗るより雨に降られてずぶ濡れになるほうが潔いから好きだった。

シチズンボウルという、たまにサークルのみんなと遊びに行くボウリング場を過ぎると道がゆるやかに下り始めた。舗道に植えられたプラタナスの並木が、うちわのようなおおきな葉をぐったりとさせて、日をさえぎるものと水と新鮮な空気を求めていた。

前期の試験が3日後に控えているというのに勉強することもできずにいた。梅雨も明け、東京の最高気温が34度を記録したその日（7月19日）、高田馬場のドトールの2階の喫煙席で、背もたれに背中をつけずに汗だくになったTシャツと背中の隙間に天井から降りそそぐ冷房の風を注ぎ込みながらトンちゃんは、すぐにお金になるわけではない塾の問題の作成をしていた。

デモンストレーターとかテレフォンアポイントメントとか登録制の短期のアルバイトをすることも考えた。トンちゃんにとってひとと話すことは、ましてや知らないひとと話すことはあまり得意でないどころか文字通りお話にならないくらい苦手で、シドロモドロになるのは必至だった。アルバイトの情報誌なんて買うんじゃなかった。一度ぱらぱらとめくって見ただけで、すぐにグレーのリュックの中に放り込んでしまった。

要領のいい先輩の女子大生たちみたいに、作成した問題を渡すその手で担当の若い男の社員の腕や背中に触れて、しな垂れかかって、週明けに振り込まれるバイト代をいますぐ即金で払ってもらうなんて、奪い取るなんて芸当が果たしてトンちゃんにできるだろうか。答えは本人に聞くまでもなくノーである。意味のないことをしていることくらいわかっていた。それでもタイムリミットの午後6時になるまでなにもせずにいるよりマシだった。

トンちゃんが平日の午前中のドトールで過ごすのはたぶんこれがはじめてである。足を組んでゆったりと新聞を読んでいる初老の男性が3人もいることにまずは驚いた。みな定年退職するにはまだ少し早い年齢のひとたちで、中でもいちばん若くてかっこいい、なんというか、すんなりした印象の50代前半くらいの紳士は、細くて長い指で華麗に新聞をひろげていた。

ページをめくるたびに、わざとみたいにトンちゃんのテーブルの端に肘をぶつけても謝るどころか見もしなかった。ちょっとーて感じでノートの上にシャープペンシルをぱたんと倒してほっぺたを膨らませたトンちゃんが何度睨んでも知らん顔している。ズボンから裾を出して着ている、ゆったりとした白い半袖のシャツのボタンとボタンのあいだに留めたクリップ型のiPodを、その細くて長い指で操作しながら落語かなにかを聴いている。ずっと嗄れた男のひとの声がしている。

紳士はまだアイスコーヒーをひとくちも飲んでなかった。ストローをグラスに差すという行為すらまだしてなかった。結露してグラスの底から水が漏れたみたいにちいさな池ができていた。

朝から冷たい物を飲み過ぎておなかをこわしたのか。それともトンちゃんの父親と一緒で自律神経失調症なのか。紳士は30分おきに席を立つ。トイレから帰るとその足で下げ場の横の冷水器に向かい、水で薬を流し込む。半透明の白いピルケースを閉じ、一度かしゃんと鳴らしてから、しばらく宙を見たままじっとしている。

紳士が席に戻るたびに継ぎ目はあってもひとつづきのソファに座っているトンちゃんの手もとが激しく揺れる。シャープペンシルの芯の片側だけナイフのように削り取られた先端がノートの上に、罫線を無視して無意味な波形を描くくらい激しく揺れる。

ひとり去り、ほどなくしてもうひとりのでっぷりとした鏡餅みたいな体型の男も去った。午前9時を少し過ぎたころだと思う。美形の紳士とトンちゃんだけが2階のフロアに残された。左の膝の上に足首をのせ、右足の付け根と膝とで作った三角形の上で読んでいた新聞をやけに丁寧に折り畳み始めたから紳士もつられて帰るのかと思いきや、またもや半透明のピルケースを手にしてトイレに向かう準備をしている。

これで何度目だろう。もしかして良からぬことをトイレの中でしているのではないか。覚醒剤とかそういう類の中毒患者なのではないか。その方面の情報が著しく欠落しているためにどうしたって雰囲気だけに牽引されあらぬ妄想が膨らみ、仕事に集中できなくなったトンちゃんは、シャープペンシルの先を鼻の頭に軽く刺すようにあてたまま天井に埋め込まれたタバコのヤニだらけの冷房装置の吹き出し口を眺めた。繊維質の細いなにかに絡まったゴミが吹き出し口の桟から斜めに垂れて揺れている。

カフェで読書をしたり試験勉強をしているときの自分のリズムは隣りに座るひとのリズムである。どうしたって隣りのひとのリズムに合わせて行動してしまう。隣りの紳士がトイレに行っているあいだが必然的にトンちゃんの休憩時間になる。束の間一緒に暮らしているかのような、驚異のシンクロ率である。紳士がテーブルに手をつき、立ち上がるのに合わせてトンちゃんもソファに手をつき、おおきく伸びをしながら紳士の背中を見送る。

やれやれ、これでまたしばらくひとりになれる。邪魔する者がいなくなった。なら思う存分仕事をすればいいのに、ひとりになると気持ちがだれるのは自分の部屋にいるときと同じで、その効果は怖ろしいほどすぐに出る。紳士が隣りにいるときは意識しているつもりはなくても自然と閉じていた膝がゆるみ、座り方がどうにも適当になる。実に開放的な気分になれる。

いや、どうしたってそうなってしまう。マクドナルドでよく見かけるギャルな高校生たちのように膝のあいだのソファに両手をついて股をひろげていても誰も見ていない。あくびをわざわざ手で隠す必要もない。

そういえばわたし、ときのうはほとんど寝てなかったことをトンちゃんは思い出す。濡れた瞳で薄目をあけてぼんやり見ていたソファの上に、いまさっきトイレに立ったばかりの紳士のものと思われる黒い財布が落ちていた。

あの、と顔をあげるも、すでに紳士はトイレの中にいるのを思い出した。紳士は帰ったわけではないのである。だから慌てる必要はないのである。なのにトンちゃんの手のひらには妙にさらさらとした、喩えは悪いが、下痢みたいな汗が出て来た。トンちゃんはジーパンの太腿に自分の手を擦りつけていることに気づかなかった。ただ汗だけが色落ちして薄い灰色になったジーパンの生地に染み込んでいった。

尻のポケットに差し込んでいたものが立ち上がった拍子にソファの上に落ちたというの

が最も妥当な解釈だろう。仮にもしそうだとしても、落としたこの場所はまだ紳士の席なのである。ひとくちも飲んでいないアイスコーヒーがテーブルにある。なんの問題もない。だとしても物騒だから拾ってテーブルの上に置いておいてあげようか。

いや、そんなことをしたら紳士以外の誰かが手を触れたことになるではないか。紳士以外の誰かって、いま2階にはトンちゃんしかいないのだから、帰ってきたときに財布が移動していたらトンちゃんが触れたと思われるのは確実である。

ならば紳士がトイレから帰ってきたときに、ソファの上にあなたの財布が落ちていたので、おおきなお世話かと思ったのですが、なんとなく物騒だったので、テーブルの上に置いておきましたとお知らせすれば良いではないか。

いやいやお知らせするもなにもトンちゃん以外に誰もここにはいないのだから、店員はおろか客もひとりもいないのだから、財布が盗まれる心配はなかった。トンちゃんしかここにいなかった。

折らずに1万円札をしまうことができる長財布の中に、2枚とか3枚とかそういう単位ではない、尋常ではない厚さで紙幣が層をなしているのをトンちゃんの目が食い入るように見ていた。

このカフェのトイレは少し特殊で、2階のフロアから鉄のドアを開けていったん外に出たところにある。外といってもそこは雑居ビルの中の廊下で、階段の近くに金色のコックのついた木のドアを並べている。その木のドアを閉める音も鍵を掛ける音も聞こえた。トンちゃんの耳には、聞こうと思わなくてもすべて聞こえていたのだが、聞こうと思えばなおさらはっきりと聞こえた。紳士の行動が手に取るようにわかった。

だから紳士がトイレから帰ったときには他人行儀な澄ました態度で待つことができた。あなたがトイレに行こうが行くまいが、ここにいようがいまいがずっと仕事に没頭してました、て顔をするだけの余裕があった。

仮にもしこの財布の中に1万円札が10枚あったとする。おそらくその10万円は、とりあえずそれくらいは財布の中に入れておかないと落ちつかない金額という意味では、トンちゃんにとっての千円札1枚と同じくらいの価値を有し、同じくらいの感覚で財布の中に入れて持ち歩いているものなのだろう。なにかと物入りの世の中である。紳士の財布の中から1枚抜き取ったとしても、あれおれそんなにきょう使ったっけかなーと思うことはあっても、誰かに抜き取られたとは夢にも思わないだろう。

だがそれは仮にもし10枚以上の1万円札がこの財布の中に入っていたとしての話である。仮にもし紳士の財布の中の1万円札が1枚しかなかったとしたら、たとえあと千円札が何枚あろうと何十枚あろうと1万円札の有無には気づくはずである。

トンちゃんは自分にとっての千円札と小銭の関係に置き換えて想像していた。たとえ層をなすほどの紙幣の入った財布を、こんなあられもない姿で他人の前にさらしておくことができるほどお金に困っていない紳士であったとしてもである。紳士は紳士なりにきっとお金に困っているのだろう。お金とはそういうものである。いくらあっても、ないと感じるものである。

あるいはもしかしたら、まとまったお金が必要となる頭の痛い用事がこれから紳士を待っているのかもしれない。誰かにお金を返す約束をしてしまったのかもしれない。あるいは逆に、誰かにお金を貸してあげる約束をうっかりしてしまったのかもしれない。その誰かさんとここで待ち合わせをしているのかもしれない。その頭の痛い誰かさんがここに来るのを階段にいちばん近いこの席で待っていたのかもしれない。

階段。そうだそこに階段がある。自分のま後ろに階段があり、いまこの瞬間にも誰かがひょっこりそこから顔を出すかもしれないことを、いまのいままでトンちゃんは忘れていた。

危なかった。危機一髪だった。なにがどう危なかったのか、危機一髪だったのか自分でもわからないままトンちゃんは胸を撫で下ろした。ふー、とおおきく一度息をついてから立ち上がり、階段の下を覗き込んだ。だがこのカフェにはさらに上の階があり、奥にも階段があることをトンちゃんは忘れていた。

それにしても財布の中に1万円札を何枚も何十枚も、封筒に入れるでもなく剝き出しのまま入れて、しかもぐるっと一周する金のファスナーがあるのに閉めずに中身を開けっ広げにしたままトイレに行くことができる人間など果たしてこの世にいるのだろうか。にわかには信じられないことだが現にいまここにいる。いや、いないのである。なにをしているのか知らないが、トイレに籠もったまままかれこれ15分以上も出てこないのである。

いずれにしても1万円札の枚数をちゃんと数えてからの話である。ちゃんと確かめてからでなければ仮説が仮説としての用をなさず、いくら考えても意味がない。いや、想像するだけにしても厳密でなければ意味がないのである。

数えるだけでも罪になるのだろうか。窃盗の未遂にあたるとして、逮捕されたりするのだろうか。ソファの上とはいえこの財布は落ちていたのである。いまもってまだここに落ちているのである。拾ったひとなら財布の中身を1円単位で数えはしなくても紙幣が何枚入っているかくらいは把握した上で交番に届けるなり本人に直接連絡するなりするだろう。してもいいだろう。いや、するべきだろう。なのに財布の中身を数えただけで罪になったりするのだろうか。

ざっと見たところ千円札や5千円札は混じってないようだった。入っているのは基本的に1万円札のようである。1万円札1枚では4千円足りないが、2枚あれば合宿費の足りない分を補塡してもなお6千円余る。余るといってもお金の話に、余るも余らないもないもので、なにかと物入りになるのが旅行である。気持ちがどうしたっておおきくなっていつもより余計にお金を使ってしまう。買いたいと思う気持ちの量は同じでも、買わずに棚に戻す気持ちの量は確実に減り、6千円くらいあっというまに消えてなくなる。

もしかしたらこの6千円はそのための6千円なのではないのか。あっというまに消えてなくなっていたことにあとで気づいても悶え苦しまないための6千円なのではないかと、紳士の財布の脇から覗く、束になった紙の厚みを眺めるトンちゃんのその目が考えていた。照明の影をソファの上に落とすその手が、その指が、1万円札を2枚、紳士の財布の中から爪に引っかけ引き抜いていた。

しばらく惚けたように手にした2枚の1万円札を眺めていたトンちゃんは、罪の意識と呼ばれるほど明確なものを感じたわけではなかったが、なんとなくいま引き抜いたばかりの2枚の1万円札を紳士の財布の中に戻してみた。そしてすぐに今度は無造作に摑んだ分だけ引き抜いた。

2枚も11枚も同じである。盗んだことには変わりなかった。その11枚の1万円札をグレーのリュックから取り出した自分の財布の中に入れるとき、レシートの束に引っかかって少しだけ慌てたもののトンちゃんのこころはずっときれいなままだった。さざ波ひとつ立てずに、ずっと静かなままだった。

もともと持っていた2万2千円プラス11万円で13万2千円。ほんの数ミリメートル厚みが加わっただけとは思えぬほどむっちりと膨らんだ気がする自分の財布を、自分のリュックサックの中に入れるのとほとんど同時に制服を着た店員の女の子が、トンちゃんの背後にある階段を昇ってくるのが、向かいの壁に掛けられたおおきな鏡に映って見えた。

布巾でテーブルを拭きながら一度だけ、ソファのまん中に転がっている紳士の財布に視線をとめたが、新聞紙の上に紳士が重し代わりに載せていた金のライターとソフトケースのタバコを目にして、この席のヌシはまだ店の中にいると判断したのか、女の子はなにもせずに通り過ぎてしまった。いまはセルフサービスの下げ場の奥で洗い物をしている。紳士がトイレに行ってからすでに30分が経過していた。

トイレのある雑居ビルの廊下のほうからやたらと響く姿の見えない若い男の声が聞こえていた。聞いているだけで胸焼けがしてくるほど嫌なダミ声だった。

だがいま席を立つのは危険であるとトンちゃんは思った。紳士が自分の財布の中身が減っていることに気づくことなく立ち去ったのを確認する必要があると、いまのいままでトンちゃんも知らなかったトンちゃんが思った。できることならすべてを確認してから立ち去りたかった。客はもちろんのこと、この店で働くすべての人間が帰宅してから非常灯のわずかな明かりをたよりに階段を降り、歩道に積まれた大量のゴミにカラスもまだ来る前の、夜と朝の隙間の早稲田通りを、その坂道をひとり自転車に乗って立ち去りたかった。

そのためならいくらでも待てるような気がしさらに15分ほどなにもせずに、ただひたすら紳士の帰りを待ってから、紳士の携帯電話が紳士のテーブルの上にないことに気づいた。いまも聞こえている、聞いているだけで胸焼けがしてくるほど嫌なダミ声は紳士の声だったのである。

ならばとトンちゃんは荷物をまとめて席を立った。なんだか知らないが無性に腹が立った。うんもう、と声に出しながらリュックサックを背負ってドカドカとわざと足音を立てて階段を降りた。レジの前に並び始めたランチタイムの客の顔をひとりひとり睨みつけながら店をあとにした。

放置自転車で狭くなった歩道をのっしのっしと大股で歩き、手塚治虫の漫画のキャラクターが描かれたガード下を足早に通り過ぎた。ここまで自転車で来たことも忘れていた。

地下鉄東西線の駅へつづく階段の最初の段に足を掛けるまで何度も振り向き確かめても誰も追ってこなかった。スーツの上着を肩に掛けてワイシャツの背中を汗でぐっしょり濡らしたサラリーマンや、財布をおなかの前で手にしたOLや、まるで子犬か小学生のようにじゃれ合う大学生の男たちの白い背中や黒い頭の蠢動が、イライラと、そしてメラメラと、ガード下の青信号の横断歩道を覆い尽くしていただけだった。

1日千円しかお金を使うことができないトンちゃんが我慢してきたことならいくらでもあった。いくらでもあったことが、1日に5千円でも6千円でも1万円でも使えるようになってみて初めてわかった。1日千円しか使うことができなかったころのトンちゃんは、いつもだいたい週末は朝から晩までひとりで過ごしていたが、寂しいともつまらないとも思わなかった。友達が欲しいとも欲しくないとも思わなかった。欲しいのに、手に入らないものがあるともないとも思わなかった。

なのにいまはお金が欲しかった。友達と会わなかった日は、一日なにもしなかった気がした。生まれて初めてむなしいと思った。家にひとりでいると家なのに、外にいるより落ちつかなかった。

黒いスーツを着た40歳くらいの、髪を後ろできつく結んだ女のひとが電話を受けた。お疲れさまです、あ、えっと、あの、申し訳ございません、実はいまわたし出先でしてと、幾分慌てた様子で話しながら外に出て行くと、カウンターの上に置きっぱなしにしていた彼女の三日月型のショルダーバッグの中からベージュと薄いグレーの市松模様の財布が顔を半分覗かせていた。

ファスナーはぴかぴかの金色で、引き手の金属にLで始まりNで終わるブランド名がちいさな円を描くように刻印されていた。いつかどこかのカフェのカウンターに頬杖をつき、本を読みながらなにげなく目にしたその光景を、トンちゃんはいまになって思い出した。それも頻繁に思い出した。

その日は久しぶりに試験勉強以外なにもすることがない日で、アパートの窓のサッシに微妙なバランスをとりながら干した枕の折れたところを、そのくびれのない腰つきを見ながらまたその光景を思い出した。枕のカヴァーをシーツと一緒に全自動の洗濯機に放り込み回し始めたものの、干すのが急に面倒臭くなって、ああ失敗した、あしたにすればよかったとツムジをぽりぽり爪で掻きながら思い出した。シーツを剝がしたベッドに寝っ転がって、木の天井についたシミを見ながら思い出した。その財布がいつでも自分の手の届くところにあったことを思い出した。いつまたそのときが来てもおかしくなかった。トンちゃんはいそいそと支度をして、もう一刻の猶予もならぬとばかりに小走りで家を出た。

次にそのときがいつ来るかなんてわからない。どんな手練れの泥棒さんにだってきっとわからない。だがいつ来るとも知れぬそのときが来たときそこにいなければ意味がないことくらい初心者の泥棒さんにだってわかるのである。

だから誰に会うためでも、なにをするためでもなく朝から晩までずっとひとりでカフェにいなければならない泥棒さんは決して暇ではなかった。むしろ忙しいくらいで、カフェの泥棒さんはひとりでいてもひとりではなかった。ものすごい数のひとたちを同時に相手にしていた。お金を盗むという目的のためにも、そして犯行現場を誰かに見られることがないよう用心するためにも、カフェにいるすべてのひとたちの行動を常に把握している必要がある。

いつも誰かに見られているような気がした。本当はもう気づかれているのにわざと泳がされているような気がした。姿の見えない誰かの不意をつき振り向いても、振り向いた自分の姿を同じ誰かに、あるいは別の誰かに見られているような気がして、また振り向かずにはいられなかった。

それでも泥棒さんは家でひとりでじっとしているよりマシだと思った。だから次の日もその次の日もまた駅前のインターネットカフェで検索して、同じ通りを挟んで斜め向かいに別のチェーンのカフェがあるようなカフェ激戦区を見つけてから地図を片手に出掛けた。総武線に乗って山手線の東側、秋葉原や両国、錦糸町のほうまで足を伸ばした。

4日目で嫌になった。久しぶりに泥棒さんは、なんというか、人間らしいことがしたくなった。大学に映像メディア論のレポートを提出した帰り道に、以前も何度かそうして出掛けたように多摩動物公園にアカカンガルーの群れを見に行くつもりで京王線に乗った。

なのに各駅停車の最初の駅で降りていた。なんとなくこのままこの駅を、初台駅を通り過ぎると損をするような気がしたのである。ならばと予定を変更して、これを機にブログを始めようかと本気で思ったくらい気に入った猪熊弦一郎展「いのくまさん」を見に行くつもりで駅を出ると、すでに展示は終了していた。

行き場を失ったこころのおもむくままに入ったエクセルシオール・カフェで「本日のコーヒー」を注文していた。オペラシティの中庭を見下ろす広いカウンターのいちばん奥の席に座って、はめ殺しの窓ガラスすれすれのところまで枝をひろげた丸い葉っぱの樹木を眺めた。

オカリナを吹く女の子が中庭のまん中に立っていた。その斜め向かいに足を肩幅にひろげて立っている、20メートルくらいはありそうな銀色の巨人のオブジェも歌をうたっているようだった。オカリナの音も、丸い葉っぱを揺らす風の音も、歌をうたう巨人の声も聞こえない。聞こえないオカリナをその女の子は吹き、聞こえない歌をうたう銀色の巨人は空を見上げて、聞こえない風が吹くたびに丸い葉っぱはちろちろと揺れる。今年の夏があまりに暑過ぎたのか、百枚に1枚くらいの割合で黄色くなった丸い葉っぱが枝のところどころに火が灯ったように見えたのは葉ではなく、窓ガラスに反射したカフェの天井に埋め込まれた灯りであることに気づくまで眺めていた。

中庭にテラスがある英国風の飲み屋は、肩を組み、あるいはしな垂れかかって写真を撮ったり撮られたりしている結婚式帰りの大人たちで溢れかえっていた。オカリナを吹いていた女の子は2時間吹いていくら稼いだのだろうか。いまどこにいるのだろうか。家でひとりで焼きうどんを作って食べたりしているのだろうか。

焼きうどんはトンちゃんの得意料理のひとつだった。豚のバラ肉をショウガとごま油で炒めてカツオ節とネギをたっぷりのせて食べるのだが、ショウガを紅ショウガにすると色味が良くなるからひとりで食べるにしてもテンションが上がった。

学童保育に預けられ、母親が迎えに来るのを庭のまん中にあるケヤキの縦に流れる枝と枝のあいだをこぼれ落ちるように沈んでゆく夕日を眺めながら待っていたころからトンちゃんは、ひとりで過ごすのは嫌いじゃなかった。むしろ好きなくらいで、母親が迎えに来るのが少し遅くなっただけでぎゃーぎゃー泣き叫ぶ他の子供のようには泣いたことなど一度もなかった。ただときどき自分でも、いまなぜ泣くのかわからぬタイミングで涙が流れた。

休みの日にはカーテンを閉めて、ときには午後5時の鐘が鳴るまで布団を被って寝ていた母親に、どこへ行くともいつ帰るとも言わずにひとりで出掛けた。コンビニでもレンタルビデオ屋とCD屋と本屋が一緒になった店でも、どこへでも出掛けた。

東京へ来てからもそれは変わらなかった。イケアでも美術館でも大戸屋でもひとりで出掛けた。ひとりで買い物をして、ひとりで料理をして、ひとりでテレビを観ながらひとりで食べた。ひとりで皿を洗って、ひとりで紅茶をいれて、ひとりでに眠くなるまで日記を書いた。ほとんど家計簿みたいな日記を書いた。

その日記帳は日記帳であるまま置き引きを記録するためのメモ帳に変わった。他人の財布からお金を盗んだカフェの名前と場所と盗んだ金額と盗んだひとの特徴が、コクヨのA6判の薄いピンクのノートにびっしりと書かれていた。置き引き専用の貯金通帳だった。その口座からお金を引き出すのはいつも誰かに会うときだった。この週末だけで3万円以上使った。誘われて一緒に遊びに行ったクラスの友達と同じように使っていただけなのに3万円も使った。土曜日にディズニーシーに行って、新宿のルミネの屋上のビアガーデンでビールを飲んで、ジンギスカンを食べて、日曜日にとしまえんのプールに出掛けた。

待ち合わせの時間よりだいぶ早めに出て池袋西武の9階の催事場売り場の水着センターで、ひとりで水着を選んで買ってから待ち合わせ場所の2階の改札口へ行くと、まだ誰もいなかった。そこで携帯電話をアパートに忘れてきたことに気づいた。待ち合わせは1時間後に変更されていた。

波のプールでボウルの中の玉コンニャクのように洗われながら、いっぺんに全員の顔を見ることができないほど大勢の友達と一緒に過ごしているのと、2日続けていっぺんにたくさんのお金を使ったのとで、ダブルでバブルなトンちゃんの気持ちは、自分の気持ちではないかのように、ずっとふわふわしていた。

泳ぐスペースも、その気も最初からない流れるプールの水面を手で掻き跳ねるように移動しながら友達に話しかけられても、話しかけられたという事実以外に受け取る余裕も必要もなかった。憑かれたようにみな興奮していた。

トンちゃんが着用していたのと似たような、タンキニと呼ばれるビキニとタンクトップがセットの水着を着て、やはりタンクトップを脱がずに水に浸かっていた子たちの肩の向こうや脇の下から見える青い空までもがぐらぐらと揺れた。下を向くと、自分の顎のすぐ下に、テトラポッドの隙間で揺れる海のように水があり、同じ語学のクラスになってからすでに1年以上経つのにはじめてこうして一緒に遊んでいる友達の肩や胸が触れるほど近くにあるのに、持ち主がどこにもいないかのように沈黙していた。

明けて月曜日も火曜日も外食で、サークルの友達と一緒に夕飯を食べて、水曜日の夜にひさしぶりにひとりでご飯を食べる機会が訪れても、駅前のてんやで野菜天丼を食べて済ませてしまったトンちゃんが、かつて365日中360日は自炊していたころの食費は1日5百円だった。2千円で4日分の食材をまとめて買って、鶏の胸肉なら鶏の胸肉を、イワシならイワシを4日かけて集中的に食べる。冷凍庫に入れて凍らせる前に、煮たり塩漬けにしたりして冷蔵庫で保存する方法を粘り強く考えた。

たとえば百グラム35円の鶏の胸肉を2枚買った日は、縦に半分に切った1日目の分を醤油に漬けて片栗粉をまぶして揚げるだけの、シンプルな竜田揚げにする。2日目と3日目の分には塩を揉み込んでから、ぴちっとラップをして冷蔵庫に入れ、塩鶏にして保存する。たとえばそれを細切りにしたものにお酒を振って片栗粉をまぶし、細切りにしたジャガイモやピーマンと一緒に炒めたりする。4日目に使う分は、軽くかぶるくらいの水を入れた鍋が沸騰してからアクを取り、弱火で5分煮て火を止め蓋をしたまま10分くらい蒸らしたものを煮汁ごとタッパーに入れて冷凍庫ではなく冷蔵庫の中で保存する。それをハムみたいに短冊切りにしてサラダに使うこともできるし、鶏の煮汁でご飯を炊いて薄く切った蒸し鶏を添えれば、びっくりするほど本格的な海南チキンライスにもなる。ちなみに海南とは中国の南にある島のことである。モモ肉であろうが胸肉であろうが鶏の煮汁は中華やエスニック風のスープになるから、気持ちがいいほど無駄がない。

長期保存のきくジャガイモやタマネギ以外の野菜はいつも、もやしと小松菜と貝割れ大根の3種類を買うようにしている。特にひとパック50円もしない貝割れ大根は、トンちゃんの食卓にはなくてはならないものである。

トンちゃんの作る煮物や炒め物の上には大抵粗く刻んだ貝割れ大根がのっている。インスタントラーメンの上にも、チキンライスの横にも、緑の頭と白い膝を揃えて並べる。納豆にもよく合うし、ゴーヤの塩揉みとミョウガと一緒にドレッシングで和えればサラダにもなる。

季節にもよるが、長雨や猛暑の影響で葉物が高いときは大根やゴボウ、レンコンといった根野菜を中心に買う。安ければ夏はひたすらゴーヤを食べる。大好物のゴーヤをベランダで育てるのがトンちゃんの夢で、去年の夏からプランターで育てているのだが、まともに育ったことがない。今年やっとひとつだけ黄色い花が咲いたが、実はならなかった。

自分の子供をマンションに置き去りにしたままひと月以上遊び歩き、3歳の女の子と1歳の男の子を餓死させた大阪の母親のニュースで持ちきりだったその日（7月30日）、トンちゃんは北口のほうのドトールの、入り口からいちばん近い席で本を読みながらゆうなが来るのを待っていた。隣りの吉野家は期間限定で、おとといから110円引きの270

円で並盛りを売り始めていた。

世に言う牛丼底値戦争である。ちなみにトンちゃんは吉野家派である。松屋やすき家の牛丼よりもおいしい気がするのは、白ワインで煮込んでいるという触れ込みのせいだと思うが、おいしく感じるのだから仕方がない。だが以前のトンちゃんなら２７０円でも高いと感じたはずだった。

ゆうなはひとりで牛丼屋に入って夕飯を済ませたことなどあるだろうか。料理がしたくないとき、コンビニのおでんを買って帰ったりしたことがあるのはやはり田舎から出て来たひとり者だけなのだろうか。実家という場所がどんな場所なのか、トンちゃんにはうまく想像できない。そもそも家に親がふたりとも揃っている生活自体をほとんど知らない。

故郷があるひとが羨ましい。わたしも一度でいいから里帰りなるものをしてみたかったといつかゆうなは言っていたが、そのときゆうなが想像していた田舎の実家にはやはり親がふたりとも揃っているのだろうか。親がふたりとも揃っていない生活を知らないのだから、ふたり揃っているともいないとも想像していなかったというのが正解だった。ゆうなもちょうどそのとき、トンちゃんとそんな話をした日のことを思い出していた。母親にことづけられた宅配便が届けられるのを待っていた。というより待たされていた。

ごめん、15分遅刻するとゆうなからメールがあって、トンちゃんは店の奥のトイレの近くの席に移動した。きょうはゆうなにトンちゃんのお得意の節約レシピ、塩キャベツシュウマイを家で作ってご馳走する予定だった。

文庫本とコーヒーを持ってソファに腰掛けるとすぐに、髪の一部を三つ編みにしてカチューシャみたいに頭の上を横断させた、いかにもいまどきな感じがする隣りの女の子の、タオルやら化粧ポーチやら、いろいろなものがどっちゃり入ったカゴバッグの奥にあるピンク色の財布が目についた。文庫本の陰から一瞥しただけでトンちゃんの目は見つけてしまった。

どこにそんな度胸があったのか。トンちゃんは、見るからに女子大生風の、てろっとした生地の花柄のオールインワンを着て三つ編みカチューシャをしたその子が、化粧ポーチを手にしてトイレに入るとすぐに、その子のカゴバッグをまるで自分のバッグのように引き寄せた。ガマロ型の財布の口を指で弾いて開けたその手で千円札を数枚抜き取り、人差し指と中指のあいだで半分に折り座ったままお尻のポケットにねじ込んだ。声をかけそびれて遠くから眺めていたゆうなの目にもはっきりと見えた。それはトンちゃんのバッグでも財布でもなかった。トンちゃんのバッグでも財布でもないことを知っていたのはゆうなだけだった。

「ごめん、待った?」

どこにそんな度胸があったのか。「ううん」とまるでなにもなかったように、なにもなかったように顔を上げて、そこに立っているのがゆうなであるのを柔らかい笑顔でトンちゃんは認めた。ゆうなはトンちゃんの、その柔らかい笑顔が好きだった。どこかでなにかを諦めなければ20歳やそこらでそんなふうに笑うことはできない。見るたびにそう思わずにはいられない笑顔だった。

トンちゃんが地味な大学生の女なら、ゆうなは本当の意味で地味で飼い慣らされた女子大生の女だった。トンちゃんは、本人の気づかぬところで常に異彩を放ちつづけていた。

入学した当初はトンちゃんと似たり寄ったりの地味で目立たない格好をしていた、わりとどころかかなりおとなしめのサークルの子たちもゆうなと同じで、日に日に本当の意味で地味で目立たない、どこにでもいるような女になった。あくまでもし過ぎない程度のお化粧をして、ミュールのかかとをかったんかったん鳴らしてへっぴり腰で歩く。ひと目で東京の女子大生とわかるファッションをするようになった。西日本の、特に九州や四国、中国地方に強い雨を降らせた梅雨が明け、夏の暑さが本格的になったころには、つんつるてんの黒や青のスラックスを穿いた労働者のひとたちが履いているような厚底のスニーカーしか履いているのを見たことがないトンちゃんの格好は女子大生で溢れかえったキャンパスの中では逆に目立つようになった。

なんというか、意志が感じられた。嫌なものは嫌だという、したくないという決意のようなものが感じられた。飲み会や勉強会に誘っても、つれない返事しかしてくれないトンちゃんに、ゆうなはしつこく声をかけた。

授業料が免除になる奨学金をもらっていると聞いたときは驚いた。何度聞いてもおぼえることのできないこの大学の創立者の名前を冠した奨学金を受けている、絵に描いたような優等生のトンちゃんが座るのはいつも教室のいちばん前のどまん中の席と決まっていた。何百人も座れる大教室でもそこはトンちゃんの指定席で、前期の試験が近づいてくると思ったとおりどの講義のあともトンちゃんのまわりにひとだかりができた。トンちゃんのノートを生け捕りにした女子大生が、トンちゃんの名前も知らない大学生の男や他の女子大生たちを引き連れ、トンちゃんにあいさつをするでもなく、ありがとうを言うでもなく、企業が協賛しているタダコピー機のある学館へ急ぎ足で立ち去ったあと、トンちゃんの気持ちを読み取りづらい横顔だけが長机の段々畑の中に残った。

「トンちゃん」

「あ、ごめん。まだなんだノート」

「知ってる。さっき見たけどタダコピの前、結構並んでたよ。ノート返ってくるまでここで待ってるつもり？」

「うん」

「でもそれって、ちょっとひどくない？」

「悪いけど、先に行っててくれる？」

「悪くないけど、一緒に待つよ、ここで」

「なんか悪いな」

「悪くないよ」

本当に自分が悪いと思って悪いと言っているのか。トンちゃんは悪くないのに悪いと言ってるというか、言わされている気がして、悪いと思ってないのに悪いだなんて言わないで欲しいと言いたいのに、なぜか言えない。その代わりに「悪いのはあいつらだよ」と、最近距離をとるようになったクラスの子たちを悪く言うしかなかった。「さっき声かけられたけど、いらないって言っちゃった。ごめん、あとでノート見せてくれる？　て結局わたしも同じ穴のムジナか」

ファッションは相変わらずだった。相変わらずとゆうなが言わずにおれないのは、さすがにそれはちょっとと思わずにはいられない服をトンちゃんが着てきても「さすがにそれはちょっと」と言えずにいたからである。どこで買ったのか怖くて聞くことができない、濃い緑色と白のおおきな柄のチェックの、脇が大きく開いた半袖のネルシャツを着てきたときも「さすがにそれはちょっと」と言えなかった。

トンちゃんはきょうもまたそのネルシャツを着ていた。さすがにそれはちょっとと思ったのに言わなかったゆうなの責任だった。ゆうなの責任がネルシャツなのに妙にきっちりアイロン掛けされたシャツとなってゆうなの前に立っていた。これでもまだおまえは言わないのかと、それでもおまえは友達なのかと責められているような気がした。

4

ゆうなには、ちいさいころからずっと思っていたというか、決めていたことがある。つ上の姉のお古を着るのが嫌で、自分で服を買いに行くようになってから、鏡の前でその日買ってきたものを着てみてひとりでにんまりしているゆうなの鏡越しに「なにそれ、だっさ」と姉に言われてから、ひとの服のことをとやかく言うのはやめようとこころに決めたのだった。自分のことよりも、自分の服のことを言われるほうが傷ついた。自分でもどうかしちゃったんじゃないかと思うほど、いつまでも姉のことを恨んでいた。

確かに姉はおしゃれだった。ゆうなよりずっとおしゃれに時間を掛けていたし、センスもよかった。なにかアドバイスというかコツのようなものを教えて欲しいと思わないこともなかった。だから余計に癪にさわった。

その姉が最近わざとみたいに、ださい服ばかり着るようになった。大学の3年のときから家を出て、大学の近くのマンションで一人暮らしをしていた姉は、父の友人のコネで、古風なパッケージの風邪薬で有名な製薬会社に就職した。

本人の言葉を借りれば馬車馬のようにこき使われているらしいが、週末とかたまに実家にご飯を食べに来るときに着てくる服にはセンスのかけらもなかった。ちょっと不良っぽくて、スレたところがかっこよかったのに、いまでは白いカットソーを着て薄いふわふわのピンクのカーディガンを羽織ったりするコンサバ系の服しか着なくなった。

どうやらそれはいま付き合ってる男の趣味みたいで、梅雨の晴れ間に家族で中華を食べに行くのに、肩幅のひろいだぼっとしたヤクザのひとたちが着るみたいなグレーのダブルのスーツを着てくるスポーツ刈りのその男がゆうなは嫌いだった。意地でも名前を呼ばずに「おねえちゃんのあのひと」と呼んだ。すぐにでも結婚するつもりみたいよと、猛反対していたはずの母はいつどこで心変わりをしたのか、嬉しさを隠しきれずに言った。
言われなくても見ればわかった。姉も働いているのに、自分のお金だってちゃんとあるのに、帰りに酔ってコンビニでペットボトルのお茶を買うときも、その男がレジに並んでお金を払った。姉は財布も持たずに食事に来ていた。運転するためにお酒を飲まなかった父を車の中に待たせているのに、エンジンをかけたままにして、父がそっちを見ているのを知っているのに、買いもしないアイスの品定めをしながら夜の動物みたいにいちゃついていた。

「ゆうな」

「うん？」

「そのシャツみたいなワンピース、どこで買ったの？」

チャンスだと思った。

「あ、このシャツワンピ？」

「シャツワンピっていうんだ」

「ジャーナルスタンダード。あとこのベルトもそう。あとで合わせて買ったんだけど」

「それってどういうお店？」

「え？」

「だからそのジャーナルなんとかって」

「ああ。お店というかブランドかな。いや、お店なのかな。よくわからないけど、雰囲気はセレクトショップみたいな感じのお店で、売ってるのは全部オリジナルのブランドで。てことはやっぱりブランドなのかな。置いてあるのはフランスの田舎みたいな感じというか、どっちかって言うとリゾートっぽいゆったりとした服が多いかな。今年の夏はちょっともう流行り過ぎた感じがしなくもないけど、白地に青のボーダーのカットソーとかワンピとか。あまりハードじゃない系のフェスにも着て行けそうなゆるい服って言ったらわかる？」

わからない、と顔に書いてあった。トンちゃん相手に知識をひけらかすつもりなんてないのに、ついつい力が入って、いっぺんにいろいろなことを言い過ぎてしまった。

「よかったら今度一緒に」

「行く」

「ほんとに？」

「行く」

わお、て今度はゆうなのほうが顔に書いてしまった。

「いつ行く？　いつなら行ける？」

「わたしはいつでも」

「あしたフラ語の試験の帰りに、H&Mに寄ってトレンカ買うつもりだったから、行く？」

「行く。でもそれって、どこにあるお店なの？」

「え？　それって？」

「だからその」

「エイチアンドエム？」

「そう」

「渋谷のに行くつもりだったけど、いいよ。表参道にもあるから」

トンちゃんの耳には何度聞いてもチアンドエムとしか聞こえなかったが、ゆうなの口振りからそこはかとなく知ってて当たり前みたいな雰囲気が漂っていたから、聞き返すことができなかった。

あとで「表参道」「チアンドエム」で検索したら奇跡的に1件だけヒットした。H&Mというスウェーデンのアパレルメーカーで、Hennes & Mauritz を略したものであることがわかった。ウィキペディアの情報は論文やレポートに使ってはならないとどの先生も言っていたが、これは論文でもレポートでもないと思って、とりあえずそこに書かれていたことを全部ノートにメモした。

H&Mとコラボレートしたことがあるカール・ラガーフェルドはシャネルのデザイナーで、ステラ・マッカートニーはポール・マッカートニーの娘で、ヴィクター&ロルフはオランダのアーネム・アカデミー・オブ・ファイン・アーツ出身のデザイナー・デュオである。この情報がなんの役に立つのかトンちゃんにはさっぱりわからなかった。当たり前である。あとで聞いたらゆうなも知らないことのほうが多かった。


次の日、約束通りゆうなと一緒に買い物に出掛けたトンちゃんは、試着してゆうなに似合うと言われた八分丈のコットンパンツを買った（8月9日）。ズボン、ではなくパンツを買った。知ってはいたが言い慣れなかった。「これってチノパン？」とトンちゃんが聞くと「そうとも言うわね」とゆうなは言った。言ってはならないのだと理解した。ウエストに同じ生地のひもがついてて、商品名にスキニーと書いてあるわりにはゆったりしている。湘南とかの浜辺を犬を連れて散歩しているマダムとかが、てろっとさりげなく着てそうな気がする。鎌倉とかにお茶しに出掛けそうな気がする。8925円。

次に買うならこれをレギンスみたいにして上から羽織ることができるワンピかチュニックがおすすめかな、とゆうなに言われた。だけどあんまり同じブランドばかり合わせないほうがいいかもしんない、とも言われた。

チュニックならトンちゃんも知っていた。東京に出て来てすぐにコムサデモードで買った黒いのを持っていると言うと、ゆうなは絵に描いたような微妙な表情をした。合わせて着てはならないのだと理解した。家に帰ってからいろいろ試してみたのだが、その日買った服に合うものが突っ張り棒をしてクローゼット代わりにしている押し入れの中にひとつもなかった。きょう買った服をあしたすぐに着ていくのは早々に諦めた。

次の日もゆうなとふたりで待ち合わせをして、新宿の、わりとできたばかりのきれいな映画館でジブリの新作アニメを観た（8月10日）。ゆうなに株主優待券なるものをもらって観たからタダだった。

いやいやタダではないのだが、タダだとトンちゃんに思わせるのに成功して、ゆうなはひそかにちいさくガッツポーズをしていた。

会うなりゆうなに、どうしてきのう買った服を着て来なかったのかと言われるのを覚悟していたが言われなかった。ただしきりに「このごろのトンちゃんて、アクティブだよねー」と言われた。

やはりこのあいだカフェで見てしまったあのことが気になって、ついそんなことを言ってしまったのだが「そうかなー」とトンちゃんはまんざらでもなさそうな笑顔で答えた。

ゆうなにアクティブだと言われたことよりも、ゆうなにトンちゃんと呼ばれることのほうがトンちゃんは嬉しかった。呼ばれるたびに喜びをひとり噛みしめた。だがどこでいつゆうなはトンちゃんが自分のことをトンちゃんと呼んでいるのを知ったのだろう。

例によってトンちゃんはなにもおぼえていないのだが、サークルの新歓の飲み会のとき、アルティミットに酔っぱらったトンちゃんが自分のことをトンちゃんトンちゃん呼んでいるのを聞いていたら、つられてゆうなもトンちゃんトンちゃん呼ぶようになったのである。いまでは本名をすぐには思い出せないほどトンちゃんはトンちゃんだった。

それはゆうなをゆうなと呼ぶのも同じだった。サークルやクラスのひとたちがゆうなのことを高瀬さんと名字で呼ぶのを聞くたびに勝ったと思った。自分だけだと思った。ゆうなのことを独占したような気分になれた。ゆうなをゆうなと呼ぶことはトンちゃんにとって一種の自慢であるどころかどこを切っても自慢であり、誇りであるがゆえに触れて欲しくないことだった。

いつもトンちゃんはドキドキしていた。ゆうなと会うこと自体が冒険だった。ゆうなをゆうなと呼ぶことに慣れる日がいつか来るのだろうか。「トンちゃんて、ほんとかわいいよねー」と、名前のことではなくて自分のことを言われたのかと勘違いして、うっそ、そんなことないよーと照れてしまってから猛烈に恥ずかしくなった。

名前の話をしただけなのに、しばらくトンちゃんはムッとしていた。優待券と交換したチケットを渡すと、うんと頷いただけで、ありがとうも言わずに先にエスカレーターのステップに足を掛けたトンちゃんの礼儀知らずな背中を見つめながらゆうなは小声で「渡辺さん」と呼んでみた。ちょっと意地悪な気持ちで昔の呼び方で呼んでみただけなのに、ぞっとした。トンちゃんが振り向かなくて本当に良かった、命拾いをしたと思った。なんて馬鹿なことをしてくれたのだろうと唇が震えた。

ゆうなの前ではもっと素の自分をさらけ出さなければならないと、つまらなそうな映画の予告を観ながらトンちゃんは考えていた。ゆうな以外のひとには色気づいたと思われたくなかった。なになに、どうしちゃったの？　急に色気づいちゃって、なに勘違いしちゃってるのと思われているのではないかと思わずにはいられないところまで自分を追い込むようなことだけはしたくはなかった。だからこそ夏休みのあいだに、買ったばかりで着慣れていない服を着ているところをゆうなにいっぱいいっぱい見てもらって、見慣れてもらって、できればそのつどアドバイスをしてもらって、いけてると勘違いしていると思われない程度にはいけてるようにならなければならなかった。

お盆明けの河口湖の合宿に新しく買ったものをフルで着てゆくことをトンちゃんは当面の目標にしたみたいで、なんというか、やる気が違った。試着室で、ゆうなの感想を聞くときの目が違った。

それもこれもみんなゆうなのお陰だった。「どうかな？」と試着室のカーテンを開くと、最初は遠慮して「いいんじゃない？」とか「悪くないよ」とか当たりさわりのないことしか言ってくれなかったが、そのうちズバズバ言ってくれるようになった。

ズバズバ言ってもトンちゃんは、最初に見せていたような怯えた表情をしなくなった。次はなにを言われるのかと、びくびくしている感じがしなくなった。だからどんどん言いたくなった。言い過ぎたと思ったときは多少不自然でも口を噤んだ。

ときどきゆうなは言いかけた言葉を引き寄せるように黙ることがあった。黙られると視線のやり場に困って間を埋めるために言わなくてもいいことまで言いそうになった。不安になった。ああ、そうか、さっき「着たい服と似合う服は違うから」と言われたとき、自分では気づかなかったが、ムッとしていたのかもしれない。気分を害したと思われたのかもしれないと思い、無理に笑顔を作って笑った。

笑っているのにトンちゃんは物凄く寂しそうな顔をしていた。やっぱり言い過ぎたんだとゆうなは思った。

せっかくゆうなが言ってくれたのに、アドバイスしてくれたのに、ムッとしてしまった自分が憎いとトンちゃんは思った。

ふたりは映画館のエレベーターの中で、誰に強制されたわけでもないのに、なんとなく静かにしていなければならないと思わされるエレベーター特有の空気に乗じて1階に下りるまでずっとなにも言わずに黙っていた。右から左に移動するエレベーターの光る数字をふたりして、やけに熱心に見つめていた。

ゆうながネットで調べてきたハンバーガーがおいしいカフェで夕飯を食べたあと、ふたりは新宿通りの歩道を、なんとなく駅に向かって歩き始めた。まだぜんぜん帰りたくなかったのに駅に向かって歩きつづけた。

ゆうなが歩きながら「どこかでお茶してかない？」と言っている。「新宿って不思議なくらいカフェがないのよねー」としきりに頭を捻っている。ないというのは数の問題ではなくて、どうやらゆうなの実感というか印象のようである。新宿は昔からカフェ砂漠で有名なのだと言っている。「中目黒のどこそこみたいなカフェがあればいいのに」と、ひとりごとのようにちいさな声でつぶやくから、店の名前が聞き取れなかったのに聞き返すことができなかった。

まだどことなくトンちゃんには遠慮があった。まだもなにも遠慮だらけであるのはゆうなも感じていた。遊ぶ資金が潤沢になって、以前とは比較にならないほど活動的になったとはいえ、おしゃれなカフェで目的もなくだらだらといつまでも話すような時間の過ごし方をする気にはやはりなれないのか。

思えばそれがいちばん贅沢な遊び方だった。いくら給料をたくさんもらっているひとでも、仕事が忙しければカフェで目的もなくだらだら過ごすことなんてできやしないから、おしゃれなカフェはいつも、時間にもお金にも余裕がある女たちのためにテラスを開放し極上のスイーツをご用意していた。結婚前はもちろんのこと、結婚後も女をつづけるためには子供を育てながら犬を2匹も3匹も育てられるような圧倒的な余裕が必要なのである。カフェで目的もなくだらだら過ごすことができる女たちは、肩書きが学生であろうが主婦であろうがやってることは基本的に同じで、いくつになっても女のままだった。

なにかがおかしい、と思った。まさにその女のひとりである自分も含めておかしいことだらけであるのはわかっているのだが、なにをどうしたらいいのかわからなくて、なにをしてもした気がしなくて、してはならない気がして、ずっとゆうなはイライラしていた。

またかという感じで、おぼえる気がしないくらい次から次へと新しい習い事を始めて、忙しい忙しい言っている母親に「そんなことくらいで忙しい忙しい言わないで」と声を荒げてしまった。「あとついでに言うけど、なにかというと、うちは貧乏貧乏言うの、あれもやめて。あと」

「まだあるの?」

「あるに決まってるじゃない。全部なんだから」と八つ当たりをしてみても、なにが解決するわけでも、なにが変わるわけでもないから余計にイライラするだけだった。

お金持ちであるならせめて、自分がお金持ちであることを自覚して欲しかった。他の家と比較してとかそういうことではなくて、ほんの少しでいいから、一度でいいから自分と向き合い反省してみて欲しかった。無自覚なところがとにかく我慢ならなかった。

これからどんな人生を選んだとしても、母親のように一生女としてのうのうと生きてゆくようなことにだけはなりたくなかった。子供なんて絶対産みたくなかった。産むわけなかった。産めるわけがなかった。自分みたいな女がもうひとり増えると思うだけでぞっとした。

母親に文句を言う資格なんてなかった。自分も同じだった。同じようなことをしているのでも似ているのでもなかった。同じだった。大嫌いだった。母親と同じくらい、いやそれ以上に自分のことが大嫌いだった。

本当だったらトンちゃんと遊ぶ資格なんてゆうなにはなかった。馬鹿にしているどころかトンちゃんはいつでもゆうなの憧れで、羨ましいとさえ感じているのに、言ってることとかやってることだけ見れば、馬鹿にしていると思われても仕方がないことばかりしていた。

あしたどこそこのカフェに行こうとか、どこそこのおいしいケーキ屋さんに食べに行こうかとか、この服かわいいとか、やばいとか、絶対欲しいとか馬鹿かおまえは。買うか食べるかしか能がないのか。なんでもかんでもかわいきゃそれでいいのか。毎日毎日なにやってるの？　なにやってくれちゃっているのよと足の裏でぐりぐり自分を踏みつけたかった。

カフェがないのではなかった。新宿はカフェ砂漠だなんてとんでもない話だった。砂漠なのは自分だった。

思いつかなかった。こういうとき、とはつまり映画を観たあと、ちょっとおしゃれなカフェに行く以外の過ごし方をゆうなは知らなかった。別におしゃれであってもなくてもいいから、トンちゃんと映画を観たあとのとりとめもない話をすることができればいいはずなのに、良かったのに思いつかなかった。発想が圧倒的に貧困なのだ。

ゆうなの少し前を歩いていたトンちゃんが、なにも言わずに駅に向かう地下道の階段を降り始めた。驚いたゆうなは足を止めた。抗議したつもりが気づいてくれなくて置いてけぼりにされた。渋谷とはひと味もふた味も違う、どことなく昭和な感じがする新宿の人混みの中にトンちゃんの背中がいまにも消えそうになった。

振り向くと、駅の入り口の階段の上で、降りようとするひとたちに凄く迷惑そうに顔をされたり覗き込まれたりしながらゆうなが突っ立っていた。その表情は、後ろでちかちかしている巨大スクリーンの影になって見えなかった。

「あのさ」

「うん」

「こっちで話さない？」

「こっちって？」

「ひとがあんまりいないところ」

「どうして？」

「どうしてって」

「なにかあった？」

「別に。なにがあったってわけじゃないけど」

「わかった」

「なにがわかった？」

「いま行く」

「いいよ。来なくて」

「いま行く」

壁が黄色いタイル張りの地下道の階段を上がると、ゆうなの背中はすでに東口の交番のほうへ向かっていた。たくさんのひとたちが銀色の柵に腰かけて待ち合わせをしていた。

交番の裏へ回るゆうなのあとをついて行くと、ひと昔まえの新宿って感じの薄暗い外の廊下みたいな所にコインロッカーが並んでいた。高校生の女の子たちが暑い暑いと制服のスカートを扇いで、夜の空を見ていた。

「ねー。30度もあんだよいま」

「どこ見て言ったの？」

「あっこ」

「え、どこ？」
「アルタの隣りの」
「あれって時計じゃないの？」
「馬鹿じゃないの？　どこの世界に30時なんて時間があんだよ」
「中東だよ」
「どこだよちゅーとーって？」
「馬鹿はそっちじゃん」
夏に文句を言っている女子高生のふたり組がおかしくて、なんだかちょっと羨ましくて
「ねー、見てー、ほらー、あの子たちー」と肘でつついてゆうなに笑いかけた視線をかい
くぐるように、逃げるようにゆうなは視線を落とした。
あ、そっか。勘違いしてたかもしれないとトンちゃんは思った。さっきカフェで夕飯を
食べておなかがいっぱいなのに、ゆうながもう一軒カフェに行きたそうにしてたのは、お
なかが満足してないからではないことくらいわかっていたが、折り入って話したいことが
あったのか。それでゆうなはなんとなく不機嫌な感じになったのかと合点した。
だったら早く言ってくれればいいのに、最初からそう言ってくれればいいのにと思いつ
つも、ゆうなさえ機嫌を直してくれればもう一軒カフェに行ってもいいどころか行きたい
と、是が非でも行きたいとトンちゃんは思った。

ずっとそういう生活に憧れていた。そういうノリで夜をだらだら過ごしてみたいと、ずっと前から思っていた。食べるためでも勉強するためでもなくて、ただそこにいるためだけにいるようなカフェのアンティークなソファに座って、通りを眺めているだけで幸せ、みたいな気分になれる。そういう時間の過ごし方をしてくれる、一緒にいてくれる友達がなんの気なしにいつも傍にいてくれるような生活がしたかった。ずっと前からしたかった。

なのになんとなく自分には無理だとトンちゃんは思っていた。そんな夢みたいな生活はドラマの中だけにしかないのだと思っていた。いや、無理だと必死で思おうとしていた。自分を諦めさせようとしていた。

ゆうならきっと高校生のころから当たり前のようにカフェのあとにまたカフェに行って、友達とずっとだらだら過ごしているうちに夜になって一日が終わるような生活をしてきたのではないか。同じカフェに週に何度も通って、そのうち店員のひとと顔見知りになって、下の名前で呼び合っている、みたいな？　流れでそのままカラオケに行ったりする、みたいな？　とにかくトンちゃんにしてみれば「？」だらけの、謎だらけの生活をさらりと普通にしてきたのではないかと思うだけじゃなくて聞いてみたくて、トンちゃんはゆうなの顔を盗み見た。

なにを伝えたくて呼び止めたのか知らないのだから当たり前と言えば当たり前だが、それにしてもと言いたくなるほど、あまりにトンちゃんは察しが悪いというか鈍感だった。

女ごころに気づいてくれない彼氏みたいに、さっきからずっと馬鹿みたいにスカートの短い高校生の女の子たちのほうを見ながらひとりでニヤニヤしていた。

ゆうなに言われるのを、誘われるのを待つのではなくこっちからもう一軒カフェに行こうと言ってもいいとトンちゃんは思っていた。電車で移動して、中目黒にあるほにゃららとかいうカフェに行かないかと誘うのはアリなのかナシなのか。アリだとしても、行こうと言えるのか言えないのか。迷いながらも楽しいことには変わりなかった。夢みたいだとトンちゃんは思った。ひとりで馬鹿みたいに舞い上がっていた。軽い酸欠状態で頭に血が回らないほど興奮していた。

嘘だった。いやいや、断じて嘘ではないが、嘘と言われても仕方がないほど、それとはまったく別のことをトンちゃんは同時に考えていた。ゆうなとあともう一軒カフェに行けるにしろ行けないにしろ、どっちにしたって行けなかった。行きたいと思わないわけではないが、行く行かないで比べられないことを考えていた。

ゆうなとカフェでだらだらいつまでも過ごすなんてことができたらそれはもちろん嬉しいが、嬉しいとトンちゃんが思わないはずがないのだが、その嬉しいはまたの機会にして欲しいというのがいまのトンちゃんの嘘偽りのない正直な気持ちだった。いくら正直でも、これればかりはなんにもならない正直で、なんの得にもならないどころか大事なものを大事なものから順に失うことになりかねない正直であるのもわかっていた。わかっていてもどうすることもできないとしか言いようがない、言い訳にしかならない正直だった。ゆうなと別れてひとりになったら、すぐにでもカフェに向かうつもりでいた。

朝からずっとそのつもりでいた。西荻窪の駅から北に15分ほど歩いたところにあるモスバーガーに行くつもりでいた。クイーンズ伊勢丹の2階にある、モスはモスでも、なんだかちょっと高級感のある緑色の看板の店だった。遅くとも、夜の8時までには行かなければならなかった。

下見のつもりでランチの少しあとくらいの時間に行ったときは、同じフロアにあるユニクロで買い物をしたあとの客でごった返していて話にならなかった。下のスーパーで買い物だけして帰ってしまった。

クイーンズ伊勢丹は言わずとしれた高級スーパーなのだが、気分が高揚していたのか、普段なら絶対買わないものまで買ってしまった。外国のチョコレートとかグミとかチーズとか、ぽんぽんカゴの中に放り込んで、以前の食費の4日分に相当する2千円を払えとレジで言われても驚かなかった。あっそ、くらいのものだった。

夜の8時過ぎに行ったときは、難なくお金を手に入れることができた。盗んだ相手は、椅子をどけてテーブルにつけたベビーカーに乳児を座らせ、雑誌をぱらぱらめくっていたヤンママだった。顔が変形するほど強く、深く頬杖をついていたのだが、5分もしないうちにテーブルに突っ伏し眠ってしまった。かすかにだが、寝息が聞こえた。

ほかに客はいなかった。ユニクロの買い物客も、ざっと見たところひとりもいなかった。閉店間際でほとんどの店員が厨房の中で後片づけをしていた。ベビーカーの中で指をくわえて見ていた乳児に、やることなすことすべて見られていたのは不気味だったが、ヤンママのヴィトンの財布の中からお金を引き抜くことができた。8千円だった。日記代わりのメモ帳を見れば、全部そういうことが書いてある。

行ってどうなるものでもなかった。確実にお金を手に入れられるわけではなかった。それどころか見つかる可能性だってあった。ないとは言い切れなかった。

なのに見つかって、泥棒だのなんだのと大騒ぎになって、パトカーに乗せられて警察に連れて行かれる自分を、その場面を想像することができなかった。できないがゆえに怖くはなかった。誰かに行くなとぶん殴られたり、腕を摑まれて物凄い力で地面に肩を押さえつけられ、馬乗りにされて耳元で二度とするな、するなら殺すと、あなたを殺してわたしも死ぬと脅されでもしない限り行くつもりだったし、するつもりでいた。なぜかその声は、いつもゆうなの声なのだった。

言ってどうなるものでもなかった。たとえ言えたとしても、なにがどうなるわけでもなかった。それで洗いざらい白状し、もうしないと、もうしませんとトンちゃんに言わせたとしても、言ってくれたとしても得るものはなかった。失うものしかなかった。トンちゃんに避けられるか嫌われるかするのがオチだった。

自分のひとことによってすべてが明らかになったあともトンちゃんと一緒にいる自分を想像することができなかった。言うにしても、言わずに伝える方法はないものかと、ずっとゆうなは考えていた。もしかしてゆうなはいま自分がしていることをなにもかも知っているのではないか、知ってて知らぬ振りをしているだけではないかとトンちゃんに思わせることができるだけでも良かった。充分だった。

いや、良くなかった。最悪だった。言わずに伝える。ちらつかせる。それこそがいまゆうながもっともしてはならないことだった。

もし行かなければ（言わなければ）、行ったときよりも（言ったときよりも）、なおのことそのことで頭がいっぱいになるのは確実だった。忘れるためには行かなければ（言わなければ）ならない。嵐の中だけが嵐のことを忘れていられる。もし行かなければ（言わなければ）外を吹き荒れ、枝ごと葉を吹き飛ばし、立て付けの悪い窓を叩く雨まじりの猛烈な風に気を取られて、ふたりでいてもひとりでいるのと同じになる。

なんといってもこれは自分以外の誰にも聞こえない雨であり風なのだ。もはや1分だって時間を無駄にすることはできなかった。その1分のあいだにそのときが訪れ、そのときが目の前を通り過ぎてゆくのを指をくわえて黙って見ているわけにはいかなかった。

トンちゃんはずっと眉間に皺を寄せて下唇を噛みしめていた。ずっと下を向いて、なにやらひとりで考え込んでいるようだった。

いや、特になにを考えていたわけではなかった。さっき誰かが捨てて行ったタバコの火が気になっていただけのことだった。

ふとなにかに耐えかねたように前に踏み出した一歩でトンちゃんがなにかをぐりっと踏みつけた。男のひとのように見えた。それも漁師かなにかで、海で自由気ままに暮らしている屈強な男子のように見えた。

トンちゃんは、タバコの火ではなく虫かなにかの命を踏みつけているような気分にいつのまにかなっていた。

ムキになったようにまだなにかを踏みつけていたトンちゃんの顔が笑っているように見えた。暗くてよく見えなかったからかもしれない。

「ごめん」

「え？」

「なんでもない。ていうか、なんでもなかった」

「でもなにかあったんじゃないの？」

「あったんだけど、なんかもうどうでもよくなってきちゃった」

「そっか」

「ごめんね」

「ううん、こっちこそ。なんかごめんね」

「え、なんで謝るの？」

なぜかそのときトンちゃんは、ゆうなになにもかも話してしまってもいいような気がしていた。なのに口から出てきた言葉は「じゃあ、きょうは、これで」だった。

「そうだね」

「またね、だね」

「うん。またね」

「ばいばい」

「ばいばい」


これでもう二度と会えなくなるような、会わなくなるような気がしたゆうなの、そしてトンちゃんの予感は外れてふたりはサークルの練習で何度か会った。同じ場所に居合わせたが、一度も口をきいてなかった。なにも話せないまま、合宿の朝を迎えた（8月17日）。

バスも隣り同士の席に座らなかった。向こうから誘ってくれれば座るつもりでいたのにとふたりして思っていた。ふたりともパートナーが見つからなくて、バスが停車した舗道のまん中に突っ立っていた。

先にバスに乗ったトンちゃんの左肩が通路を挟んで斜め前に見える席にゆうなは座った。

談合坂のサービスエリアで声をかけようとして席を立ったときにはもうトンちゃんはバス

のステップを降りていた。

相変わらずの猛暑がつづいていた。日焼け止めも塗らずにバスを降りたトンちゃんの顔を紫外線が突き刺した。駐車場のアスファルトに反射した熱が、特に頬骨の下あたりを、ほんの数分で赤くなるまで焼いた。

駐車場を、これ以上ゆっくり歩くのは無理な速度で歩いたのに、ゆうなは追いかけてこなかった。ぽんと肩を叩くだけでいいのに、あとはこっちがなんとかするのに、声をかけてくれないから振り向くわけにもいかなかった。

この日のためにゆうなと一緒に買ったジャーナルスタンダードのズボンを、いや、パンツを穿いていないとわざと着てこなかったとゆうなに思われるから、なんとしてでも着ていかなければならなかった。チュールの白いレースが袖にあしらわれたコットンの黒いチュニックを部屋で何度も着てみた。何度も鏡の前に立ってはみたけど、何度も何度も観察しすぎたせいでなかなか本葉が出てこない朝顔の芽みたいに1ミリも成長していなかった。ださいままだった。

似合わないとはこういうことを言うのではないかと思った。これはそのお手本なのではないかと思った。服を破り捨てるか自分をトイレで流すか、どちらかしなければならないと思った。

違う。そうじゃなかった。それくらいのことは、別にプロのスタイリストでもデザイナーでなくても予想できた。近いうちにトンちゃんを、いつもゆうなが切ってもらっている美容院に連れて行くつもりでいた。

髪型を変えれば9割印象は変わるのだ。たとえばいつもと違う、ふわっふわのパーマをかけてショートにするとか、なんとなく前髪を分けたりしない、ちゃんとしたボブにするとか、前髪を作るにしても厚めにするとかすれば誰でも別人になれる。トンちゃんがトンちゃんを見て、トンちゃんでないひとになれたような気がするのはきっとそのときなのだ。

そのときはきっと服のほうがトンちゃんよりも遅れていることに、ださいことに気づいて買い物に前より熱が入るだろうとゆうなは思っていた。しめしめと思っていた。次は渋谷界隈を一緒にまわろうと秘かに計画していた。まずはオープニングセレモニーに行って、パルコの半地下にあるミントデザインズを見てからキャットストリートにある古着屋さんを一軒一軒まわろうと思っていた。いちばん効率のいい順路を、ああでもないこうでもないと考えながら楽しみにしていた。

ふたりで映画を観た日の夜に「もしよかったら次の週末に、一緒に髪を切りに行かない？　予約はわたしがしておくから」とノリノリでメールの文面を打ち始めるとすぐに、ふとあのことが気になり手をとめた。そしたらもう「あのこと」のことしか考えられなくなって、送信することはおろか続きを書くことすらできなくなってしまった。

なにもかもが止まってしまった。街がまるごとひとつ消えてしまったようにこころとその周辺が静かになった。物音ひとつしなくなり、なにも起こらなくなった。

これからいろいろ一緒にできると楽しみにしていた気持ちと共に抱えていたはずのトンちゃんに対する不満やじれったさやヤキモキした気持ちもきれいさっぱり消えてしまった。トンちゃんのことなんてもうどうでもよくなったとは言わないが、それまで抱えていたような、自分がどうにかしなければならないという強い気持ちに振りまわされることはなかった。なにを言っても、話してもどうせ変わらない、変えることはできないという弱い気持ちも一緒に消えてなくなってしまった。

なにもなかった。なにも恨んでなかった。なにも後悔してなかった。すべては過去の出来事だった。

言いたくても言えなかった言葉も、どうしてあんなことを言ってしまったのだろうと幾日も頭から離れないくらい後悔していた言葉も、その言葉自体は思い出せても、その言葉を口にしたとき、あるいは考えたときのひりひりとした気持ちは思い出せなかった。むしろ不思議でしょうがなかった。

なぜあんな些細なことをいつまでもぐじぐじひとりでわたしは考えていたのだろう。もはや一刻の猶予もならないと、すぐにでもトンちゃんに言わなければならない、思うだけではなくて言わなければならない、言われなければわからない、わからないこともわからない。

だってトンちゃんはいまなにも知らないのだから。わたしがこんなことを考えていると は知らないのだから。となにがそんなに自分を居ても立ってもいられなくさせていたのか、必死にさせていたのかわからなかった。

ああ、そうか、もうなにもかも終わってしまったんだ。もう終わりだ。これでおしまいだ。確実にトンちゃんに嫌われる。いや、もうすでに嫌われてしまったんだと頭を抱えることも焦ることも諦めることもできないほど終わってしまったんだ。なにかが根本的に終わってしまったんだ。終わることもできないほど終わってしまったんだとゆうなは思った。ひとごとのように思った。いや、なにも思わなかったし感じなくなった。

暑さのせいにして一日中外に出ず、クーラーとテレビのリモコンを床に並べて家でごろごろしてばかりいた。これ絶対、外に出た瞬間溶ける、死ぬとか言って、ソファに寝っ転がりながら子機で注文した宅配ピザを母親とふたりで食べたりしていた。ひと切れ食べてすぐ、油っこい、素麺にすればよかったと母親は言い、犬のエサかなにかみたいに段ボール紙のトレーの上に置いた。そんな夏だった。

最初はなにが起きているのかわからなかった。それは合宿の三日目の夜のことだった（8月19日）。

パート別に反省会が行われているはずの大広間に風呂上がりのジャージとTシャツ姿の

ひとだかりができていた。誰もひとことも口をきいてなかった。

立ってる者は立ってるまま、畳の床に腰をおろし足を伸ばしている者は足を伸ばしているまま口を噤んでいた。湯あたりして部屋で横になっていた曽我部さんと一緒にゆうなが来たのを知ると、そこにいる誰もが助けを求めるような目をして振り返った。

「なにかあったの？」

「誰かが荻野さんの財布からお金を盗んだんだって」

「嘘でしょ？」

「嘘じゃないらしいよ」

変質的に行動のすべてを、どの駅で地下鉄に乗ってどの駅で降りたのか、切符代はもちろんのこと、乗った車両が何号車だったかまで記録している荻野さんだからこそ気づいたのだ。盗まれたのは2千円だった。

「わたしたちも確かめに行く？」

「え、わたしは別に」

「いいの？」

「え、だって2千円とかなんでしょう？」

「金額の問題じゃないのよう」

叫びながら顔を上げた荻野さんが曽我部さんを睨んだ。「誰だか知らないひとにお財布を触られて、開けられたこと自体がショックなの。ショックだったの。わたしだって、別にお金なんてどうだっていいの。勘違いしないで。お願い」と泣いて怒ってまた顔を伏せた。「ごめんね、わたしそういうつもりじゃ」と曽我部さんは、突っ伏して泣いている荻野さんの顔を覗き込みながら背中をさする女子たちの輪の中に加わった。

そのすぐ隣りにトンちゃんがいた。女子達の輪のすぐ横で膝を抱えて座って、前髪の下からゆうなを見ていた。トンちゃんだけが練習のときの服装のままでいた。黒のデニムを履いて深緑色と白のチェックのネルシャツを着ていた。わざと着ているとしか思えない、あのださい服を着ていた。

自分もお金を盗られたかもしれない。財布の中身がちょっと足りないような気がする。えー。やだー。こわいーと怪談話でもするかのように騒ぎ始めた女子たちの足元で体育座りをしているトンちゃんの膝のトンネルの下には例のノートが、あのA6判のコクヨのノートがあった。

もしトンちゃんが盗んだのならそこに全部書いてあるはずだとゆうなは思った。トンちゃんなら間違いなくそうしているはずだ。全部そこに書かれているはずだ。

確かめに行こうか。いや、でももし本当だったら。本当にトンちゃんが盗んでいたら、盗んでいたと知ったら、知ってしまったらどうするのか。想像しただけでうまく呼吸ができなくなった。心臓がきゅっとなった。

合宿のお金が足りないなら、足りなかったのなら言って欲しかった。貸して欲しいと言って欲しかった。いまさら遅いのはわかっているけど、そう思わずにはいられなかった。2千円とか3千円くらいならいつでも、いくらでも貸せたのに。

誰だって、お金をくれとは言えない。ちょうだいとは言えない。面と向かって言えるわけがない。だからこそ貸してくれと言うのである。でも本当は、お金をくれと言いたいのである。ちょうだいと、貸して欲しいじゃなくて、欲しいと、くれと言いたいのである。

もちろんそれくらいのことは貸すほうだってわかっている。貸してくれと頭を下げに来るひとと同じくらいわかっている。だからこそ貸したお金が返ってくるこないでヤキモキするよりも、あれはあげてしまったお金なのだと諦めてしまったほうがずっと穏やかな気持ちでいられる。

いつか父がそう言っていた。母は、いつもそうやって同級生や親戚に貸したきりになっているお金のことを父が誤魔化している、まるめこまれていると言うが、わたしはそうは思わない。そんな生半可な気持ちでひとにお金をあげることなどできないと思う。

だから安心して欲しい。貸すほうは貸すほうで、あげるくらいのつもりで貸しているのだから、返すアテがなくても貸してくれと言えばいいのである。そしたら喜んで貸してあげる。もし足りないなら、父からお金を借りてでも貸してあげる。

あげる、じゃないな。貸させてください。お願いだからどうかわたしに貸させて欲しい。

合宿のお金が足りなくて困るのはトンちゃんだけではないのだから。寂しい思いをするのは、行けなかったトンちゃんよりもむしろ、ひとりで行くことになるわたしのほうなのだから。どうかわたしのために、わたしの財布からお金を借りて欲しい。欲しいとわたしに言って欲しい。

いや、言わなくていい。黙ってただ受け取るだけでいいとゆうなが思っていることは最初からわかっていた。ゆうながこっそりお金をくれるようになったときからわかっていた。だからトンちゃんは、ゆうなからだけは、たとえ誰にお金を借りることになったとしてもゆうなからだけはお金を借りることはできないと思っていた。ゆうなからお金を借りるくらいなら、貸してと言うくらいなら死んだほうがマシ。ずっとそう思っていた。

いつからか、ふたりで会うたびにゆうなはお金をくれるようになった。それもわからないようにこっそりと、トンちゃんの目を盗んで2千円とか3千円とか、トンちゃんの財布の中に入れるようになった。ゆうなにしてみれば、それくらいの額なら増えても気づかないと思っていたのかもしれないが、1日千円で暮らしているトンちゃんにしてみれば、急にお金が2倍とか3倍になっているのである。気づかないはずがなかった。

さすがに気づかないとはゆうなだって思ってなかった。たとえ気づかれてもシラを切り通せばいいとゆうなは思っていたしそうしていた。このお金はなに？　どういうつもりでこんなことをするの？　いつまでこんなことをつづけるつもりなのかと黙ってトンちゃんに睨まれてもじっと目をそらさずにいた。

誰のお金であろうがお金はお金である。トンちゃんが必死でアルバイトをして貯めたお金であろうがアルバイトで手にしたお金をすべて洋服を買うことに注ぎ込め贅沢三昧の、物欲まみれの女子大生からもらったお金であろうが同じではないか。千円は千円ではないか。

それになんといってもこっちは生き死にが関わっているのだ。贅沢三昧の、物欲まみれの女子大生は、自分の財布の中に千円あってもなくても生きたり死んだりすることはないが、トンちゃんは千円あれば1日生きてゆけるのだ。なければ死んでしまうのだ。もうあと2千円か3千円あればみんなと一緒に飲みに行ったりカラオケに行ったりすることができるのだ。服を買ったり髪を切ったりお化粧をしたりすることができるのだ。その違いのほうがよっぽどおおきいではないか。

違う。

違わない。

いや、絶対に違う。

ならなにが違う？

ゆうなにはそれがわからないのである。だから平気な顔して、しらーっとひとの財布にお金を入れるような真似ができるのである。まるで自分の親か娘か兄妹みたいに、お小遣いをくれるみたいにお金をくれるなんてことができるのである。

トンちゃんはさっきからずっとゆうなのことを睨んでいた。鏡を見ながら切って切り過ぎたのか、浮き上がった前髪の下から怖い目をして睨んでいた。鏡を見ながら前髪を切るとどうしたっておでこに皺が寄るから、寄った分だけ切り過ぎてしまわないよう気をつけたほうがいいとひとこと言っておけばよかった。水で濡らしてむりやり押さえつけようとしている、その濡れた感じがあまりに憐れで直視することができなかった。

だからきっとトンちゃんがそのとき思っていたように、トンちゃんの視線からゆうなは逃げていたわけでも目をそらしていたわけでもなかった。トンちゃんの財布の中に黙ってお金を入れたことに気づかれたあとだってそうだった。トンちゃんに物凄い目をして睨まれるたびにゆうなはお経を唱えるみたいに考えていた。

わたしは絶対に間違っていない。いいことをしたとは、してあげたなんて思っていないが、間違ってはいない。正しいことをしたとは思っていないが、間違ってはいない。間違ってはいない。間違ってはいない。

膝を揃えて座って下を向き、唇を嚙みしめていたゆうなの耳元に曽我部明花梨が顔を近づけた。風呂上がりなのにまた化粧をしたグロスまみれの唇でなにやらゆうなに話し掛けている。うん、うん、あ、そうなのとゆうなは、やけに神妙な面持ちで耳を傾けている。

ちなみに曽我部明花梨と書いてそかべあかりと読むのである。ふたりはまるで姉妹のように、している格好も髪型も似ていた。ジャージでもスウェットでもなくショートパンツを穿いていた。ゆうなはベージュで、曽我部明花梨は白だった。

そもそもジャージを穿いていたのは男子だけだった。女子は図ったみたいにみんなショートパンツで、それも穿き古したジーンズをハサミでじょきじょき切ってお尻が半分見えそうな、ギャルが穿いてそうな過激なものではなくて、膝上できっちり折り返すくらいの長さの、ちっともショートではないショートパンツだった。どんなに暑くても、寝苦しくても、あからさまに太腿を見せたりしないお嬢様たちのための、ちっともショートではないショートパンツだった。上もタンクトップとかではなくて、ブラが透けないくらいの厚みがあるTシャツだった。

「高瀬さんはいいの？　確かめに行かないの？」

高瀬さんとはゆうなのことである。

「うん、いい」

「2千円くらい別にいいのにね。盗まれたって」

「え？」

曽我部さんが意地の悪い村人みたいな目をして笑った。さっきトイレに行く振りして自分の部屋に確かめに行ったみたいで、盗まれてなかったと知ってほっとしたからそんなことが言えるのだ。

どうしてトンちゃんはこういうひとの財布からお金を盗まなかったのか。こういうひととはつまり意地の悪い村人みたいな目をしてひとの不幸を推理ゲームのようにして楽しんでいるひとのことで、曽我部さんとは何年同じサークルにいても友達にはなれそうもなかった。

あーあ、とゆうなは天井を眺めていた視線をそのまま後ろにひっくり返して倒れそうになった。慌てて手を後ろにつこうとして畳の目で薬指と小指の第二関節のあたりを血が出るほど強く擦った。


警察、という言葉を誰かが発した。すると即座に誰かが否定した。

「お金さえ返してくれれば別にいいんじゃない？　こんなこと、とっとと終わらせて部屋でビールを飲もうよ、部屋飲みの買い出しに行こうよ」

投げやりではあるがその声は、盗みやいじめ行為の犯人を教師ひとりが把握してほかの生徒には教えないことで事なきを得る最上の方法をなぞろうとするものだった。一定時間誰も立ち入らぬことにした部屋のまん中に盗んだお金を返してくれれば、警察に通報しないのはもちろんのこと、サークル内でもお咎めなしの無罪放免にする。

にわかに賛同する声が上がった。さっそく準備しようと、秋の定期演奏会でサークルを引退する諸先輩方が重い腰を上げて動き出した。彼ら彼女たちの表情から察するに、どうやらなんとなく後輩の誰かがやったのではないかと思っているようである。

無理もないとゆうなは思った。誰だって何年間も同じサークルの一員として活動してきた仲間の中に盗みをするようなやつがいるとは思いたくはないだろう。だがこの方法に賛同する気にはなれなかった。

ほんとにそれで済む話かなー。別の誰かが声を上げた。もちろんサークルは辞めてもらうことになるんだろうけど。言い訳するようにつぶやいた幹事長の声には、なにもこっちから言わなくても辞めることになるんじゃない？　自主的に辞めてくれるんじゃない？となぜか半笑いの、ゆうなの位置からは姿の見えない別の誰かの声が答えた。

「そうじゃないのよお、別にわたしはそのひとに辞めて欲しいとか、謝って欲しいとか思っているわけでも怒っているわけでもないのよお、そうじゃないのよお」

荻野さんが声を上げてまた泣き始めた。サイドの髪を口でくわえながら、ただ自分はどうしてわたしのお金を盗んだのか犯人のひとに聞きたいだけなのだと言った。

平気で盗みをするようなひとがいまもこの中にいるのかと思うだけで夜も眠れなくなるくらい不安になるのを知ってて、わかっててこんなことをしたのか、仲間のお金を盗むようなことをしたのかと聞きたい。いいや、言いたい。ふざけないで欲しいと言ってやりたい。

「あなたもそう思うでしょう?」と彼女の背中をさすってくれていたひとたちに、つまりはいまもまだ彼女が信じているひとたちに向かって言った。信じられるひとたちの中に身を潜めている信じられないひと、裏切り者の犯人に向けて訴えた。

いよいよヒステリックに叫び始めた荻野春菜は「お金なんていらない。返して欲しいだなんて思わない。わたしのお金を盗んだという事実とともに、悪いけど、ううん、悪くないけど犯人のひとには消えて欲しい。いなくなって欲しい」と叫ぶなり畳に突っ伏し嗚咽が止まらなくなった。もう誰も信じられない、信じられないと頭を振った。

まるで便所コオロギかゴキブリを見るような目をして荻野春菜を見ていた男子たちを、彼女の背中に腕をまわして慰めていた女子たちがずっと睨んでいた。いつも中学生のように肩をぶつけて、どこへ行くにもなにをするにも一緒の3人組、諏訪と戸塚と鶴巻だった。

「ごめん、ちょっとでいいから冷房、強くしてくれない?」

ヴィオラの女子の先輩、会田美華梨が言った。このサークルの中では珍しい部類に入るスタイルで、縦巻ロールパーマ系の派手な女子だった。どうやら彼女は幹事長に向かって言ったようだが、おれ行ってくると、立ち上がり掛けていた幹事長を押しのけ、突っかけるようにし旅館の受付に走って行った綾瀬翔太がその先輩に、会田美華梨に気があることはサークルの中の誰もが知っていた。

ゆうなは昔ちょっと綾瀬翔太と付き合ったことがあった。だからなのか、ゆうなの表情がにわかに曇った。左の眉の根元に皺を寄せながら綾瀬翔太の背中を睨んでいた。

表情がにわかに曇った、なんてものではなかった。なんでおまえがここで出てくる、しゃしゃり出てくる、うるさい、黙れと叫びそうになるすんでの所でゆうなは自制するのがやっとだった。

そんなことをしたら綾瀬翔太にまだ未練があると思われる。会田先輩にそう思われるのはいい。まだいいが、トンちゃんにそう思われるのだけは嫌だった。心外だった。

大広間の畳の海で、10メートル以上離れたふたりのあいだを誰が通ろうと、誰が腰をおろそうと双眼鏡で透視するみたいにずっとゆうなのことをトンちゃんは見ていた。何も言わずに見ていた。


去年のいまごろから冬にかけて、ゆうなはトンちゃんとあまり連絡をとらなかったことがあった。いかにも年頃の女子大生らしく、男と付き合い始めたことをトンちゃんは快く思ってないどころか軽蔑しているのはわかっていた。軽蔑されても仕方ないと思うのも、なんで男と付き合っただけで軽蔑されなければならないのかと憤っているのも同じゆうなだった。

綾瀬翔太と付き合っているあいだずっとゆうなは孤独だった。サークルいちのイケメンと言われる綾瀬翔太をひそかに狙っていたサークルの先輩たちからは、抜け駆けしたずる賢い女を見るような目で見られた。

　ひとりで行動しようとすれば必ず、誰と会うのか、どこへ行くのかとさり気なく聞いてくる綾瀬翔太の目が常に光っていた。語学のクラスの飲み会に行くのだと言うと、その中に男はいるのかとストレートには聞かずに、物凄く苦労して、ぼやかして、遠回りをしながら、だがなんとしてでも自分が必要としている情報をゆうなの口から聞き出そうとした。

　ぼくがきみを守ってあげるが彼の口癖だった。いちいち行き先を言わなければならないのかと、はじめてゆうながキレかかったときは「だっておまえ、かわいいから。心配なんだよ」と真顔で言われた。心配だからと言えばなにをしても、なにを要求しても構わないと思っているのか。かわいいと言われれば女はいつでも喜ぶとでも思っているのか。本気でキレそうになった。

　たぶんこのひとは物凄く優しいひとで、結婚したら自分の奥さんを物凄く大切にするひとになるのではないかとゆうなは思った。いや、間違いなく「いい旦那さん」と言われるひとになるのだろうと思った。なにも言わなくても皿を洗ってくれて、あらごめんなさい、疲れているのに悪いわねーと奥さんが言えば、きみにはいつもおいしいものを作ってもらっているからねくらいのお世辞がちゃんと言える。近所でも評判のいい旦那さんに彼はなるのだろう。

　なのになにが不満なのだろう。なにが気に入らないのだろうとゆうなは思った。彼の奥さんになったわけでもないのに、なってすでに退屈な毎日を送っているかのように思った。思うたびに自分がこころの汚れた、穿ったものの見方しかできない、不幸な人間であるように思えた。

綾瀬翔太はゆうなのことを物凄くきれいな人間だと思っていた。こころが、というわけではなくて、なんというか、もっと即物的な、脱いだパンツを裏返しにしたまま風呂に入るようなことなどするわけないとか思っているはずだった。行く行くは自分の奥さんになるかもしれないひとに過大な、あらぬ幻想を抱いていると、もちろん本人の口から聞いたわけではないが、たわいもないことを話している彼の言葉の端々から伝わってきた。知らず知らずのうちに彼の幻想を破らぬよう努力している自分こそがあらぬ幻想を男に抱かせている張本人であるような気がして、ぞっとした。

綾瀬翔太のベッドは男の子にしては凄くきれいなベッドで、シーツもいつも洗濯したての、まっさらなものだった。彼とセックスしたあと、自分の尻の下あたりに付着した、自分の体から流れ出たものを手や尻の下に隠しながら眠るたびに、彼や彼が東京で一人暮らしをするためにシーツやベッドやカーテンを、いかにも大学生の男の子の部屋にありがちな青で揃えて買って送ってくれた彼の母親や、なぜか彼の親戚たちまで出てきて罵られる夢を見た。

それは結婚式の当日だった。口では言わないがどうやら綾瀬翔太やその親戚たちは、ゆうなの親類縁者や会社の上司や同僚がひとりも出席していないことに腹を立てているようだった。

　広い広い披露宴会場の、まるでシーツのような白い布地を掛けられた、10も20もあるテーブルのひとつにトンちゃんが座っていた。丸いテーブルのまん中で、膝を抱えて座って、あのださい濃い緑と白のネルシャツに蝶ネクタイをして黒いジャケットを羽織っていた。固く握られた両手を膝の上に置いてこっちを見ていた。なぜかその顔は車に轢かれた猫みたいに血まみれだった。

　ぎゃ、と思わず叫んで目が覚めた。そんな夢まで見るのに男と付き合いつづけているのはなぜなのか。綾瀬翔太はいつも黙々と、それもかなり長いあいだゆうなの胸に吸いついていた。胸を吸われているほうから見ると、それはかなり滑稽な姿で、大のおとながなにをしているのだと言いたくなるほど異様な光景で、赤ちゃんみたいで、なにかの弾みに笑い出したら止まらなくなりそうな危険な香りが常にしていた。ゆえに集中するのは容易でなかった。たぶん彼は、いや、間違いなく彼は、そうするのが普通なのだと思っているし信じているのだろうと思うと余計におかしくなるのだった。

　もうなにが普通でなにが普通でないのかゆうなにはわからなかった。セックスのあとの、あの独特の匂いに包まれたベッドに横たわり目をつぶっていると、夜尿症が中学生になっても治らずに、こっそりベランダに干して乾かそうとしていたところを弟に見つけられた日のことを思い出した。

別に弟が悪いわけではなかった。綾瀬翔太が悪いわけでもなかった。悪いのは自分で、嫌と言えない自分が悪いのだった。やっとの思いで言えたのは、「別れましょう」というひとことだった。


去年の年末に綾瀬翔太と別れたゆうなが年明けに送ってくれた年賀状の端に「今年も一緒に、たくさん遊ぼうね」と書いてあったのがきっかけだった。ふたりはヨリを戻した。以前のようにまたふたりで会うようになった。

「またね」「うん、またね」と手を振り合い、ゆうなの背中が駅の人混みの中に消えて見えなくなってからトンちゃんは自転車に乗って、いつものように立ち漕ぎして、早稲田通りの長い坂道を登った。汗だくになりながら、雨が降ればずぶ濡れになりながら、西荻窪のアパートに帰ると財布の中身が2千円とか3千円とか増えているときがあった。

それも頻繁にあった。またかという感じであった。そのうち段々と気にならなくなった。嘘だった。気にしてなくても気にしていた。なにも考えていないときもそのことだけは考えていた。ずっと考えていた。ずっとこころを掴まれていた。

会えば必ずゆうなはお金をくれた。くれると言わずに必ずくれた。そのうち自分でも、ゆうなに会いに行くのかお金をもらいに行くのかわからなくなった。その悲しみを、ゆうなはいったいどこまで理解しているのか。どこまでも、地の底までも理解してもなおそうしているのか。そうせずにはいられないのか。それともまったく理解していないからこそのほどこしなのか。

　ゆうなが食事のあとにもう一軒カフェに行こうと言えば、それはもうほどこしを受けるかどうかトンちゃんが決めるときだった。せめて最後くらいは自分で決めろと言わんばかりにゆうなは必ず「どうする？」と聞いた。

「もう一軒、カフェに行く？」

　行けば必ずトンちゃんの財布の中にお金を入れてくれるのである。もはやあうんの呼吸だった。カフェでトンちゃんが「ごめん、ちょっとトイレ」と席を立つとき、ゆうなと目と目が合えば入金完了だった。トンちゃんがトイレから帰るまでにはきちんと財布の中にゆうなのお金が振り込まれていた。


　あのー、とトンちゃんが立ち上がった。いかにもトンちゃんらしく、のっそりと腰を曲げたまま大広間のまん中で、自分の足もとを見ながら突っ立っていた。え、なんだろう？　渡辺さんが自分から発言するなんて珍しい。サークルのひとたちの視線がトンちゃんに集まった。

「実はわたし」といまにもトンちゃんが口を開きそうで、告白しそうで慌ててゆうなも立ち上がった。

特になにも言う気はなかった。トンちゃんはただちょっとトイレに行こうとして立ち上がっただけだった。なのにみんなの視線が集まってしまった。

「もういい」とゆうなが言った。え、なにが？　という感じで、みんなの視線が今度はゆうなに集まった。

「全部わたしが悪かった」とゆうなが泣いた。「だからトンちゃんを、渡辺さんをゆるして欲しい」

ゆうなに集まっていた視線がそのままトンちゃんに振り向けられた。

最初の「もういい」はわかった。でもなぜいま「全部わたしが悪かった」なのか。サークルのみんなにはわからなくてもトンちゃんにはわかった。わかり過ぎるほどわかった。

だが「ゆるして欲しい」がわからなかった。なぜいまこのタイミングで「渡辺さんをゆるして欲しい」なのか。いったい自分のなにをゆるして欲しいとゆうなは自分の代わりにサークルのみんなに訴えているのかわからなかった。

もしかしてゆうなは、カフェでトンちゃんが盗みをしていることに気づいていたのかもしれない。気づいていたのに黙っていたのかもしれない。だとしても、仮にもしそうだとしても、なぜいまそのことをサークルのみんなにゆるしてもらわなければならないのか。サークルのみんなの財布からはまだ1円だって盗んでいないというのに。まだなにも盗もうと思ったことすらないというのに。

そう思っていたのはトンちゃんだけだった。サークルのみんなはゆうなの言葉の意味を正確に、そして瞬時に受け取っていた。

トンちゃんが犯人なのである。渡辺康子が荻野春菜の財布からお金を盗んだのである。渡辺康子は、ふう、と短くため息をついた。信じられないほどさばさばした表情をしていた。特にわたしから言うことはなにもない。煮るなり焼くなり好きにしてくれ。どうにでもしてくれとでも言いたげな、自分の顔をトイレかどこかに置き忘れてきたみたいな顔をしていた。表情と呼べるものがそこにはなかった。

渡辺康子は新宿で一緒に映画を観たあの日以来はじめて高瀬由宇奈の目をまっすぐに見た。その目は自分がやったともやってないとも言ってなかった。

まったくその通りで、やったともやってないとも思ってなかった。どうしてこんなことになってしまったのか。ただそう思っていた。渡辺康子は東京に出て来てからの1年と半年あまりのあいだのことを、まるで他人の日記を盗み読むように思い出していた。

荻野春菜は言い出せずにいた。いまもまだ自分の肩の上に手を乗せて慰めてくれている親友の上原朝海に飲み会のとき借りた2千円をバスの中で返したことを忘れていた。いや、思い出したのに言い出せずにいるうちに渡辺康子が立ち上がった。すると彼女が犯人だと高瀬由宇奈が告発した。彼女をゆるして欲しい。悪いのは自分だと泣き出したりするから言えなくなってしまった。齢20にして墓まで持っていかなければならない秘密を彼女は抱えてしまった。

血相を変えて走り出した綾瀬翔太（当時20歳）が毎年このサークルが利用していた河口湖畔の合宿旅館の経営者・浅島孝市（当時55歳）に事の次第を報告するとこの男は思慮分別もなく即座に警察に通報してしまった。それがこの事件の発端にしてその全容だった。

２０１０年８月19日午後10時28分。山梨県警富士吉田署の捜査員のふたりは渡辺康子のグレーのリュックサックと彼女が所持していたA６判のノートを押収し、彼女の身柄を拘束した。合宿所の中庭に停められたパトカーの後部座席に座らせ、騒ぎを聞きつけ集まってきた近隣の主婦や子供たちの晒し者にした。

パトカーのサイレンの回転灯が赤い光を一周まわすごとに車のワイパーのように、ぐくん、ぐくんと金属をわずかに軋ませる音が誰の耳にも聞こえるくらい静かな夜だった。裏の雑木林の葉の裏側も、２階建ての合宿所の錆びたトタンの壁も、野次馬のひとたちの目の表面も赤く染められていた。

サークルの中の誰ひとり近づかなかったパトカーの窓に高瀬由宇奈が耳をあてていた。渡辺康子が彼女になにかを伝えようとしている。その声が聞こえなかった。

ゆうなは悪くない。悪くないと何度も言っているように見えた。悪いのはわたしだから。ただの自業自得だからとうつむいたように見えた。ゆうなの目にはそう見えた。

でもたのしかった。嬉しかった。素直に喜べなかっただけなの。ごめんねと笑ったように見えた。

「素直になんて無理だよトンちゃん」

そうだね。無理だね。

「でもたのしかったね」

そうだね。たのしかったね。

「じゃあ、きょうは、これで」

そうだね。

「またね、だね」

うん。またね。

「ばいばい」

ばいばい。

わたしの娘

わたしの妹（小西明日香・24歳・無職）が逮捕された。グレーのスウェットの上下。思春期の子供のようなさらさらの長い髪で顔を隠しながら連行される姿が「5歳女児死亡保護責任者遺棄致死の疑いで逮捕」というテロップと共に夕方のテレビのニュースで流れた。

まさかとわたし（長野満里子・40歳・無職）は手をとめた。いまにもサヤからこぼれ落ちそうな枝豆を見つめた。

明日香が東京に、それも目黒区なんておしゃれな街に引っ越していたことも知らなかった。できることなら知りたくなかった。知らなかったことにしたかった。わたしは枝豆の塩気がついた指を舐めた。

くわばらくわばら。日本人はむかしからこういう不幸としか言いようがない出来事が起きたときはそう唱えることに決まっているのだ。

くわばらくわばら。人生いろいろ。楽ありゃ苦もあるさ。左手で頭をくしゃくしゃにしながら右腕をソファのクッションのあいだに突っ込み、摑み出したリモコンでチャンネルを変えた。

グルメリポーターをなりわいにしている、ぱっと見きれいな顔をしてはいるが、テレビに出られるほどきれいな顔なのかと聞かれれば答えはノーの女が、銀座の三徳堂のマンゴーかき氷を、口の中ですぐ溶けるだの、これなら何杯でもいけちゃうだの、まだ明るいうちからビールを飲んでいるアル中寸前の無職の女でも思いつきそうなことを言いながら口に運んでいる。

死ね。ソファに寝そべったままの姿勢でテレビに向かってわたし（長野満里子・40歳・無職）は腕を伸ばし、答えはノーの女を撃ち落とした。

さらば地上波。コクがあるのにさっぱりしててしつこくないだの、これなら女性もいけるだの、箸で切れるくらいやわらかいだの、一生言ってろ。

テレビがネットフリックスのホーム画面に切り替わっても母（長野容子・71歳・無職）の様子に変化はなかった。きのうルミネカードをつくりに行ったついでに成城石井で買ってきたいもけんぴ（250グラム・411円（税込））を口の中に運びつづけている。

マイリスト。視聴中のコンテンツ。人気急上昇の作品。ドキュメンタリー。ドラマ・アニメ。実話に基づく映画。エキサイティングなSF・ファンタジー。選択すると動画になり、ループする写真を並べたネットフリックスのホーム画面が座卓に頬杖をついた母の瞳の上を流れてゆく。

無理もなかった。元はと言えば母が始めたことなのだ。

母の手首にはケロイドがある。枝豆の竹の籠を模したプラスチック製の丸い容器を引き寄せた左の手首の外側に、見る角度によっては男物の腕時計をしているように見えなくもない傷がある。養子縁組をした妹に血が出るほど何度も噛まれつづけた痕だ。

明日香を養子にし、自分の娘として育てると決めたのは母（長野容子・49歳・専業主婦）の意地だ。意地だけで母はそうすることに決めた。

高校を卒業し、地元（神奈川県横浜市）の短大に進学した母（山口容子・20歳）は父親（山口茂雄・50歳）が急死しなければ保母（保育士）になるはずだった。8人兄弟の長女として生まれ、ちいさいときから下の子たちのお守りをしていた。子供のことならそれこそ子供のころから興味あった。

兄弟姉妹の中でもいちばんおとなしく地味で特に秀でたところも劣ったところもない子供だった。保母になり、貯金ができたらアパートを借りてひとり暮らしをする。母が誰にも言わずひっそりと抱いていた、たったひとつの希望はバールで抜かれた釘のようにねじ曲げられた。末っ子の弟が大学に進学するまでの10年間、それこそ20代のすべての時間と精神のすべてを神棚に上げるが如く捧げ、洗濯、掃除、料理に明け暮れる日々を過ごした。

母は30歳で結婚をし、翌年わたしを出産した。相手は銀座に本社がある製薬会社に勤めるサラリーマン（長野諭・31歳）だった。わたし（長女・長野満里子）が5歳になった年、父の地元である埼玉県大宮市（現・さいたま市）の新興住宅地に家を建てた。

母（長野容子・46歳）はわたし（長野満里子・15歳・高校1年）に絵を描く才能があると知ると驚喜した。通い始めた進学校（県立の女子校）の雰囲気に馴染めず、休みがちだったわたしは美術教師の強い薦めもあって美大を受験することになった。母の中には彼女自身も気づかないほど奥深くに池田満寿夫のような画家になり、ゆくゆくは小説家としてデビューするという子供のころに見た夢が隠されていたのだ。

わたしはどこの美大も受からなかった。美大専門の予備校でデッサンをせずに大学生の若い講師と性行為ばかりしていたのだから当然だった。そんな折だ。母が明日香を養子にし、自分の娘として育てると言い出したのは。

頼みの父も反対してはくれなかった。大学になんてもう行く気はないのに浪人していたわたし（長野満里子・18歳）に16歳下の妹ができた。

2歳の誕生日を迎えたばかりの妹には、施設で暮らした記憶なんてほとんどなかったはずだ。母親に捨てられた陰などどこにも見えなかった。よく笑う、明るい子だった。

いまでもときどき家族4人で尾瀬のハイキングコースを歩いた日のことを思い出す。家族4人でした最初の旅行だった。そして最後の旅行になった。湿原の上に木道と呼ばれる木の道が敷かれ、高低差がなく歩きやすいハイキングコースであったとはいえまだ5歳で幼稚園に通い始めたばかりの明日香は愚図ることなく終始笑顔でご機嫌だった。空の高いところにヒバリを見つけ、口をあけたまま馬鹿みたいにずっと見上げていた。

予約をしていた山小屋の三角屋根が遠くに見える木道の脇に設えられたベンチで休憩していたときだった。砂の中からポコポコと水が湧いている場所を見つけた。木道の縁にしゃがみ込んでいた母の後ろから覗き込んでいた明日香がいたずらっぽい笑顔で振り向き、わたしに手招きをした。

かわいい妹のためだ。ずっと平坦な道なのにあした絶対筋肉痛になると確信していたわたしが腰をあげ、立ち上がりかけたそのときだった。ちょん、と妹が母の背中を押した。湿原の泥の中に頭から落ちた母は終始、尾瀬の希少な植物を傷つけてはいないか心配してばかりいた。母と妹が風呂に入っているあいだ父とわたしは山小屋の正面に開けられた2階の窓から白樺の林を眺めていた。遠い記憶のように音もなく風に揺れていた。体ごと両腕を揺する枝の先から葉がちぎれたように舞い、こぼれ落ちた。

わたしは出窓に尻を半分のせていた。気持ちのいい風が部屋の中にも流れていた。もう何年も前からそこでそうしていたかのように、窓の横に掛けた母の登山着が濡れた袖を揺すっていた。

父はわたしに手伝えとは言わず、文句も言わずにひとりで布団にシーツを掛けていた。空気が入って膨らんだところに倒れ込み「これでよし」とひとりごとを言った。

なにがいいものか。よしなものか。なにもよくない。湿原のベンチでタバコを吸っていた父も妹が母にしたことを見ていたのだとわたしは確信した。


明日香の噛み癖は尾瀬から帰ったその日の夜から始まった。養子にして以来ずっと明日香は川の字に並べた布団の真ん中で父と母に挟まれるようにして眠っていた。

「ほらもうおやすみなさいの時間だよ」

お気に入りのキキララのパジャマに着替えさせ、寝かしつけた母が電気の紐を引っ張り消そうとすると明日香は布団を撥ねのけ、母の左腕に噛みついた。

顔はいつものよく笑う、明るい子のままだった。母は母で痛い痛いと口では言うものの、ちっとも痛くないかのように笑顔のままで、どんなに強く噛まれても怒ろうとはしなかった。


(目を閉じたら死ぬ。眠ったら死ぬ。もう二度と目を覚ますことはできない。二度目の人生なんてない。)

養子縁組をしたいまの人生が二度目の人生であることを知らない妹は歯の隙間から血が滴り落ちるほど強く噛んだ。母を突き落としたときと同じ目をしていた。敷居の上で見ているることしかできないわたしを観察していた。

父は布団の上で取っ組み合っているふたりを眺めることしかできずにいるわたしの横を擦り抜け、庭にタバコを吸いに行った。明日香の噛み癖は小学校に上がる直前までつづいた。

わたしの妹（長野明日香・7歳）がその喜びをはじめて知ったのは押し入れの中に隠れていたときだった。母（長野容子・54歳）が買い物に出掛けているあいだに思いつき、ひまでなんとなく隠れてみたのだが効果は絶大だった。

明日香、明日香と何度も名前を呼びつづけたあとは母はファミレスでアルバイトをしていたわたし（長野満里子・23歳）の携帯に何度も何度も電話をした。出ないとわかると店の番号を104で調べ、レジの横の電話に勤務中のわたしを呼び出した。すぐに帰宅するのを渋るわたしを罵倒し怒鳴り散らした。

押し入れの襖を細く開け、覗き見していた明日香は出るに出られなくなった。テレビの後ろで外からは開けにくく、反対側から覗き込むだけで母が済ましていた場所だった。

わたしは帰宅するなり反撃し始めた。せっかく始めたバイトなのにおまえのせいで働きづらくなった。やめることになったらおまえのせいだからな。おまえのせいだからな。

わたしが母のことをおまえ呼ばわりしていることを明日香はこのときはじめて知った。ただちょっと押し入れの中に隠れただけで知らなかったことを知ることができた。押し入れの暗闇の中で膝を抱え耳をすましていた明日香の顔に笑みが浮かんだ。

アメリカで大規模なテロが起きたこの年の夏。明日香は家出をした。目的は、自分がいなくなった後の自分の家を、家族を観察することだった。

思った通りさらに家族は大騒ぎをした。娘が朝から行方不明なのです。誘拐されたのかもしれないと警察に連絡をした。夜には赤いライトを回したパトカーが2台もやってきた。目がチカチカする強烈な光が隣りの社宅の壁を赤く染め、びっくりするくらいたくさんのひとが次から次へと家にやって来て、出たり入ったりしていた。

その一部始終を明日香は見ていた。パトカーの光で赤く染まった社宅の壁にあいたトイレの、前に押し出すようにして開ける小窓の隙間からずっと見ていた。

その社宅が建物まるごと空き家であるのは前から知っていた。エレベーターのない3階建てで、裏の雑木林に包み込まれたこじんまりとした集合住宅だった。

玄関の横に置かれた植木鉢の下を覗き込み、鍵を見つけた。半年前までそこで暮らしていた子供が誰もいない家に帰るとそうしているのを見たことがあったのである。

天井から吊された灯りもテーブルもタンスもベッドもカーテンもない部屋で明日香は警察やおとなたちに見つけられなければ飲まず食わずでいつまでも過ごすつもりでいた。それだけの覚悟は家出をする前からできていた。

丘の上の雑木林を切り開き、70年代の初めごろは土地だけを、80年代に入るとその上に家を建ててから分譲した新興住宅地はかつて、同じ地名、丁目の子供たちだけで野球ができるくらい子供がたくさんいた。それが90年代に入ると徐々に子供が減り始め、２０００年代になったころには野球どころかキャッチボールをするのも難しくなった。

家出をして3日目。明日香が日がな一日眺めていた駐車場は子供のころわたしが近所の男子たちに混じってゴム野球をしたり、ポコペンと呼んでいた鬼ごっこや缶蹴りをしていた空き地だった。

夜。バイトから帰ると母はテレビ局や新聞社のひとたちに囲まれていた。雑木林と社宅の土地を仕切るブロック塀が狂ったように明るく照らされ、蛾が飛びまわっていた。ゴム野球をするときいつもホームベースにしていた場所だった。

家に帰ると父はその様子をテレビで観ていた。尾瀬の一件以来父は完全に身を引いていた。明日香に関わるすべての案件から撤退していた。

サンダル履きで勝手口から出たわたしは、三脚の上にひときわおおきなカメラを載せたテレビ局のひとの後ろに立った。そこから見える範囲のすべての窓を指で確認しながら見渡した。

すぐに目が合った障子の窓は父がテレビを観ている居間の明かりとりだった。その真上の、厚手の黄色いカーテンの窓はわたしの部屋だ。妹の部屋はその奥で、母が何度も確認していた。

雑木林のはす向かいに位置するわたしの家の北側に建つ熊澤さんの家の窓はすべて灯りを消していた。不自然なくらいひっそりしている家の中で息をひそめ、様子をうかがっているに違いなかった。

となると、わたしの家の南側に建つ長谷川さんの家だが、平屋の日本家屋で、玄関先に灯りをともした引き戸だけが顔を向けていた。残りは来月、取り壊しの工事が始まる社宅だけだった。

どこのなんという会社の社宅なのか知らないのは、その社宅にはひとりの同級生も住んでいなかったからだ。いま思えば子供が極端に少ない集合住宅だった。もしかしたら単身者用の社宅だったのかもしれない。

3階建ての建物の中から囲みの取材を受けている母を見ることができる窓は全部で6つ。トイレの小窓と台所の窓。灯りのついた窓はない。

が、ひとつだけ。金網の格子を入れた磨りガラスを前に倒し左右に隙間ができている窓があった。

時間が時間なのでと取材がいったん取りやめになった。母が真上から顔に受けていた照明が消され、報道関係のひとびとだけが、岩のあいだを流れる水のように消えていった。

「元はと言えばあなたが」

急に暗くなり、静かになった駐車場の真ん中にわたしの姿を見つけるなり母はそう言った。

産んだあなたが悪いのだと言いたいのだろうが、この家出騒動そのものを否定するために、なかったことにするために、忘れるためにバイトに行き、こころもからだも泥のように疲れていたわたしは反論する気力を失っていた。

「リスカと同じだよ。かまったらだめだよ。相手の思うつぼだよ」

「相手？」

まわりの闇より少し濃くなっただけの母の立ち姿を凝視しながら3分待ってようやく得られた言葉がそれだった。

「明日香のことだよ。決まってるじゃない？　それともあれなの？」

わたしは自分がいまなにを言おうとしているのか意識していたし知っていた。なにを言ってもいい立場ではないことも理解していた。

「また湿原の泥の中に突き飛ばされたいの？」

社宅のドアが開き、閉まる音がした。思った通り、いや、思った以上の早さでわたしの娘（長野明日香・7歳）は、わたしたちの前に姿を現した。かまえ、かまえと庭で飛び跳ね、吠えていた。

騒ぐ者はいなかった。熊澤さんちの馬鹿犬だけが、

女性の警察官が、母と明日香を引き合わせ、ふたりの肩を抱くようにして家の中に連れて行った。駐車場の真ん中にわたしひとりが取り残された。養子になった子供の気持ちが、背中から水に落ちた、落ちると思った一瞬のようにわたしにもわかった気がした。

気がしただけである。

*

生まれてくる子供を自分の子供として育てると姉（満里子）が言い出したとき、やっぱりなって明日香は思った。満里子が自分の母親であることは家出をする前から気づいていた。

明日香は中学のとき、ディスカウントストアーで売られていたマットレスの端に火をつけた。つけても誰かが消してくれるだろうと思った。すぐには消えなかったけど、火をつけた犯人を捜しもせずにみんなして必死こいて消そうとするからまじで普通にウケた。

消えたらそれで終わりだった。ボヤで済んでよかったとおとなたちは胸を撫で下ろして

いた。野次馬のふりをして見ていた明日香が笑いをこらえていたことに誰も気づかなかった。逮捕してはくれなかった。

親が離婚して名前が変わったクラスメートをイジメた。橋の上から突き落としても逮捕してくれなかった。

やっぱりなって明日香は思った。母親代わりの母（容子）が迎えに来るまで警察官のおじさんの肩を揉んだり、雑誌の付録のストラップを携帯につけてあげたりしていた。反省したふりをしたらすぐに家に帰してくれた。

（留置所のお風呂に入る前に並ばされる廊下の天井にへばりついたような窓から空の高いところだけ見える。5日に1回しかお風呂に入れないなんてありえないとかなんとかぶつぶつ言ってたやつがいたけど、着たり脱いだりするのがめんどうなわたしにはそれでも多いくらいだ。）

高校を卒業し、地元（埼玉県さいたま市）の不動産会社で働き始めてから半年もたたないうちに寿退社をした。相手は20歳年上の上司で、妊娠しているあいだに浮気が発覚した。生まれてくる子供は自分の子供として育てると満里子が言い出したのはこのときだ。明日香は戸籍を抜くことで拒絶した。

2年後。生まれてきた子供（優芽）がよちよち歩きを始めたころ、スマホのアプリでひろちゃんと出会った。

すぐにひろちゃんは引っ越してきた。仕事が見つからなかった代わりに生活保護の申請をしてくれた。

ひろちゃんと入籍した（小西明日香になった）。新婚旅行でディズニーランドのシーのほうに行った。生まれてはじめてホテルのお部屋で食事をした。うれしかった。

ふたりの愛の結晶、圭太が生まれた。急に勤労意欲が湧いてきたひろちゃんの就職先を見つけるためにまた引っ越すことにした。

東京都目黒区緑が丘二丁目。名前の通り緑の多い街だった。アパートの前に緑道があって、自由が丘の駅まで歩いて行けた。

けど東京は東京だった。どこの街で暮らしても東京だった。どこにでも行けるのにどこにも行かなかった。

テレアポの仕事を始めた。夜はガールズバーで働いた。トイレのタンクがママ（明日香）の化粧台になった。おねえちゃん（優芽）の机はひっくり返した段ボール箱だった。パパ（ひろちゃん）だけがソファに座ってゲームをしたりテレビを見たりしていた。就職先は見つからなかった。

けどひろちゃんは、早生まれで、来年から小学生になる優芽の勉強を見てくれた。優芽はおぼえが超がつくほど早いし、記憶力もいいのにひろちゃんは満足しなかった。来年の4月までを6で割って小学校に入学する前に小学校で習うこと全部教えると言い出した。そのときは10月だったから、ちょうど半年。1ヶ月のあいだに1年分を優芽は勉強しなければならなくなった。朝は4時起きで、夜はどんなに早くても12時前に寝ることはなかった。

食事は1日1回。夜の11時ごろ。パチンコから帰ってきたひろちゃんの前でしか食べることはゆるされなかった。優芽はおなかがすき過ぎて食べても1度にはあんまり食べることができなくなった。

（ここ（留置所）では食事を1日3度も食べさせてくれる。優芽にはたぶん天国みたいな場所だ。優芽は納豆が好きで、食べたら白い容器を洗って小物入れにしていた。入れる物がないって言うから百均で買ったネイルパーツをぱらぱらあげたら、イスの背もたれに手をぶつけるくらい喜んだ。）

2月の初めごろ。アパートの隣りのひとに通報されたかして児童相談所のひとから電話があった。「だいじょうぶです。心配してくださりありがとうございます」とわれながら普通のことが言えたと思ったのに、すぐにまた電話が鳴った。無視していたら次の日、男のひとと女のひとが来て「お話があるので開けてください」とドアを何度も叩いた。
明日香はひとりになれる場所を探した。押し入れの中しか思いつかなかった。ひろちゃんは、なにかというと優芽をお風呂場に連れて行って叩くようになっていた。シャワーでびしゃびしゃになった優芽は裸にされてバスタブの中で吐きながらうずくまっていた。あいにく押し入れは、半透明のビニールに入れたけど出しそびれたゴミ袋でいっぱいだった。中に入るために外に掻き出すとひろちゃんにおなかを蹴られた。本気で蹴られた。ここまで来たらもう笑うしかなかった。悲しいとか悔しいとかで流れるのとは別の鼻水みたいな涙が流れた。目を閉じた。

明日香は気持ちのいい風の中で、空に昇るヒバリの声を聞いていた。ヒバリのちょうど真下にいるのに、すぴすぴすぴすぴ、声は聞こえるのに、昇ったはいいけど二度と降りられないくらい高いところまで飛んだみたいで、目を凝らしても雲の光の中に溶けて見えなかった。

ヒバリに気をとられて明日香は足を踏み外した。踏み外してから自分がいまどこにいるのか気づいた。満開の時期が過ぎていたからあの日は見れなかったはずの水芭蕉の花が、背中から落ちてゆく明日香の後ろで咲いていた。
なのに落ちたのは母だった。母親代わりの母だった。

母は明日香の代わりに泥の中に落ちた。よかった。満開の時期が過ぎていて水芭蕉の花を潰さずに済んだ。荒らさずに済んだ。顔も頭も泥まみれになった母は植物のことばかり気に掛けていた。

ふたりで一緒に山小屋のお風呂に入った。木のいい匂いがするお風呂だった。明日香はまだヒバリの声を聞いていた。

(二度と降りられないくらい高いところにわたしはいる。)

目の前にあった母の腕を噛んだ。落ちないようにしがみついた。歯だけが腕になったひとみたいに強く噛んだ。

解説　「時間の贈与」としての無人称的な〈私〉

岡和田　晃

『埋葬』と題されたこの小説集を繙《ひもと》いたあなたは、えも言われぬ不気味な感触をおぼえたのではないか。描かれている事件、いやテクスト全体が、やけに生々しく現実的な不条理さを帯びているからだ。

表題作「埋葬」（二〇一〇年）は元々、単独の長篇として早川書房の叢書〈想像力の文学〉より刊行された。これは既存のジャンルをまたぐ変流文学《スリップ・ストリーム》と呼ばれるタイプの小説を集めたシリーズで、佐藤哲也、津原泰水、木下古栗、円城塔らが名を連ね、近年も田中哲弥『猿駅／初恋』（二〇〇九年）などが限定復刊されて話題を集めた。叢書の最終配本となった『埋葬』は、いわゆる〝読み巧み〟たちの熱烈な支持を集めて半ば伝説と化していたものの、長らく絶版が続き、再刊が望まれていた逸品である。

その冒頭では、平和な通産官僚家庭の妻と、年端もいかぬ娘の死体が発見される。この手の事件は残念ながら今も昔もまま発生しているが、どうも無理心中に見せかけた悪辣な殺人のようだ。その容疑者として、十八歳の少年が自首する。ここまではなんとか〝理解〟の範疇に収まる。けれども、わざわざ二人の遺体を河口湖畔に運んだのは、殺された妻の夫だという。少年と夫は共謀して妻と娘を殺害したのだろうか？

続けて、夫（本田高史）の手記の引用が始まり、読者は彼の視点で何が起きたのかを具《つぶ》さに追体験していくこととなる。読み進めるうちに、引用されたテクストではなく、引用を行った語り手＝私の方へ、さりげなく視点が切り替わる。新たな語り手は少年の死刑がほぼ確定したのを受け、追跡取材をするジャーナリストのようだ。しかし、彼は事実としての真相を探ろうとするよりは、むしろ妻の人物像を様々に語らせる方に注力しているようで、晦渋ではないにせよ、もって回ったような言い回しが頻出する。語りは何を隠蔽しているのか。Why done it?《ホワイダニット》＝動機当てを主題化したミステリ小説、に見せかけたアンチ・ミステリなのか――と思った矢先、読者の予想を先回りするように芥川龍之介の「藪の中」に言及される。やがて読者は、本作では〝写真〟その他の夥しい数の比喩をもって、抽象的・観念的な〝言葉〟がイメージへと身体化され、さらには重ね書きされることで、ありえないはずの死者の言葉が「欲望の投影」を可視化するものとして、執拗に翻訳されていることに気づくのだ。なんと人を喰った構成か！

（以下、本作に登場するモチーフに着目し、著者・横田創自身の言葉をも参照しながら、本作の核心部に触れてゆく。）

お断りしておけば、まずもって「埋葬」はフェアである。

読了した方は、夫や証言者たちの語りの向こうから垣間見える妻・悦子の像を整理し、最後に語られる少年の行動をヒントにしつつ、精神分析的な感情の「転移」を動機面においてみてほしい。そうすれば、事件の真相がはっきり浮かび上がる仕組みになっているからだ。

本作の仕掛けは、日本の〝本格ミステリ〟というよりも、英語圏の思弁小説《スペキュレイティヴ・フィクション》に近い。相互にズレを孕んだ語りの隙間を手繰り寄せれば正解が導き出せるという意味では、超絶技巧が駆使されたジーン・ウルフの傑作『ケルベロス第五の首』（柳下毅一郎訳、国書刊行会、邦訳二〇〇四年）を彷彿させる。

あるいは、併載された「トンちゃんをお願い」（二〇一一年）が一日千円の生活費しか持たない女子大生が置き引きに手を染めざるをえなくなる〝窮状から犯罪へ〟のプロセスを描き、末尾の「わたしの娘」（二〇一九年）が「親子関係《フィリエーション》―直接的因果関係」のみならず「養子縁組関係《アフィリエーション》―間接的連結」においてすら世代を超えて連鎖する貧困の問題を扱っていることに鑑みれば、近年著者が傾倒を公言している松本清張や横山秀夫らに代表される、〝社会派ミステリ〟としての結構も保たれているのは間違いないようだ。文芸評論家の秋山駿が言う「内部の人間の犯罪」、つまり内的な世界に沈潜するあまりに、自己表現としての行動が法や道義を侵犯してしまう過程が描かれているのだ。

「信用できない語り手」を連想する方も多いだろう。ナボコフなりアガサ・クリスティなりが得意とした、饒舌と語り落としの緩急によって読者を翻弄する技法のことである。モダニズムを経由した二十世紀小説は、語り手が「神の視点」で世界の全体性を把握するという、バルザックやドストエフスキーが用いた方法に安易に頼ることはできない。世界の複雑さは、行間からわずかに照射されるものとしてしか理解ができなくなっているのだ。なるほど、本田高史は手記のうちで少年について一言も触れていないのに、少年は自分のことが書かれたものだと受け止める。しかし、夫は単に間男を語り落としているだけではなく、ここには哲学的な意味がある。「言われたと感じたらそれは悪口になる」、「その非対称性こそが悪口が悪口たるゆえん」（一三四頁）というくだりを見れば、〝語り＝騙り〟のトリックに還元されない、（ディス）コミュニケーションの問題が意識されていることがわかるだろう。〝語り〟を成立させるためには、前提たる文脈《コード》が共有されていなければならない。にもかかわらず、それが本作ではズレている（会話シーンに頻出する、ある種のユーモアをもたたえた、ちぐはぐなやりとりに顕著なように……）。文脈の食い違いを単なるすれ違いに終わらせないために、思想的な意味が付与されているのだ。

　妻と娘を埋める前に夜が明けてしまった――表題作の第一部末尾（一二四頁）に置かれたこのくだりは、本書でもっとも謎めいた一節である。この部分を読むと、なんだか救われたような心持がしないか。いや、救われたのではなかった。「わたしは妻との約束を果たすことができなかった」と続くのだから、これは絶望の発露であり、悲しんでしかるべきなのかもしれない。このように、語りをめぐる感情を一義的に固着化させることを拒絶し、すり抜けていくのが、本書に収められた小説群が共有する特徴でもある。

「埋葬」は一九九九年四月から二〇〇〇年三月という世紀の変わり目から始まり、二〇一〇年を〝現在〟として設定している。その中間にあたる二〇〇五年の時点で、日本における火葬率は九九・八％に達し、埋葬という行為は一般的ではなくなっている（高橋繁行『土葬の村』、講談社現代新書、二〇二一年）。ならば、それほど特異な埋葬という行為には、どんな意味があるのか。

まず想起されるのは、ソフォクレスのギリシア悲劇におけるアンティゴネーに関した挿話である。アンティゴネーは〝父を殺し母と交わる〟禁忌を犯したオイディプスの娘で、反逆者として決闘で死んだ兄の死体を、法に逆らって埋葬し、自ら死刑となることを選ぶ。ジュディス・バトラーはこの振る舞いに、男性的な統治形態に反抗し、親族関係を守りながらもその秩序から逸脱して、国家が担保する形骸化した倫理に否を突きつける主体のあり方を見出した。そして、生の領域のなかに亡霊のごとくあらかじめ入り込んでしまっている「法の無意識」を暴き立てる存在として、アンティゴネーの姿を定位させた（『アンティゴネーの主張　問い直される親族関係』、竹村和子訳、青土社、邦訳二〇〇二年）。

そこから翻って考えれば、妻を埋葬できずに朝を迎えてしまったということは、作中の夫は「あたしと一緒に死にませんか？　娘と一緒に、死にませんか？」（一二二頁）という希望のみならず、アンティゴネーのような宙吊りの主体たることすら叶えられないままだった、ということを意味しよう。

しかし他人のために、もしくは他人の代わりに死んだとしても、他人や自分を死から解放することはできない。他人の死と自らの死は、それぞれ独立した事象、交換不可能なものである。死そのものはコミュニケーションの対象とはなりえず、だから「一緒に死ぬ」こととは、死ぬ瞬間を共有することでしかありえない。表題作では、そんな「一緒に死ぬ」という本来は不可能な行為に対し、囲繞《いにょう》する語りを介して、亀裂が与えられているのだ。

こうした裂け目を、デリダは「時間の贈与」としての差延《ディファランス》と呼んだ。それは与えることと受け取ることの対立（非対称性）を切り崩し、生きる喜びと死の脅威を同時にもたらす、矛盾したあり方を可視化させる営みでもある（マーティン・ヘグルンド『ラディカル無神論　デリダと生の時間』、吉松覚・島田貴史・松田智裕訳、法政大学出版局、邦訳二〇一七年）。

では、その亀裂から、どのような倫理のあり方がうかがえるだろうか。横田はかつて評者に、評論家・池田雄一による論考「勝手に死ねと言うために」（「一冊の本」二〇〇〇年九月号）を評価していると話してくれたことがあった。そこから類推すれば、他者を「勝手に死ね」と切り捨てるのではなく、さりとて同一化や憑依をするのでもなく、〝自分〟

とは異なる存在と対峙することへの違和感を、形象化させることである。加えて評者に思い起こされるのは、山川方夫が短篇「待っている女」（一九六二年）で描いた、ひとりで飲まず食わずのまま路上に立ち続け、「自分が、また元気を出してあなたとの生活にもどれるときがくるのを、じっと待っていたのよ」と告げる、妻の姿だ。横田が短篇小説のベストに挙げる同作で、妻の姿は、見知らぬ他の女にも投影されるほど普遍化したものとして描かれていた。

また、主体の認識にあらかじめ埋め込まれ、外部の自然から発見される対象でもある真理。カントはそれを「物自体」と呼んだが、名指されることを回避し、「ぼくを産んだのはぼくです」（一三二頁）とまで言ってのける少年は、横田自身がしばしば言及するジャン・ジュネの文言に倣えば、物自体の「孤独の承認」を体現していると見ることができるだろう（「アルベルト・ジャコメッティのアトリエ」鵜飼哲訳、現代企画室、一九九九年）。

こうした解釈は、ともすれば事実ベースの論理とは別次元のものに思われるかもしれない。が、そもそも著者の横田創は、伝統的な私小説で言う「私」という身体にともなう限界を踏まえながら主体を（再）仮構し、そのうえで世界を「批判＝写生＝表現」する方法から出発した書き手である。むろん、そうして描かれる風景は、箱詰めの形骸化したものでしかない。そのことへの哀しみが込められているからこそ、選考委員たちの絶讃を集めたデビュー作『(世界記録)』(講談社、二〇〇〇年)で、世界はカッコ付きになっていた。『(世界記録)』はジョージ・オーウェルとカール・マルクスという「政治的な」立場が真逆とも言うべき書き手の仕事をサンプリングするところから始まる。「引用元」を可視化させることで本来は相容れないはずのものを手繰り寄せて接合《ブリコラージュ》していくのは、初期の横田作品を特徴づける方法論だった。

二冊目の『裸のカフェ』(講談社、二〇〇二年)ではウィリアム・バロウズのカットアップの技巧をもって、神楽坂に出現した狂騒的な空間に切り込み、「地上に舞い戻った貨幣が商品を交換する資本主義のように」交換される身体を描く。そこで特徴的なのは、交換する主体が「人」ではなく、もはや死そのものになっているということだ。

三冊目の長篇『埋葬』に続く『落としもの』(書肆汽水域、二〇一八年)にまとめられた二〇〇七~〇九年初出の短篇群においては、引用元への言及は後景化している。かわって導入された表層としての記号に固有性を与える、すなわち小説の土台となる論理を再創造する方向へと舵を切っている(ちなみに、早川書房編集者の話によれば、同書所収の「残念な乳首」[二〇〇八年]が体現する「現代人の『喪失感』」と、デビュー作『(世界記録)』の「言葉に託した不安定な何か」が注目され、『埋葬』の執筆依頼に結びついたという。東條慎生・渡邊利道・評者らによる「〈想像力の文学〉担当編集者へのインタビュー」、「幻視社」六号、二〇一二年)。

このように、横田創はこれまで一貫して、伝統的な「神の視点」や「私」を自在に変装させる様々な技巧を駆使し、きわめて現代的なテーマに向き合ってきた。時に、主体となる人物が死に絶え果てた後も存在し続ける、〝空間〟や〝視線〟といったモチーフを用いながら。ただ、サミュエル・ベケットの引用を介して当人が述べたように、言葉が消尽してしまったとき「すべては言われずに見られる」のだとしたら（「早稲田文学」二〇〇二年七月号）、はたして名指されるべき〈私〉は、そのときどこに在るのだろうか。

トリックとしてのレトリック。「埋葬」の下敷きの一つでもあるだろう谷崎潤一郎のミステリ短篇「私」（一九三〇年）について横田が論じたように、それは「無責任だけが責任であるような、無応答だけが応答であるような」無人称的〈私〉のあり方を表現する手段である（「正直な告白」、「ユリイカ」二〇〇三年五月号）。そしてそれは一方で、本書所収の諸作以降、「わたしを見つけて」と題された短篇（「ちくま」二〇一九年六月号）や、同名の連作群（二〇二五年に単行本化を予定し、双子のライオン堂出版部のウェブサイト上で連載中）の主題にもなっている。今回の文庫化以降の著者の活動にも注目してほしい。

また、「埋葬」は近年、演劇ユニット「手手」によって舞台化された。平野明による脚本は戯曲『窓／埋葬』（双子のライオン堂出版部、二〇二三年）として刊行され、そちらも読むことができる。戯曲版では「埋葬」における男たちによる語りが女たちの語りへとスライドされ、舞台も「辺境」たる東北へと移行し、男根中心主義的《ファラセントリック》な「わたし」のあり方が根底から問い直されている。特に、作中の〝富士〟の大胆な再解釈には目を瞠《みは》るものがあり、本書を読み終えた方にはぜひ触れてもらいたい。

しかし、いささかお喋りがすぎてしまったようだ。ともあれ、私は何も言わなかったことにしておこう……（ジャン・ポーラン『タルブの花』、一九四一年）。

（おかわだ・あきら　文芸評論家・現代詩作家）

本書収録作はフィクションです。実在する個人・団体・場所・事件とは一切関係ありません。

初出

「埋葬」＝『埋葬』（早川書房）二〇一〇
「トンちゃんをお願い」＝「すばる」（集英社）二〇一一・三
「わたしの娘」＝「しししし」（双子のライオン堂出版部）二〇一九・一

中公文庫

埋《まい》 葬《そう》

2024年11月25日　初版発行

著　者　横《よこ》 田《た》 創《はじめ》

発行者　安 部 順 一

発行所　中央公論新社
〒100-8152　東京都千代田区大手町1-7-1
電話　販売 03-5299-1730　編集 03-5299-1890
URL https://www.chuko.co.jp/

DTP　ハンズ・ミケ
印　刷　三晃印刷
製　本　小泉製本

Published by CHUOKORON-SHINSHA, INC.
Printed in Japan　ISBN978-4-12-207586-3 C1193

各書目の下段の数字はISBNコードです。978－4－12が省略してあります。

中公文庫既刊より

さ-77-2
安吾探偵事件帖 事件と探偵小説 坂口 安吾
「文壇随一の探偵小説通」が帝銀事件や下山事件など戦後の難事件を推理し、クリスティー、横溝正史ほか探偵小説を論じる。文庫オリジナル。〈解説〉川村 湊
207517-7

さ-77-3
不連続殺人事件 附・安吾探偵とそのライヴァルたち 坂口 安吾
日本の本格ミステリ史上屈指の名作と、その誕生背景にあった戦時下の「犯人当て」ゲーム。小説とモデル人物たちの回想録を初めて一冊に。〈解説〉野崎六助
207531-3

か-61-3
八日目の蟬《せみ》 角田 光代
逃げて、逃げて、逃げのびたら、私はあなたの母になれるだろうか……。心ゆさぶるラストまで息もつがせぬ傑作長編。第二回中央公論文芸賞受賞作。〈解説〉池澤夏樹
205425-7

か-61-4
月と雷 角田 光代
幼い頃暮らしをともにした見知らぬ女と男の子。再び現れたふたりを前に、泰子の今のしあわせが揺らいで……偶然がもたらす人生の変転を描く長編小説。
206120-0

ひ-1-2
女の家 日影 丈吉
妾宅の女主人の死は事故か自殺か、それとも他殺か。女と男の語りが明かす意想外の真相とは。澁澤龍彥、種村季弘に愛された著者の代表作。〈解説〉堀江敏幸
206937-4

ひ-1-3
応家の人々 日影 丈吉
昭和十四年、日本統治下の台湾、名家の美女の周辺で不審死が相次ぐ。内地の中尉が台南の町々をめぐり事件の謎を追う妖しい長篇ミステリ。〈解説〉松浦寿輝
207032-5

い-37-8
殺意 サスペンス小説集 井上 靖
戦中戦後の混乱期を背景とした昭和サスペンスの至宝。表題作ほか、「傍観者」「雷雨」「ある偽作家の生涯」など全九篇。文庫オリジナル。〈解説〉米澤穂信
207242-8